血清素

SÉROTONINE

Michel Houellebecq

[法] 米歇尔 · 维勒贝克 著

金龙格 译

上海译文出版社

译本序

所有的一切一片荒芜

余中先

一、 维勒贝克的前几部作品

对法国文坛的所谓“坏小子”米歇尔·维勒贝克（Michel Houellebecq，1958— ），我多少还是有那么一点儿熟悉的。

当年，1998 年，维勒贝克写出了惊世骇俗的小说《基本粒子》（*Les Particules élémentaires*）后，我在一篇专门介绍的文章中，写了这样一段话：

“《基本粒子》引起了文坛的轰动，它以科学的新成就和人类对性的困惑为主题，写了一对被家庭抛弃的同母异父兄弟在当今社会中的遭遇，生物学研究者米歇尔不懂爱，整天关在实验室里钻研遗传学，实验克隆技术，文学教师布鲁诺则是一个色情狂，成天迷恋于色情猎艳……”“小说形象化地在再现了历时几十年的当今社会性爱史，并对其进程提出根本性的质疑：布鲁诺所代表的性爱无所不在的

> 道路是一条死路，欲壑毕竟永难填满；米歇尔体现的禁欲，把人类的繁殖（走克隆之路）与性趣完全分开的路也行不通，不能让人得到真正的安宁。”

《基本粒子》可谓“一部当代西方色情文明发展史”（汉译者罗国林语），虽然没有赢得任何文学奖，却获得了法国权威的《读书》杂志的青睐，被荐为该杂志评选的“年度20种最佳图书”的首位，这本小说已经由罗国林先生翻译成中文，2000年由海天出版社出版。

又过了几年，维勒贝克写出了另一部惊人之作《一个岛的可能性》（*La Possibilité d'une île*，2005），中国的一家出版社（营盘兄弟文化公司）找到我，请我翻译这部小说，我在苦苦地完成了翻译后，写了一篇“后记”，其中谈道：

> “这是一部借着‘科学幻想’的名义讲述追求真理的小说：主人公达尼埃尔1于失恋中绝望之余，加入了所谓埃洛希姆教派（Elohimites），该组织跟西方现实社会中的雷尔教派十分相似，竭力推行人类的克隆，以便让人们克服时间对生命的掌控，摆脱随年老而来的激情的消失和欲望的耗空，摆脱由它们带给‘娱乐’人类的烦恼。但是，即使如此，克隆人也找不到幸福和快乐，他们没有了欲望和情绪，不知什么是哭，什么是笑，无法感觉痛苦和欢乐，

他们还失去了自由和独立，躲在防护栏后各自隔绝，只是借助网络与外界联系，与同类交流，他们唯一的乐趣便是揣测先辈人类的情感以及从控制屏幕上窥探那些在世界末日后幸存的兽性部落。最后，两个克隆人，玛丽 23 跟达尼埃尔 25 分别从纽约市的废墟和西班牙南部的荒原出发，去寻找一个新的社会，一个不为人知的天堂，一座可能的岛屿［……］”

又是几年后，2010 年，我在巴黎访学，听闻维勒贝克终于获得了著名的龚古尔文学奖，我当即去找弗拉马里翁出版社的版权代理人，希望能让我自己来译那部获奖的作品《地图与疆域》（*La Carte et le Territoire*）。不久后，我联系上了上海九久读书人公司的编辑何家炜，成为了《地图与疆域》的译者，在译完整部小说之后，写下了这样的文字：

“小说《地图与疆域》主题鲜明，紧扣现实，擅长通过讽刺和幽默对社会进行尖锐的批判。”

“小说描绘了当代法国乃至欧洲艺术界的面貌，尤其是艺术创作界（绘画、摄影、建筑）、文学界、评论界、艺术品市场、电视业、旅馆业、旅游业（甚至还包括警察行业）的面貌。种种新的时尚和旧的传统，以及时尚与传统之间的碰撞所引起人们对世界文明问题的思索，都是小说中最重要的主题。”

之所以在此大量地引用之前写的文字，只是为了让《血清素》的读者也大概齐地知道一点维勒贝克先前小说作品的情况。

维勒贝克1990年代初才出道，先是出版过两本诗集和一本散文，1994年出版了第一部小说《斗争领域的延伸》，这本充满“左派”意识形态的小说引起了小小的轰动，也让作者声名鹊起。

他的小说几乎每一部都有其最独特的社会反映面和细节描写点。在《基本粒子》中，反映的是当代社会严重泛滥的色情现象和泡网成瘾的网“控”问题；在《一个岛的可能性》中，则是对邪教组织黑暗内幕的揭露，以及对尖端科学中的克隆技术的思考；在《地图与疆域》中，应该说是当今艺术界种种丑事的揭示和对安乐死问题的反思。这些，无疑都是现今西方社会中最时尚的文化现象，也是前人作家还没怎么涉及的主题。

对维勒贝克迄今为止的小说创作，不少的批评家十分看好，认为他继承了当年巴尔扎克的批评精神，笔锋直指当今西方社会最主要的弊病。毋庸置疑，维勒贝克的特色，就是他的批评意识，他的尖锐性，他的幽默，当然，还有小说结构上的创意，情节处理上的自如，想象力的奇特，这一点，在我翻译过的《一个岛的可能性》和《地图与疆域》中始终非常突出。

维勒贝克那次来中国，大概是2010年年中的事了。没错，从他为我的那一本《一个岛的可能性》上的签名手迹来看，应该是那一年的5月份。我们在北京见了面（一次是读者见面会，另一次是他根据自己小说作品改编导演的电影《一个岛的可能性》的放映会），由于他不善言谈（记得采访问答时，他五分钟内憋不出三句话），我们也没有太多的话语交谈。印象中最深刻的，莫过于他抽烟的手势，把烟卷夹在中指和无名指之间，除了他，我还从来没有见过有人吸烟会用那样的手势！而2010年他获得龚古尔文学奖，2011年我翻译他的那本获奖作品《地图与疆域》之后，我就再也没有特别关心过维勒贝克这位“怪作家”了。

几年前，在巴黎发生的几次暴力恐怖事件中，他因为与《查理周刊》的特殊关系，似乎受到了某种威胁，具体情况我也不是很清楚。去年，听说他与一个华人女子结了婚。

2019年年初，弗拉马里翁出版社出版了维勒贝克的小说《血清素》（*Sérotonine*），算来，这已经是他的第七部小说作品了。而他的上一部小说《臣服》（*Soumission*）面市之日2015年的1月7日，恰逢巴黎《查理周刊》总部遇袭。

我记得，那部小说《臣服》以虚构的未来2022年为时代背景，主人公大学教师弗朗索瓦跟他所研究的前辈作家于斯曼

（顺便提一句，这位于斯曼也是我很感兴趣的作家，我曾前后好几年里花大力气翻译了他的小说《逆流》）一样，远离时事政治和当代社会，沉湎于象牙塔式的学术研究以及所谓“颓废”的生活中，此外，还沉湎于与女学生的情感纠葛，精神十分郁闷。而当时，法国总统大选中，穆斯林政党的代表本·阿贝击败了右翼政党国民阵线的候选人，成为了共和国的总统，从而使法国成为了一个在伊斯兰教统治下的国家。

由于众所周知的原因，他的第六部小说《臣服》并没能在中国翻译和出版。顺便加一句，他的第一部小说《斗争领域的延伸》（*Extension du domaine de la lutte*，1994）和另一部以性旅行为题材的小说《平台》（*Plateforme*，2001）也还没有中译本。

二、这一部《血清素》

而维勒贝克的这最新一部《血清素》，我们终于看到了金龙格先生的译本。当然，我读的是电子版的译稿。

2020 年 10 月，在厦门大学工作期间，我断断续续地读完了金龙格的译本，同时也大致对照地读了一下维勒贝克的法语版本，给我的基本印象是：《血清素》用悲怆得几近于绝望的笔调，写出了主人公对性爱以及个人幸福的惆怅哀叹，对现实社会生活的深切失望，那样一种无奈的心境，应该就是作品的

“主旋律”。他在作品中写道：

> 你只思念一个人时，所有的一切一片荒芜……实际上“荒芜”这个词也太轻描淡写了……实际上，你只思念一个人的时候，所有的一切全都死了，世界死了，你本人也死了……

一个人要绝望到何等地步才能写出如此痛彻心扉的句子！

跟维勒贝克的前几部小说作品对比，这部新作《血清素》依然站在了时尚文化的前头，探讨了新世纪以来法国人所面临的新的现实问题。在这方面，维勒贝克可谓“坚守初心”。

在主题方面，维勒贝克尤为关注全球化经济的格局以及欧盟自由贸易政策下法国农业及农民令人担忧的现状。

小说主人公“我”（从文本中，我们得知，这个“我”名叫弗洛朗-克洛德·拉布鲁斯特，但“我”似乎很讨厌这个名字）跟作者维勒贝克青年时代的本人一样，在法国农业部供职，主要工作是为欧洲及法国农业经营相关的报告起草文案，充当“阐明、支持和代表法国农业的立场”的角色。他在西班牙阿尔梅里亚省跟日本女友柚子（Yuzu）一起度假之后返回巴黎，便离开了早已让他倍感讨厌的柚子，为求避世，他谎称自己在阿根廷大使馆有了一个新的差事，从而名正言顺地解除了与农业部的工作合同，给他们一种从现实中“彻底失踪”的表象，而实际上，他悄悄住进了巴黎十三区罗莎莉嬷嬷大街的一家美居酒店，孤孤单单地来往于当地相对僻静的街区、咖啡馆、超市。为治疗内心的高度抑郁，他去看医生，并从医生那里得到了处方药卡普托利克斯（Captorix），以求通过提高体内的血清素而获得更多一些些的幸福感。

他时不时地回忆自己与几个前女友的感情经历，如丹麦大学生凯特、演员克莱尔、挚爱情人卡米耶等。同时，他也回忆起了自己在农学院读书时曾经结交的真正朋友埃梅里克·德·阿库尔-奥隆德（从这一姓氏来看，就能知道，他是贵族的后代），并前去拜访了这位已经在诺曼底地区开创并经营私人农场的老友。新年假日期间，他对这位老友埃梅里克作了再度的拜访，结果却发现，埃梅里克此时已妻离子散，成了孤家寡人，而且，他家农场的经营也日渐惨淡，濒于破产。他见证了埃梅里克同当地其他农民为抵抗全球化农业经济而组织的抗议示威活动，甚至眼睁睁地看到，埃梅里克在跟国家的警察力量展开暴力交锋后绝望地开枪自杀。

好友埃梅里克死后，“我”离开了暂租的乡间农舍，途中偶遇了（严格地说，应该是暗中发现了）往日的挚爱情人卡米耶，然而物是人非，此时的卡米耶已成为了一位生活艰辛的单亲母亲，他想跟她重续旧情，甚至考虑过杀死她跟别人生下的孩子，以独占她的情感世界，但经过一番不无伤感的深思熟虑，他最终放弃了暴力的尝试。他明白到，一切都已太晚，往日的幸福早已遥不可追。

三、关于性爱

凡是读过维勒贝克几部作品的读者都知道，“女人”和“性爱”是他为数不多的小说作品中的“关键词”，从《斗争领域的延伸》到《基本粒子》，从《平台》到《地图与疆域》无不如此。

而《血清素》，也确实是一曲悼念性爱的挽歌。

《斗争领域的延伸》中的主人公拉法埃尔几乎是因情场失意而愤然自杀，《基本粒子》的主人公因爱而导致了某种生死离别的命运；《一个岛的可能性》中的达尼埃尔则通过“克隆”技术设想永葆“爱”的青春的可能性；《臣服》中的弗朗索瓦之所以考虑到要“改宗”伊斯兰教，很大因素是出于贤妻良母式的小家庭温暖以及性爱的诱惑。而在小说《血清素》中，主人公“我”更是直接以“血清素”来维护性爱的生理（或曰物质）基础，通过服药来刺激血清素的分泌，达到体内荷尔蒙的增加，以求在生理上和心理上提高自我认可度，带来某种或许可能是自欺欺人的所谓幸福感。

众所周知，维勒贝克的作品往往被贴上“情色”的标签，但是，实际上，在他的笔下，淫秽与诗意并行不悖，真爱与性行为相伴相随。通过对《一个岛的可能性》和《地图与疆域》

的翻译，以及对《基本粒子》和《血清素》的阅读，我可以负责任地说：维勒贝克的作品尽管大量地涉及“情色”的话题，甚至是赤裸裸的“性”，但很少有具体细节的描绘，从这一点来看，他的作品与当年萨德的诲淫式的文字是大大不同的。

维勒贝克在《血清素》中依然强调：“普通的夫妻温情只有当性欲得到满足之后才会相伴出现，必须通过‘性’这道门来完成。”他在这部小说新作中这样为自己辩护：“可能会有人指责我过于看重性爱，但我并不认可这种说法。尽管我知道在正常的人生旅途中，其他的快乐会逐渐取代它的位置，但性爱依然是我们亲自、直接操持我们的器官的唯一的时刻，于是性爱的通道，激烈的性爱通道依然是一条实现爱的交融的必由之路，没有性，什么事都不可能发生，而有了性，其余的一切通常都会慢慢地随之而来。”既然爱离不开性，而爱又是幸福的先决条件，于是主人公就通过提高血清素分泌更多幸福荷尔蒙，但其副作用却使他无法勃起，性欲在意识里消失。如此，没有了性，便没有爱了，而没有了爱，也就没有了幸福。小说中，医生给主人公“我”开出了两个大概会令读者哑然失笑的“处方”。一个是“卡普托利克斯”，另一个则是在药方单上写下的三个应召女郎的名字，建议主人公求助应召女郎来激发性欲，不过，主人公始终没能遵此医嘱，因为他的性欲早已停留在了用“卡普托利克斯”药之前对某个褐发女郎孜孜不忘的美好回忆中。

我们在书中还可以读到对主人公的日本女友柚子的一些性癖好描写（如群交，甚至兽交），还有某个德国鸟类学家教授的恋童癖行为，这些篇幅并不算多的描写，在维勒贝克的作品中构成了似乎必不可少的有机成分（没办法，这就是维勒贝克）。

在《血清素》的末尾，主人公“我”不无伤感地提到了托马斯·曼那一部气氛神秘、象征资本主义文明没落的小说杰作《魔山》，还提及了马塞尔·普鲁斯特的皇皇巨著《追忆似水年华》。但“我”的腔调是极其悲观，极其宿命论的。他隐隐觉得，德国和法国的这两位最伟大的文学家，德国和法国文学史上这两部最伟大的作品，在一个靓丽的小萝莉面前，在一个湿嫩的少女身体面前，丧失了所有的魅力。

四、关于现实社会

还是回到小说涉及的当代生活的话题上来。

维勒贝克的小说始终关注最流行的时尚文化，也关注法国人甚至欧洲人最关切的社会现实问题。在《基本粒子》中，读者看到了性泛滥的社会带给人们的种种迷惘；在《一个岛的可能性》，我们见识了“克隆”技术可能带来的幻景；在《地图与疆域》中，作者更是拷问了后工业时代旅游业、艺术界的种种致命问题……

而在《血清素》中，我们看到了法国农业的一幅幅惊人画卷，我们读到："没有转基因产品，我们就没有办法养活人口持续增长的人类；大体上，要么要孟山都，要么闹饥荒"。我们还读到，卡米耶曾一度惊慌地"参观过好几家母鸡养殖场"，她看到，"在被顶上的强光卤素灯照亮的厂棚里，成千上万只母鸡紧紧地挨在一起试图生存下来，没有鸡笼，那是'地上养殖'，它们身上的羽毛都掉光了，瘦骨嶙峋的，皮肤发炎，受到红虱子侵扰；它们在同伴的腐烂的尸体中间生活，短暂生命——最多一年——的每一秒钟都在惊恐不安地咕哒咕哒地惊叫"。我们读到：在高速公路上，"长龙卡车队"源源不断地往北欧运送去"在温室里种植的、由马里偷渡过来的非法移民采摘的蔬菜"。我们还读到，阿根廷杏子"势不可挡地""源源不断地"涌入法国市场，从此，鲁西永地区的杏子种植户"从理论上讲可以被视为死户"了。而奶牛的养殖呢？它的状况更是好不到哪里去，照作品中"我"的看法，牛奶销售价的下调幅度太大，是对法国多数奶农的一次致命的打击。"现在有六万多奶牛养殖户；十五年后，依我之见，将只剩下两万"……总之，法国的农业前景一片黯淡。

在小说中，维勒贝克对从事传统农业的当代农民给予了无比悲悯的同情，他浓墨重彩地描写的农民集会、示威、暴动行动，更是预见了（或者不如说在某种程度上代言了）法国近年来一段时期的"黄背心运动"。小说中，埃梅里克和朋友们带领芒什省和卡尔瓦多斯省的奶农们向政府抗议，他们“拦截了从勒阿弗尔港开来的运牛奶的槽罐卡车”，那是来自“爱尔兰和巴西的牛奶”。但是武装示威还是没能解决问题，因为政府和警察力量都要保护现成的农业政策，到最后，埃梅里克觉得，无论再怎么抵抗都没有了希望：

> “他缓慢地转动，从左到右，分别瞄准盾牌后面每一个保安部队的人（他们在任何情况下都不能先开枪，这一点我可以确信；但实际上这也是我唯一确信的事情）。然后他反过来，从右到左；然后，他放慢速度，回到中间，一动不动地待了几秒钟，我觉得不到五秒钟。然后一个异样的表情从他的脸上掠过，就像一般的痛苦；他掉转枪管，抵住下巴，扣动了扳机。
>
> “他的身体向后倒去，砰地撞在皮卡的金属平板上；没有血液和脑浆溅出，没有一点这一类的东西，一切都奇怪地节制和晦暗［……］”

在作家笔下，我们可以看到，扼杀法国传统农业的元凶是全球贸易“自由主义”的盛行：在以自由经济为唯一杠杆，以世界性垄断为最终后果的全球化农业情境中，传统经营模式的农业在不可避免地失势、失败，走向灭亡。

无独有偶，近几天，我从网络上得知，2020 年法国的费米娜文学奖颁发给了塞尔日·容库尔（Serge Joncour）的小说《人性的自然》（*Nature humaine*），小说描述的也正是三十年间法国农民的奋斗经历，习惯了传统农业方式的他们，现在要面对不再散养的圈养牛，防不胜防的疯牛病，为毁尽了土壤地力的毒化肥而伤透脑筋，他们无可奈何地哀叹着传统农业和传统农人生活的终结，哀叹人与自然的越来越邪乎的分离。在这部《人性的自然》中，对未来生活的希望依然十分渺茫，总体的调子依然悲观，如同《血清素》一般。

除了作为小说主要社会背景的欧洲农业的颓败景象，《血清素》还多多少少地描绘了当代欧洲社会的一些时尚现象，如西班牙的“巴巴”嬉皮士，如天体疗养区中来自北欧国家的退休老人，如牌子叫“查第格 & 伏尔泰”或者叫“帕斯卡 & 布莱兹”的时髦箱包，如所谓“精品酒店”的经营环境，等等，无一不是当今西方社会的时尚文化现象。

这些是似乎用不着强调，读者一眼就能注意到的。

五、“血清素”与死亡

我注意到，小说《血清素》中，主人公“我”的父母都是死于自杀，好朋友埃梅里克是开枪自杀的，而在另一个地方“有个伙计两天前开枪自杀”，这已经是“开年以来的第三起”了。而主人公“我”本人，最终可能也会走上这同一条自杀之路。

这不禁让我联想到，在《地图与疆域》中，作为小说人物的维勒贝克是被人杀死的，而且死得很惨：维勒贝克在家中被人残暴杀害，他的脑袋和宠物狗的脑袋被齐刷刷地割下，而尸体的其余部分则被切割成碎片。但是，这一“谋杀”同样也可以被看成一种“自杀”：是作者维勒贝克让人物维勒贝克自己去死的。而在《斗争领域的延伸》中，如我们在上文中已经提到的那样，主人公拉法埃尔也是自杀的。读者应该还可以联想到：同样是在《地图与疆域》中，主人公杰德·马丁那饱受病痛之苦的父亲最终选择走上了安乐死的道路。而心底里实际很挂念父亲的杰德最终也赶到了瑞士的苏黎世，去实施安乐死的机构了解详情，咨询信息。

可以说，“从容而死”也是维勒贝克作品的一个永恒话题。

在《血清素》中，书名本身在我看来就是一种死亡的象征。

“血清素”（*sérotonine*）是一个科学词汇（我们知道，对科学术语的运用是作家维勒贝克喜爱的做法，他的小说《基本粒子》的书名也是以物理学术语命名），它是体内的一种神经传递物质，俗称幸福荷尔蒙，其分泌的过程可使人抵抗抑郁，恰如书中写到的那样，“卡普托利克斯通过增加血清素的分泌来产生疗效”。但是，人们服用“卡普托利克斯”一药后产生的血清素会抑制睾酮的合成，严重影响人的性功能，恰如小说写到的那样，“最常见的不良副作用是恶心、性欲丧失和阳痿”。

更有甚之，这里头还有更要命的“象征”意味：从医学知识上说，长期服用“卡普托利克斯”会导致人的体内某种“荷尔蒙”含量过高，甚至会导致力尽身亡；而突然停药也会有致死的危险。这样看来，“血清素”不是一种治疗主人公伤痛身心的良药，反倒可能是帮助他走向某种“安乐死”的助推器。

小说的第一章和最后一章，都以对这种抗抑郁药“卡普托利克斯”的如下描写开始：

> “这是一种白色的、椭圆形的、可从中间掰断的小药片。”

两次重复，是维勒贝克故意为之。读者完全可以读出，从头到尾，主人公“我”始终被死亡的这一阴影所笼罩，被这一顽念所萦绕，他须臾离不开这一与死亡紧密相伴的象征物了！

六、 真实与虚构，及其他

说到写作手法，多年以来，维勒贝克总是在不断地尝试，不断地实践文坛最新流行的方法。比如说：在《地图与疆域》中，维勒贝克引入了许多当代人物，都是有真实身份和细节描写的。例如，比尔·盖茨和史蒂夫·乔布斯都进入了小说人物的“画廊”。尤其是，维勒贝克把自己写成了小说中的一个重要人物，一开始在“楔子”中就被马丁父子谈论到，随后在第二部分就亲自出场，直到在第三部分中死去。读者看到的维勒贝克是一个讨厌的老酒鬼，病恹恹的，但极具批判精神，对艺术对社会均有独特的看法。最后，作者维勒贝克毅然决然地把这个人物维勒贝克写死：他在家中被人谋杀并分尸，全法国都为他的死深切悲痛，并颂扬这位伟大的创造者：“他将永远活在我们的记忆中。”而维勒贝克的朋友小说家贝格伯德也在小说中出场了：“弗雷德里克·贝格伯德以其勇敢的立场，赞同吸毒合法化，赞同男女卖淫者一种身份的创建，以其更妥帖的立场，关注无证件者，关注囚徒的生活状况，渐渐成为了2010年代的某种萨特。”

把真实人物甚至是作者自己糅进虚构故事，是当今各国小说写作的一种趋向，叫做“自我虚构”（autofiction），维勒贝克正是这样实践的。在《基本粒子》和《一个岛的可能性》中，这一“自我虚构”或曰“自撰”并不太明显，而在《地图与疆域》中，它已经成了一大特色。

在小说《血清素》中，“自我虚构”仍然存在，而且还被作者直接点名指明了出来：

“我走进圣拉扎尔站候车厅时有一种奇怪的进入某种自我虚构的感觉，候车厅已经变成了一个以服装店为中心的相当普通的商业中心，候车厅这名称委实名副其实，我的脚步真的迷失了，我在那些很令人费解的招牌之间茫然地游荡着，实际上我对自我虚构这个术语只有一些模糊的概念，我是在读克里斯蒂娜·安戈的一本书（其实是前五页）时记住这四个字的，然而在走近站台时，我好像觉得那个词越来越契合我的处境，甚至就是专门为我而造，我的现实已经变得难以承受，没有任何人能在如此严酷的孤独中生存下去，我可能在尝试创造一种交替的现实，想回到时间岔道的源头，以某种方式从生命中获得一些额外的信用额度，也许它们所有这些年里一直藏在那里，在两个站台之间等着我，那些信用额度隐藏在火车机车的灰尘和油污下面。”

根据这样的告白，读者几乎可以相信，小说中主人公“我”在农业部的那一段经历，几乎就是维勒贝克本人自己亲历的事情，反正，不管怎么说，读者可以相信，这个以“我”自称的小说主人公“在法国政府在确定欧洲农业预算的立场方面扮演着一定的角色”。

还有，当年，曾有人指责维勒贝克的小说《地图与疆域》原封不动地“复制并粘贴”了法语维基百科的内容。网络文艺杂志 *Slate* 法语版指出，《地图与疆域》至少有三段文字涉嫌剽窃维基百科的词条。分别涉及政治家弗雷德里克·尼乌的生平、博韦城的历史、苍蝇的性生活。维勒贝克在接受记者采访时，坦然承认自己复制了维基百科上的段落，不过他反驳说：“但这不是抄袭。”他进一步解释说，这样做是一种文学的实验形式：“如果这些人真的这样想（即认为是抄袭），他们就没有明白文学是什么这一首要概念。我尤其受佩雷克和博尔赫斯的影响……我希望使用这类材料后，能增加我的书的美感。”

这一回答很精彩，它实实在在地告诉读者，他那本《地图与疆域》的整体风格，就是对日常生活平庸的、技术性描述的借用。

到了《血清素》，这样的写法依然还在用。在开篇第一章的末尾，我们就再一次见识了维勒贝克特有的那种近乎“产品说明书”式的标志性描述法，不厌其烦地解释血清素，介绍抗抑郁产品的更新换代，及其功效、运作原理和副作用（恶心，性欲消失，阳痿）：

> 大家都熟知的第一代抗抑郁剂（艾司西酞普兰，氟西汀）通过抑制神经元对 5 - HT1 的再摄取，来提高血清素的含量。二〇一七年初研发出的 Capton D-L 为新一代抗抑郁药开辟了道路，它的作用机制终于更简单了，因为它能通过胞吐作用促进在胃肠道黏膜那一层次产生的血清素的释放。当年年末，Capton D-L 就以“卡普托利克斯”为商标投放市场，一下子就被证实有惊人的疗效，可以让患者重新轻松自如地遵循文明社会中正常生活的重要礼仪（梳

洗，缩小到只剩下良好邻里关系的社会生活，简单的行政手续），而且与上一代抗抑郁药截然不同的是，它一点也不会导致患者出现自杀或者自残的倾向。

我相信，到今天，可能不再会有批评家来指责小说家抄袭维基百科上的资料了，因为，时代变得实在是太快，可能所有的小说家在写作时都会“坦坦荡荡地”从维基百科中查找并引用一些现成的材料。

我甚至还注意到，法国当代文学中已经有了那样的一些虚构作品，它们会在作品的末尾，就是说，在正文之后，模仿一些学术论文的模式，正儿八经地列出一份所谓的“参考文献”来。在朗博（Patrick Rambaud）获得1997年龚古尔奖的小说《战役》（*La Bataille*）的末尾，我看到了这样的“参考文献”，它竟然分六个部分，分列了关于1809年的那次战役、关于军队、关于当年的维也纳、关于战争医学、关于拿破仑和关于司汤达的参考书目。而在让-克里斯托夫·吕芬（Jean-Christophe Rufin）《红色巴西》（*Rouge Brésil*，获得了2001年的龚古尔文学奖）中，我也看到了这样的“关于《红色巴西》的故事来源”的说明，里面列的文献至少有十本。

有些扯远了，言归正传，还是谈维勒贝克的写作风格。

到了《血清素》这个阶段，我看到，维勒贝克的写作似乎又回归到了传统的叙事之中。

在写作风格方面，《血清素》一如既往地做到了精辟中的诙谐、悲怆中的幽默。但是，就叙事手法而言，较之先前几部作品中常见的以将来时态为主，而将预叙、倒叙、插叙、平行叙述等混用的庞杂的叙事系统，《血清素》采用的基本上是过去时态主导下的叙事。

难道说，这样一个曾经不断追求新颖，追求时尚的作家，又回归了稍稍更偏于“传统”的叙事方法中，是因为他对社会的悲观看法，是因为这一悲观同样影响到了他的艺术创作手法吗？我们似乎还不能肯定地下这个论断，恐怕，我们还是得看，他的下一部小说会如何。

但是，问题又来了。他的下一部作品要等到什么时候呢？

前几天，也就是2020年的11月21日，第十二届傅雷翻译奖终评和颁奖之日的晚上，在法国驻华大使罗梁先生（Laurent Bili）于大使官邸举行的招待晚宴上，我和这本《血清素》的译者金龙格（他先后两次获得傅雷翻译奖，可谓译界才俊）正巧坐了个面对面，金龙格的边上则是柯梅燕女士（Myriam Kryge，毕飞宇小说作品的法译者），她得知我和金龙格都是维勒贝克的译者，不禁惊讶万分，因为在当代作家中，她最敬佩的就是米歇尔·维勒贝克。席间，她连声说：“维勒贝克就是当代的巴尔扎克！”这位柯梅燕，早在2004年，我就认识她了，她当时开创了在南京的“法语联盟学校”。她的这一看法，可说在法国读者中具有相当的代表性。

这之前，我已经读完了一遍金龙格翻译的《血清素》，而就在这次宴会之后，我开始践行我的诺言，为《血清素》的这个汉译本撰写这一篇希望能充当“序言”的文字。

金龙格的译文是我写这篇文字的一个动力，而柯梅燕女士的话，更是在我的动力之上新增了一份力量。

是为序！

2020 年 11 月 24—26 日草于北京蒲黄榆寓中

改毕于 2020 年 12 月 1 日

血清素

这是一种白色的、椭圆形的、可从中间掰断的小药片。

早晨五点钟光景，有时是六点钟，我就醒了，快要憋爆了，这是我一天当中最痛苦难耐的时刻。我做的第一个动作，是按下电咖啡壶开关；头天晚上，我已经把咖啡壶的水箱灌满了水，在滤网里放好了咖啡粉（通常情况下放的是玛龙欧[1]，我对咖啡还是比较挑剔的）。在喝下第一口咖啡之前，我是不会把香烟点着的；这是我给自己立下的一条规矩，每天能把这件事做成功已经成了我最引以为傲的资本（说到这里，必须承认电动咖啡壶煮咖啡的速度很快）。第一口烟便立竿见影地纾解了我的痛苦，其力量大得惊人。尼古丁是一种完美的毒品，是一种普通的、致瘾的硬性毒品，不能带来任何欣快感，其特

[1] 法国著名咖啡品牌，创立于 1934 年，公司总部位于尼斯。——译注（本书脚注均为译者添加）

点完全可以归纳为犯瘾和解瘾。

几分钟之后，两三支烟抽完了，我用一小杯矿泉水——通常是富维克[1]——吞下了一片卡普托利克斯。

我四十六岁了，我名叫弗洛朗-克洛德·拉布鲁斯特，我讨厌这个名字，我相信它跟我的父母双方都想纪念的我们家族里的两位成员有着不解之缘。我的父母亲在其他方面都无可指摘，因此这名字就更加让人觉得遗憾。无论从哪个方面讲，他们都是优秀的父母，他们竭尽所能地赋予我同生活做斗争的必要武器，假如我最终失败了，假如我的人生在悲伤和痛苦之中终结，我是不能怪罪他们的，要怪就怪一连串令人遗憾的状况——我会有机会回过头来讲述那些事情的，说实在话，它们甚至就是这本书的主题——无论怎么说，除了这微不足道、令人恼火但微不足道的、给我名字整出的这么一茬，我没有任何可以责怪我父母亲的地方。我不仅觉得弗洛朗-克洛德这种组合荒唐可笑，而且也不喜欢它们本身所包含的元素，总而言之吧，我觉得这个名字完全起砸了。弗洛朗太温柔，太接近女人的名字弗洛朗丝，从某种意义上说几乎就是雌雄同体。它跟我这副轮廓刚毅、从某些角度看甚至很粗犷的面孔一点也不般

[1] 法国的一个天然矿泉水品牌。

配，我这面孔常常被人（反正有一些女性）视为富有阳刚之气，但绝对不至于，真的绝对不至于会被人当成波提切利[1]画笔下的那种基佬。至于克洛德就更不要提了，它让我刹那之间联想到克洛德·弗朗索瓦[2]的那些“克洛德特”，一听到别人叫克洛德这个名字，我立刻联想到一群老基佬齐聚的晚会上，在循环播放一盘克洛德·弗朗索瓦过时的录像上的骇人画面。

改名字并不困难，不过我不是从行政角度说这句话的，若是从行政角度的话，基本上没有任何事情能够办成功，当政府部门没法做到不费吹灰之力就把你生活的可能性摧毁时，它就会把最大程度地减少这种可能性设定为目标，从政府部门角度看，一个优秀的公民就是一个已经死了的公民。我说改名字并不困难只是从使用的角度来说的：只需使用一个新名字做自我介绍，几个月甚至仅仅几个星期之后，所有的人都会习以为常，那些人的脑子里甚至再也想不起你从前还有过一个不一样的称呼。我这种情况操作起来可能会更加便捷，因为我的小名叫皮埃尔[3]，这个名字与我坚毅阳刚的形象吻合得恰到好处，

---

[1] 波提切利（1445—1510），意大利文艺复兴时期著名画家，代表作有《维纳斯的诞生》等。

[2] 克洛德·弗朗索瓦（1939—1978），法国歌唱家、舞蹈家、作曲家。1966 年 12 月起，他在编舞时安排女舞蹈演员和他同台演出，这些舞蹈演员被他称为“克洛德特”，从 1966 年到 1978 年，他总共有三十个“克洛德特”。

[3] 法语 Pierre（皮埃尔）做普通名词时有“石头”的意思。

我更愿意向世界呈现我的这副形象。可我什么也没做，而是继续让别人用弗洛朗-克洛德这个恶心的名字叫自己，我唯一做成的，是让某些女子（确切地说是卡米耶和凯特，我会回过头来说她们的故事，我会回过头来说她们的故事的）用简称叫我弗洛朗，在普通的社会关系中我却什么也没做成，不管是在这一点还是在差不多所有其他方面，我总是听凭环境摆布，表现出的是我无法掌控自己生活的无能，阳刚之气仿佛从我方方正正、棱角分明的面孔，从雕刻一般的脸部轮廓上抽离而去，实际上这阳刚之气只是一块诱饵，一个十足的骗局——但说实在话，对此我是没有责任的，我受上帝支配，但我只是，确实只是，我从来就只是一个没有定见的懦夫。如今，我已经四十六岁了，我一直就没有能力把控自己的人生。总而言之，我人生的下半场，似乎非常有可能会跟我人生的上半场一样，只会经历一段颓丧而又痛苦的土崩瓦解。

大家都熟知的第一代抗抑郁剂（艾司西酞普兰[1]，氟西汀[2]）通过抑制神经元对 5 - HT1[3] 的再摄取，来提高血清素的含量。二〇一七年初研发出的 Capton D-L 为新一代抗抑郁

[1] 法语商品名为 Seroplex，英语商品名为 Lexapro（来士普），一种抗抑郁剂。

[2] 另译为百忧解，商品名 Prozac，是一种抗抑郁药。

[3] 5 - HT1 是 5 - HT 受体（即 5 -羟色胺受体，也被称为血清素受体）的一个亚科。

药开辟了道路，它的作用机制终于更简单了，因为它能通过胞吐作用促进在胃肠道黏膜那一层次产生的血清素的释放。当年年末，Capton D-L 就以“卡普托利克斯”为商标投放市场，一下子就被证实有惊人疗效，可以让患者重新轻松自如地遵循文明社会中正常生活的重要礼仪（梳洗，缩小到只剩下良好邻里关系的社会生活，简单的行政手续），而且与上一代抗抑郁药截然不同的是，它一点也不会导致患者出现自杀或者自残倾向。

卡普托利克斯最常见的不良副作用是恶心、性欲丧失和阳痿。

我从未感到过恶心。

故事发生于西班牙的阿尔梅里亚省[1]，在埃尔阿尔基安以北、离那里恰好五公里的N340号国道上。时值初夏，可能接近七月中旬，确切地说是在二十一世纪一〇年代接近尾声之时——我好像觉得当时是埃玛纽埃尔·马克龙担任共和国总统。天气晴朗，暑气逼人，西班牙南部地区在这个季节从来如此。那是在午后，我那辆四驱的梅赛德斯-奔驰G350TD正停在雷普索尔[2]加油站的停车场上。我刚把油箱加满柴油，正靠在车身上慢悠悠地喝着零度可乐，想着柚子第二天就要到了，越想心里就越郁闷，就在这时，一辆大众甲壳虫在充气站前停了下来。

两个二十来岁的女孩子从车里走出来，尽管隔得那么远，依然能看出她们长得妩媚迷人，近些日子我都忘了女孩子竟然可以如此妩媚迷人，因此她们的出现让我心头为之一振，就好

[1] 西班牙南部的一个省份，位于安达卢西亚自治区的东部。埃尔阿尔基安为该省的一个滨海城市。

[2] 雷普索尔（Repsol）即西班牙国家石油公司。

比看戏时看到了夸张做作的剧情突变一样。空气如此灼热，仿佛在轻轻颤动，停车场的沥青地面也跟着颤动，确实具备了生成蜃景的条件。但那两个女孩子是真实的，两人当中的一个朝我走过来时，我有点慌了神。她一头浅栗色的呈细微波浪形的长发，前额绑着一条薄薄的皮质头带，头带上布满了类似几何图形的彩色图案。她的胸部多多少少被一块白棉布条遮住，那条飘动的短裙也是白棉布做的，似乎一阵微风都可以把它掀起来——话虽如此，却没见一丝儿风，上帝真是宽厚而又慈悲。

她很淡定，笑盈盈的，好像一点都不害怕——感到害怕的人，说实在话，是我。她的眼神透出善良和幸福——从看到她的第一眼起我就知道她的人生只有过幸福快乐的经历，跟动物，跟男人，甚至跟雇主相处得都很融洽。在这个夏日午后，这个年轻而又诱人的女孩子为什么要朝我走过来？她和她那位女友想检查她们的胎压（我没表述清楚，其实是她们那辆汽车的轮胎）。检查胎压可以防患于未然，差不多所有文明国家甚至其他国家的道路救援机构都要求这么做。如此看来，这个年轻女孩子还不只是性感、善良，她还很谨慎、理智，我对她的钦佩与秒俱增。我能拒绝她、不帮她一把吗？很显然，不能。

她的女伴更符合人们心中期待的那种西班牙女郎形象——乌黑的秀发，深褐色的眼睛，褐色的皮肤。女伴的模样没那么

“巴巴酷”[1]，但好像也是比较“酷”的，只是没那么“巴巴”，看上去有那么一点点骚，左边鼻孔上穿了一个银鼻环，罩着她乳房的布带是五颜六色的，上面的字体很刺眼，穿插着一些可以被称为朋克[2]或摇滚的口号，不知道到底是朋克还是摇滚，因为我忘了两者之间的区别，为方便起见我们就称之为朋克-摇滚[3]口号吧。跟她的那位女友不一样，她穿的是运动短裤，可像她那么穿更加要命，我就不明白厂家为什么要生产如此紧身的运动短裤，你不可能不被她的屁股迷住。不可能的，我做不到，但我比较快地就把注意力重新集中到当务之急要做的事情上面。我解释说，车型不同对胎压的要求也不一样，首先要搞清楚这款车型要求的标准胎压是多少：标准胎压通常标注在左前门下方一块焊接在那里的小金属牌上。

那块牌子确确实实在我所说的那个位置，我感觉到她们对我这种男性本领肃然起敬起来。她们的汽车负载的东西不是很多——她们的行李甚至少得惊人，只有两个很轻的包，里面装的应该是一些细带式泳裤和常用化妆品——所以 2.2 千帕的胎压完全足够了。

接下来要做的就是充气操作本身了。左前轮的胎压，我一

---

[1] 20 世纪 70 年代在西方出现的具有嬉皮士特点的青年。

[2] 以服饰、发式古怪为特征，以示对社会不满的年轻人。

[3] 起源于 1974—1976 年的美国、英国、澳洲，是摇滚乐的分支音乐类型，有“反体制”的特色。

下子就注意到了，只有1.0千帕。我对她们俩说话的语气变得严肃起来，甚至有一些我这个年纪允许夹带的严厉：她们过来找我是对的，她们真的很危险却浑然不知，迟早要出事：充气不足会导致车胎失去附着力，跑偏，末了一场车祸几乎不可避免。被我这么一说，她们流露出一脸的激动和天真，栗色头发的那个女孩把一只手搭在了我的前臂上。

必须承认，那些仪器装置使用起来很麻烦，你得留意充气泵发出的嘘嘘叫声，在把充气嘴固定到车胎气门嘴上之前常常要摸索老半天，实际上干“那事”就比这个容易多了，更能凭直觉行事，我相信在这一点上她们会认可我的想法，但我不知道如何切入这个话题，总之我充好了左前轮，紧接着又充了左后轮。她们俩一直蹲在我旁边，聚精会神地看着我的一举一动，一边叽叽喳喳地用她们那边的话说“真好玩”和“当然啦”。然后，我把任务交给她们俩，让她们在我慈父般的监督下依照我的做法给另外两个轮胎充气。

褐色皮肤的那位更容易冲动，这一点我明显感觉得到，她一上去就向右前轮发起进攻，这时候情况就变得非常严峻：她刚跪下去，她那两瓣被超短运动短裤包住、丰满圆润到了极致的屁股，在她试图控制充气嘴时，一直在扭来扭去，我猜想栗色头发的那位很同情我的六神无主，她甚至用手臂简略地搂了一下我的腰，那是一只姐妹般的手臂。

最后，终于轮到了右后轮，这只轮子由栗色头发的那位负责。这一回，煽起情欲的张力没那么大，但有一股爱的张力跟它轻轻地叠合到了一块，因为我们三个人都明白这是最后一只轮胎了，她们眼下估计没有别的选择，只能选择继续上路了。

不过，她们还是跟我在一起多待了几分钟，交织着感谢的话语和优雅的动作，她们的那种态度并非完全不切实际，至少现在，隔了那么多年，当我突然回想起，我过去也有过性生活时，我就是这么跟自己说的。她们询问我的国籍——法国，我觉得我没有说起过——询问我本地的观光景点都有哪些——尤其想知道这里有没有一些有意思的地方。从某种意义上来说，有的，有一个塔帕斯[1]酒吧，那里也供应丰盛的早餐，就在我住的房子对面。还有一家夜总会，地方稍微远一点，大致上看还是有意思的。另外还有我的家，我可以让她们在我家留宿，至少一个晚上，我对我家的感觉是（随着时间的推移，我此刻可能是在杜撰）那也许真的是一个“有意思的地方”。但这些话我都没说出口，我只是做了个概括，大致地跟她们说这个地区挺怡人的（这是实话），我在这里感到很开心（这是假话，柚子即将到来更无助于问题的解决）。

她们终于走了，朝我挥舞着幅度很大的手势，大众甲壳虫

[1] 酒吧中和饮料一起供应的各种西班牙风味小吃。

在停车场上调了个头，然后拐入连接国道的匝道。

那个时候，很多事情本来会发生的。假如我们当时是在一出浪漫喜剧中，我会在片刻的、戏剧性的犹疑之后（在这场戏中演员的演技至关重要，我觉得凯文·亚当斯[1]能够做到），总之我本来可以冲进我的四驱奔驰车驾驶座，在高速公路上追上甲壳虫，超到它前面，朝它打着有些傻的大幅手势（就像浪漫喜剧里的演员所做的那样），甲壳虫就会在紧急停车道上停下来（实际上，在一部古典的浪漫喜剧中，可能只有一位女郎，可能就是那位栗发女郎），然后很多激动人心的人类行为就会发生，发生在一辆辆从距离我们几米远的地方擦过的载重卡车的气流中。在这场戏中，剧本对白的编写者在对话文本上需要好好下点功夫。

假如我们是在一部黄片中，接下来要发生的一幕更加可以预见，但对白就没那么重要了。所有男人都想要鲜嫩、绿色环保和喜欢 3P 的女孩——总之差不多所有的男人都这样吧，至少我是。

但我们是在现实生活之中，因此我回到了家里。我发现自己处于勃起状态，鉴于下午发生的事，这一点也不让我觉得意外。我用惯常的方法做了处理。

---

[1] 凯文·亚当斯（1991—　），法国青年偶像、喜剧演员、著名笑星、编剧。

那两个女孩，尤其是栗色头发的那个，本来可以让我在西班牙的逗留变得有意义，那个下午令人失望、平淡无奇的收尾只不过无情地强调了一个事实：我没有任何理由在此地滞留。我和卡米耶一起，也是为的她买下了这套公寓。那个时候，我们还有成家的打算，考虑在克勒兹省[1]或者别的什么地方拥有一个家庭的锚地，一座充满浪漫色彩的磨房。可能只有制造孩子是我们没有列入计划的——尽管这项计划我们有一刻也差点着手实施了。那是我第一次买房产，而且也是唯一的一次。

她一下子就喜欢上了这个地方。这是一个小型的天体疗养区，幽清静谧，远离从安达卢西亚到地中海东岸呈梯级排列的大型旅游综合体，而居民主要由北欧的退休佬——德国人、荷兰人附带斯堪的纳维亚人，当然免不了还有英国人——组成，奇怪的是反而没有比利时人，而疗养站里的一切——独栋小楼

[1] 法国阿基坦-利木森-普瓦图-夏朗特大区所辖的省份。

建筑、商业中心的布局、酒吧里的全套家具——似乎都在呼唤他们的到来，其实那确实是比利时人的小天地。大多数居民已经完成了他们在教育部门、广义的公务员部门和经纪公司里的职业生涯。如今，他们在这里以一种平静的方式安度余生，他们早早就开始喝开胃酒，他们一脸敦厚地带着他们下垂的屁股、累赘的乳房或者了无生气的鸡鸡从酒吧溜达到海滩，再从海滩溜达到酒吧。他们不会为一点小事大吵大闹，不会发生任何邻里纠纷，他们很有责任心地在“没问题酒吧”里的塑料椅子上铺一块毛巾（在疗养区区域内，顾客在公用座椅上铺一块毛巾避免自己的隐私部位与其接触属于一种讲公德行为，因为那个部位很有可能是湿的），然后全神贯注得有些夸张地钻研起那份其实没几个菜的短短的菜单来。

另一群顾客，人数没那么多但更加活跃，由西班牙的“巴巴”族组成（我痛苦地意识到，那两个曾请求我为她们的车胎充气的年轻女孩充分地代表了这一族）。简要地回溯一下西班牙的现代史并非无用之举。一九七五年，佛朗哥将军逝世之时，西班牙（更确切地说，是西班牙年轻一代）面对的是两股相互冲突的潮流。第一股潮流直接脱胎于一九六〇年代，崇尚自由恋爱、裸体、解放劳动者以及诸如此类的东西。在一九八〇年代终于强势来袭的第二股潮流则反其道而行，更推崇竞争、色情片、犬儒主义和股票期权，总之我长话短说吧，也必须长话短说，否则怎么讲都讲不完。第一种潮流的失败早已注定，代表们逐渐地撤退到一些自然保护区，类似于这个我在里面买了一套房子的简朴的天体疗养区。这种注定的失败最终是不是发生了呢？佛朗哥将军去世很久之后出现的一些现象，譬如“愤怒者运动”[1]，会让人想到截然相反的答案。还有最近那个让人心神不宁、垂头丧气的下午，在埃尔阿尔基安的雷普索尔加油站那两个年轻女孩的出现：indignado（愤怒者）的阴性形式是 indignada（女愤怒者）吗？那我是在跟两个长相迷人的女愤怒者打交道吗？答案我可能永远也找不到了，之前我没能够让自己的生活走近她们俩的生活，但我原本可以提议她们参观我那个天体疗养区的，她们会走进那片大自然的怀抱，褐色皮肤的那个可能会再度出发，但我跟栗色头发的那个在一起会更幸福，好吧，在我这种年纪，幸福的诺言变得有些虚幻，但那次偶遇之后，不知有多少个夜晚，我都梦见那位栗发女子跑来敲我的门。她回来找我，我结束了在这个世界上的漂泊不定，她回来后一下子就拯救了我的鸡鸡、我的人生和我的灵魂。“呀，快进屋里，请随意，不要拘束，就当是在自己家里。”在其中的一些梦里，她明着跟我说她那位褐皮肤女友还在车里等着，想知道是不是可以上楼来跟我们待在一起；可这个版本的梦越来越罕见，剧情也简化了，末了甚至都没有情节

[1] 又称“五月十五日愤怒者运动”，指 2011 年 5 月 15 日开始，在西班牙 58 个城市蔓延的一系列民众反对高失业率和经济危机的抗议示威活动。

了：我一打开门，我们就立即走进一个明亮的、无法言述的空间。这些不着边际的梦一直持续了差不多两年时间——且听我慢慢道来。

第二天下午，我就得去阿尔梅里亚机场接柚子。她之前从未来过这里，但我可以肯定她会讨厌这个地方。对北欧来的退休佬她只会心存厌恶，而对西班牙的“巴巴”嬉皮士也只会嗤之以鼻，这两个阶层（可以没有太大困难地生活在一起）没有一个能跟她对社会生活和整个世界所持的精英主义观念相提并论，所有那些人显然没有任何品味，我也一样没有任何品味，只不过我有钱，而且钱还不少，因为有些特殊情况吧，等我有时间我可能会详详细细地把那些事讲给你们听的；话都说到这分上了，关于我跟柚子的关系全部要说的实际上已经没什么好说的了，我当然必须离开她，这是明摆着的，我们甚至从来就不应该走到一起，只是就像我前面已经说过的那样，我需要很长的时间，非常长的时间才能把自己的生活重新掌握在自己的手里，而我连这么点事情大多数时候都无法做到。

我很轻易就在机场找到了一个停车位，停车场面积特别大，这个地区什么东西都特别大，就是为了迎接潮水般汹涌而来的游客，只不过那样的人潮从来都没有出现过。

我已经好几个月没跟柚子同房了，而且，无论发生什么情况，我都不打算重新开始，个中缘由我可能要稍晚一些再跟你们解释，说实话我一点都不明白自己为什么要安排这样的假期，我坐在到达大厅一张塑料椅子上等候时，就已经在想如何让假期提早结束——我原来的计划是两周，但充其量一周就够了，我可以骗她说工作上有要紧的事，工作上的事那臭婊子是不会有任何异议的，因为她全靠我的钱养着，这还是赋予了我一些权力。

从巴黎奥利机场出发的飞机准点抵达，到达大厅里的空调很舒服，厅内空荡荡的，几乎没什么人——很显然，阿尔梅里亚省的旅游业越来越不景气。电子显示屏显示飞机刚刚落地时，我差点就立即起身拔腿直奔停车场——她根本就不知道我的住址，把全城找遍可能都找不到我。但我很快就恢复了理智：单单为工作上的事，我总有一天也必须返回巴黎，而我在农业部的差事几乎跟我的这个日本同居女友一样令我作呕，我确确实实正在经历一段糟糕的时期，有些人还没到这么糟时就已经自寻短见了。

她像往常一样惨不忍睹地化了妆，差不多是浓妆艳抹，猩红色的口红和紫色的眼影使苍白的脸色、她那如同伊夫·西蒙[1]小说里写到的那种“瓷质”皮肤愈发醒目，我记得那个

[1] 伊夫·西蒙（1944— ），法国作家和歌手，曾因小说《情感漂移》荣获1991年美第奇奖。

时候她从不把自己暴露在阳光下，苍白的皮肤（好吧，按伊夫·西蒙的说法，瓷质皮肤）被日本女人视为高雅之巅，可是，如果拒绝暴露在阳光下，那你跑到一个西班牙海水浴场干吗呀？这个度假计划显然很荒唐，当天晚上我就会变更预订好了的回程时住的酒店，就算只待一个星期也太长了：为什么不留几天到春天，去京都看绽放的樱花呢？

若是跟栗色头发的那位女孩在一起，所有的一切都有可能迥然不同，她会在海滩上把衣服脱光，没有怨愤也不会嗤之以鼻，就像一个温顺的以色列女孩一样，她不会为肥胖的德国退休老太太鼓出来的赘肉感到不舒服（这是女人的宿命，她非常清楚，这种宿命一直要等到基督在荣光中降临时才会终结），她会把她那丰满圆润的屁股和她那单纯但剃了毛（因为上帝允许打扮）的绚丽的猫猫呈献给阳光（以及那些德国退休老头，这些退休老头一丝一毫细节都不会放过），我会像个哺乳动物一样勃起，但她不会直接在海滩上用嘴巴嘞我，那是一个由家庭组成的天体浴场，她会避免刺激到那些太阳升起时在海滩上做哈达瑜伽的德国退休老太太，但我可以感觉到她想要我，我的性功能仿佛焕发了新生，但她期待我们到水里，离岸边五十米远（海滩的坡度非常缓）的地方，把她湿漉漉的私处交予我那耀武扬威的阳具，过后的晚餐我们会在加鲁查[1]的一家餐

[1] 西班牙阿尔梅里亚省的一个市镇。

厅吃一顿“龙虾炖饭”，浪漫主义和淫秽色情再也不会分离，造物主的仁慈会有力地释放出来，总之，我的思绪就是如此飘忽不定，但是，当我瞥见夹在一群乌泱泱的澳大利亚背包客中走进到达大厅的柚子时，我还是成功地模拟出了一个模棱两可的愉快表情。

我们匆匆地亲了一下脸，总之我用脸颊贴了一下，但这么做可能有点过头，她当即就坐了下来，打开她的化妆包（里面装的东西严格遵照所有航空公司强制的手提行李规定），开始补妆，根本就不去注意行李转盘——显然，扛行李的差事落到了我的头上。

我认得她的行李，因为总是我帮着扛，她的箱包牌子很有名，但我记不得了，可能是“查第格 & 伏尔泰”或者“帕斯卡 & 布莱兹”，反正该品牌的理念就是把文艺复兴时期的一张地图印制在箱子的布料上，在那种地图上陆上世界是以一种非常粗略的形式表现出来的，但配上了诸如此类的复古文字：“此地料必有山君”，不过这种品牌的行李箱很时髦，跟中层干部使用的那种俗气的新秀丽截然不同，这种箱子下面没安装小滚轮更突显了它的专一性，那么确确实实就得靠手扛，完完全全像维多利亚时代那些高雅女子使用的旅行箱。

西班牙，就像所有的西欧国家一样，被拖入了生产力增长的死亡进程，所有非技术性岗位——而在过去这一类岗位有助于让生活变得没那么丧气——慢慢地被取消了，最终导致西班牙人口爆发了大规模失业潮。这一类的行李箱，不管牌子是“查第格 & 伏尔泰”，还是“帕斯卡 & 布莱兹”，都只在还存在*脚夫*这种职业的社会才有意义。

表面上看脚夫不存在了，但实际上并非如此，我把柚子的两件行李（一个旅行箱，一个跟那个旅行箱差不多一样重的旅行包，加在一起应该有四十来公斤）一件接一件从转盘上拿下来时，寻思着：脚夫嘛，我就是。

我同样还兼任司机一职。我们才上 A7 高速公路，她就打开苹果手机，插上耳机，然后蒙上在缓解充血的芦荟药水里泡过的眼罩。朝南边开，即通往机场的方向，是一条可能很危险的高速，拉脱维亚或者保加利亚的重型卡车司机驾驶车辆失控的情况并不少见。而反方向，往北欧运送温室种植、由马里偷渡过来的非法移民采摘的蔬菜的长龙卡车队刚开始上路，那些司机还没到犯困的点，我超了三十来辆卡车但安然无恙，然后就接近 537 号出口了。通向高悬于财富大街之上的高架桥拉出了一个长长的弯道，路边护栏有长达五百多米的缺口；想就此了断的话，我只需不打方向盘即可。此处的坡度很陡，考虑到累加起来的速度，你可望有一段完美的旅程，汽车都不会滚过岩石嶙峋的山坡，而是直接撞碎在更下面一百米深的地方，一阵纯粹的恐惧之后就全都一了百了，我就可以把犹疑的灵魂交还给上帝了。

天气晴朗、平静，我快速驶近弯道入口。我闭上眼睛，双手紧攥着方向盘，出现了几秒钟反常的平衡和绝对的宁静，肯定不到五秒钟，在这几秒钟里我感觉自己脱离了时间。

一阵完全不由自主的抽搐，使我猛地把车子转向了左边。转得很及时，右前轮压到了旁边的硬路肩。柚子扯掉眼罩和耳塞。“出什么事了？出什么事了？”她恼怒地问了一遍又一遍，但恼怒中也夹杂着一丝恐惧，我则开始拿她的恐惧来打趣。“没事，挺好的……”我尽可能用最轻柔的声音说道，语气温和得宛如一个有教养的连环杀手，安东尼·霍普金斯[1]便是我的一个榜样，鼓舞人心而且几乎不可超越，总之属于在你人生某个阶段需要遇见的那种人。我差不多是潜意识地，用更轻柔的声音重复了一遍：“没事，挺好的……”

实际上，我一点都不好；我刚刚在试图获得解脱的瞬间打了退堂鼓。

[1] 安东尼·霍普金斯（1937— ），英国演员、导演、制片人，1991 年凭借《沉默的羔羊》获得第 64 届奥斯卡金像奖最佳男主角奖。

果不出我所料，柚子平静地接受了我把假期压缩至一个星期的决定，只是忍着没把过度的喜悦表露出来，我以有工作指示为由做出的解释似乎当即就把她给说服了；实际上，是因为她压根儿就不在乎。

再说，我的借口也不全然是借口，实际上我那份关于鲁西永[1]杏子种植户的报告尚未提交就跑出来度假了，因为工作枯燥乏味令我感到厌倦，而眼下正在和南方共同市场[2]国家谈判的自由贸易协定一旦签订，鲁西永的杏子种植户显然就再也没有任何翻身的机会了，受“鲁西永红杏”原产地保护标志的庇护便会成为可笑的闹剧，阿根廷杏子就会势不可挡地源源涌入，从今往后鲁西永杏子种植户从理论上讲可以被视为死户了，可能会死得精光，一个都不剩，甚至连一个给他们收尸的

[1] 法国朗格多克-鲁西永大区的一个自然区。
[2] 巴西、阿根廷、乌拉圭、委内瑞拉和巴拉圭等南美洲国家的区域贸易协定。

幸存者都找不到。

我感觉自己还没有跟大家交代：我是农业部的雇员，我的主要任务是给谈判顾问采集信息撰写报告，最常见的是欧洲政府部门的谈判顾问，有时是更广义的商业谈判中的顾问，我充当的角色就是“阐明、支持和代表法国农业的立场”。我在政府部门的合同雇员身份能让我领到一笔优渥的薪水，比现行法规允许拨付给公务员的薪水要高出一大截。这份薪水从某种意义上说是合理的，法国农业复杂多样，很少有人能精通所有门类的利害关系，而我的报告普遍受到好评，他们都赞赏我那种鞭辟入里、不会在大量的数据中迷失方向，相反却能揭示出某些关键因素的能力。另一方面，我对法国农业政策的捍卫换来的却只是接二连三的惊人失败，但这些失败实际上并不是我的失败，而完完全全是谈判顾问的失败。那些顾问都是些阴阳怪气、自命不凡的家伙，反反复复的失败丝毫撼动不了他们的傲慢，我和其中的几个打过交道（直接打交道很罕见，我们通常都是电子邮件往来），从他们那里出来时我为自己跟那种货色打交道感到恶心。他们通常都不是国立农学院的毕业生，而是从商校出来的，我从一开始就厌恶商业和所有与之性质类似的东西，“学习高等商业”的概念在我眼里就是对学习这个概念本身的亵渎，可是话说回来，他们雇佣一些从高等商学院毕业的年轻人来担任谈判顾问是正常的，谈判嘛谈来谈去也弄不出什么新花样，不管谈的是杏子还是艾克斯[1]的小杏仁蛋糕、手机或者阿丽亚娜火箭。谈判是个独立王国，有一套自己的法则，非谈判人员是永远也迈不进那道门槛的。

尽管如此，我还是重新开始做鲁西永杏子种植户方面的信息采集，我在楼上的房间（这是套复式公寓）端坐下来，后面的整整一个星期，我几乎都见不到柚子的踪影，头两天我尽力下楼去和她在一起，维持着夫妻同床的假象，后面我就放弃了，我养成了独自一人在那家塔帕斯酒吧用餐的习惯，那酒吧确实挺惬意的，我错失了在那里与那位埃尔阿尔基安栗发女郎共餐的机会；久而久之，我宁愿每天下午都在那里打发时间，欧洲酒吧在午餐之后和晚餐之前的这个时段从商业角度看没什么活力，但从社交角度上看不可或缺。那里的氛围能让人得以安歇，有一些比较像我但比我处境更糟糕的顾客，他们比我大那么二三十岁，对他们而言，判决已经做出，他们已是一败涂地。下午，在这家塔帕斯酒吧有很多丧偶者出现，天体主义者也会经历丧偶，不过主要是寡妇，还有不少同性恋鳏夫，他们那些更羸弱的同伴已经飞到基佬天堂去了，但在这间来此安度晚年的老年人占绝大多数的塔帕斯酒吧里，性取向的差异都烟消云散了，让位给了更平淡无聊的民族差异：在露天座的餐桌边，很容易就能区分英国帮和德国帮；我是唯一的法国人；至

[1] 法国普罗旺斯的前首府、经济和文化中心。

于荷兰人，那确实都是些狗娘养的，他们胡乱就坐，荷兰是一个通晓多门语言的商人和机会主义者组成的民族，怎么说他们都不为过。随着大量的啤酒和拼盘端上桌，所有那一切都乖乖地变成了混沌的一片，环境总体来说非常安静，客人们说话的语调很有分寸。不过，时不时地，一拨青少年“愤怒者”蜂拥而至，他们从海滩直奔而来，女孩子的头发还是湿漉漉的，酒吧里的音量便上升了一级。我不知道柚子那边在搞什么名堂，因为她不晒日光浴，可能在网上追看日本连续剧吧；时至今日我依然纳闷她是怎么看待那一切的。一个像我这种普普通通的外国佬，甚至都不是来自特殊阶层，有的仅仅是能领到一份优渥的但又没有高到令人难以置信的薪水，能跟一个日本女郎而且是个年轻性感、家世显赫、与东西半球最前卫的艺术界来往密切的日本女郎在一起生活，通常情况下我应该感到无比荣幸。从理论上来讲这种事不可思议，我只配给她解鞋带这是不言而喻的，问题是我对我俩之间的身份差距表现出一种越来越无理的无所谓，一天晚上我去楼下的冰箱里找啤酒时，在厨房里撞见她，脱口说了句“走开你这臭肥婆”，然后抓起一箱生力啤酒和一段切好的辣味小香肠，总之这个星期她肯定有那么点哑口无言的感觉，当别人朝你脸上打一个嗝或放一个屁来回敬你时，搬出自己显赫的社会地位没什么卵用，她肯定可以找到很多人听她诉说心中的困惑，但她的家人不包含在内，否则他们会从他们的利益来考量处理这事，并由此得出结论说是时候了她该回日本了，她肯定会跟她的那些闺蜜，闺蜜或者熟人倾诉，我想到最近几天她大量使用 Skype 聊天软件，而在此期间，我则心甘情愿地放弃了鲁西永的杏子种植户，因为他们正在毁灭的道路上越滑越远，我当时对鲁西永杏子种植户的无所谓在今天看来是一个预兆，后来我在关键时刻对卡尔瓦多斯省[1]和芒什省[2]的奶农也表现得像那样无所谓，以及更后面对自己的命运不得已也表现出更彻底的无所谓，此刻我就是带着这种无所谓的态度热切地找寻退休老人做伴，不合常理的是，这并非易事，他们当即就揭下我这个伪退休者的假面，我尤其遭到了一些英国退休老人的粗暴拒绝和无礼对待（那不是太要紧，你永远都不会受到英国人的盛情接待，英国人是跟日本人一样的种族主义者，从某种意义上说是日本人的低脂版），但同样也包括荷兰人，只不过荷兰人排挤我显然不是出于仇外心理（荷兰人怎么可能是仇外分子？这种说词本身就是自相矛盾的，荷兰不是一个国家，顶多只是一家企业），而是因为他们拒绝让我进入他们退休老头的世界，我此前没能彰显出自己的价值或能力，他们不会向我轻易敞开心扉说出他们的前列腺障碍和冠状动脉搭桥术，吊诡的是，我更容易被那些“愤怒者”接纳，他们的年轻与他们的纯真如影随形，在那些日子，

[1] 法国下诺曼底大区所辖的省份，滨临大西洋，北临拉芒什海峡。
[2] 法国下诺曼底大区所辖的省份，滨临大西洋。

我本来可以转变，我也必须转变，那可是我最后的机会，与此同时我也有许多东西可以传授给他们，我非常了解农用工业的泛滥，跟我接触之后他们可能会变得更加斗志昂扬，因为西班牙对转基因产品的政策引起的争议更大，西班牙是欧洲最自由、对转基因产品最不负责任的国家之一，整个西班牙，西班牙的全部田地迟早会变成基因炸弹，其实可能只需要他们当中一个女孩子站出来就够了，从来都是只需一个女孩子就能成全好事，但没有发生任何能让我把埃尔阿尔基安的那个栗发女子忘掉的事，随着时间推移，我甚至都不去责备那两位在我面前出现的“女愤怒者”了，我甚至都没办法真正回想起她们对我所持的态度，回想时，我感觉那只是一种表面上的亲和，但我猜想我本人也只是表面上平易近人，我之前已经被柚子要过来度假、被我必须摆脱柚子的明显事实、被必须尽早甩掉她的明显事实给打垮了，我变得没有能力真正注意到她们，就算我真的注意到她们，相信她们娇媚可爱这个事实，她们于我而言也只像是索马里难民在网络上看了一部关于伯尔尼高地瀑布群的纪录片。我的日子越来越痛苦地流逝，没有确实的、可触知的事情，没有活下去的理由，到最后我甚至彻底抛弃了鲁西永的杏子种植户；我也不再频繁光顾咖啡馆了，因为担心会与一个裸露着奶子的“女愤怒者”狭路相逢。我看着阳光在地板砖上移动，我往肚子里灌着红衣主教牌白兰地，然后差不多全都是这样了。

尽管日子空虚无聊难以忍受，但眼见回程的日子就要到了我还是非常恐惧，会有那么几天，我将不得不跟柚子同睡一张床，我们总不能各人要一间房，我觉得我没办法跟酒店接待员乃至酒店里的全部员工的世界观发生程度如此剧烈的抵触，如此一来，我们两人就得一天到晚长时间地黏在一起，这种受难的日子将会整整持续四天。在我跟卡米耶相好的那个时候，我只要两天就能把全程走完，首先是因为她也会开车，随时都可以替换我，还因为当时在西班牙尚不用遵守限速的交规，他们还没有实行驾驶证记分制度，欧洲官僚之间的协调工作做得毕竟不是那么完美，外国人的轻度违法行为往往不予追究。一百五到一百六十公里的时速——而不是可笑的一百二十公里的限速——不只是可以明显压缩在路上的时间，它还能让你在最安全的条件下把开车的时间延长一些。这些被烈日暴晒的西班牙高速公路绵延不尽，笔直地通向无限，路上基本上没有什么车辆，穿越的景色单调乏味至极，尤其是在巴伦西亚[1]和巴塞罗那之间，可是选择从内地穿越实际上也解决不了问题，阿尔瓦塞特[2]和马德里那一段路途也全然是死气沉沉的，在西班牙这些高速公路上，即使你时时刻刻喝着浓咖啡，即使你一支接一支地抽着烟，都非常难以挫败睡意，经过两三小时枯燥乏

[1] 西班牙东部港口城市。

[2] 西班牙东南部城市，位于巴伦西亚西南偏西。

味的行程，眼皮必定会合上，唯有速度诱发的肾上腺素的释放也许可以让你的警惕性完好无损地保持着，如今这种荒谬的限速措施实际上直接导致了西班牙高速公路上死亡惨剧屡屡发生——除非想找死，那也许的确是个办法；现在我不得不把每天的里程数限制在五六百公里以内。

在我跟卡米耶相好的那个时候，想在行车途中找到接受吸烟者的旅店就已经是一大难题了，但是由于前面我已经讲到过的原因，我们穿越西班牙只需一天时间，另外用一天赶回巴黎，我们发现了几家公开大唱反调的酒店，一家位于巴斯克[1]海岸，另一家在赤红海岸[2]，第三家同样在东比利牛斯省[3]，但更深入内地，确切地说是在巴涅尔-德吕雄[4]，已经在山区了，可能是最后这一家名叫里尔庄园的酒店给我留下了最仙境般的回忆，因为房间整体上的媚俗装饰、仿冒的异国风情，让人难以置信。

那个时候法律压迫制度还不是那么完善，还有不少漏洞可钻，而且那时的我更年轻，还希望自己尽可能地做到遵纪守法，我依然信赖自己国家的司法机关，对我们国家的法律总体上有益于民的特性充满信心，我尚未学会那种满不在乎地摧毁

[1] 位于法国西南部和西班牙东北部的一个地区。
[2] 位于法国东比利牛斯省南部的海岸。
[3] 位于法国最南部、与西班牙交界的一个省份。
[4] 法国上加龙省的一个市镇。

烟雾报警器的游击队员般的本领：拧开报警器的罩子，用咬骨钳给它重重地来上两家伙让报警电路短路，便大功告成了。要骗过那些女清洁工会更困难一些，她们对侦测香烟味训练有素的嗅觉通常情况下一丁点烟味都受不了，在这种情况下唯一的办法就是花钱把她们买通，慷慨地施点小恩小惠总能收买她们，把她们的嘴巴封住，但很显然，在这种情况下，住酒店的花销会增加不少，而且总也免不了会被人出卖。

我计划把钦琼酒店作为我们的第一站，这是一个不大有争议的选择，国营酒店[1]一般情况下都是不大有争议的选择，而这家酒店设在十六世纪的一座修道院里，尤为富有魅力，房间朝向一个铺了石板、有喷泉的院子，走廊里，甚至接待厅，到处摆放着供客人使用的漂亮的西班牙乌木扶手椅。柚子在一张扶手椅上坐了下来，跷起二郎腿，露出惯常的对什么都腻烦的傲慢神情，对酒店的装饰一点都不关心，刚坐下便打开智能手机，准备抱怨酒店里怎么没有网。有网，这还算是个好消息，晚上她都会泡在网上。当她无论如何不得不重新起身时，脸上露出了几丝不悦，她必须亲自出示她的护照以及她在法国的居留证，并在酒店老板递过来的不同单子上指定的地方签

[1] 西班牙一家由政府经营的国营酒店集团，旗下 93 家酒店都是由废弃古堡改建而成。

字：总共有三处要签。酒店的行政管理部门依然保留着不可思议的官僚主义和细节繁琐的一面，绝对不符合一家精品酒店前台接待在人们对西方旅游的幻想中应该展示出的作风。迎宾鸡尾酒不是他们的风格，复印护照是的，自佛朗哥时代起这种事可能就没有发生过太大的改观，可是国营酒店一直都是精品酒店，甚至是至臻完美的典范，在西班牙，所有能够继续屹立不倒的中世纪城堡或者文艺复兴时期的修道院都改造成了酒店。这种从一九二八年起就实施的富有远见的政策不久之后因为一个名叫弗朗西斯科·佛朗哥的人掌权而全面开花。撇开佛朗哥政治行为中常常引起争议的那些部分，此君可以被视为世界范围内精品旅游的真正发明人，但他的业绩并没有停滞不前，这位旷世奇才此后又为真正的大众旅游奠基（想想贝尼多姆[1]！想想托雷莫里诺斯[2]！一九六〇年代在全世界范围内能找到与之媲美的地方吗?）。弗朗西斯科·佛朗哥确实是真正意义上的旅游巨擘，世人最终可能会按这个衡量标准来对他重新做出评价，况且好几所瑞士酒店管理学院已经开始这么做了，在更广泛的经济层面，佛朗哥主义近来已经成为哈佛和耶鲁令人瞩目的研究课题，研究显示这位国家元首在预感到西班牙永远也

[1] 西班牙阿利坎特省的一座海滨旅游城市，坐落在西班牙的白色海岸地区，拥有众多的摩天楼和绵长的海岸线。

[2] 西班牙安达卢西亚自治区马拉加省的一个滨海旅游城市，是通向太阳海岸的门户。

赶不上工业革命那趟列车（必须说它已经彻底错失时机）时，大胆决策决定跳过这一站，直接投资到第三阶段，也是欧洲经济的最后一段，第三产业阶段，即旅游和服务业，让自己的国家在新兴工业国家工薪阶层达到更高的购买力、希望把购买力用在欧洲时具有决定性的竞争优势，那些工薪阶层按照自己的身份地位要么把购买力投入到精品旅游，要么投入到大众旅游。话虽如此，在钦琼酒店暂时还看不到一个中国人，一对非常普通的英国高校教师夫妇正站在我们后面等着办入住，但中国人会来的，他们肯定会来的，我对他们的到来没有丝毫的怀疑，唯一需要改进的可能还是要简化入住手续，不管你对国家元首的旅游事业表现出什么样的崇敬，世界发生了变化，如今不大可能有从寒冷地区过来的间谍想着混进单纯的普通游客队伍之中，那些从寒冷地区过来的间谍本身都已经跟他们的头目、克格勃首脑弗拉基米尔·普京一样，变成了普通游客。

入住手续一办完，全部的酒店信息单一签好字、画好押，我就感觉到一阵受虐狂般的狂喜——当我把国营酒店之友积分卡递给接待员刷积分的时候，无意中撞见柚子朝我投来的嘲笑甚至是鄙夷的目光；她等着吧，少不了有她的好处。我径直朝我们的房间走去，拖着我的新秀丽；她跟在我后面，不可一世地昂着头，把她那两件查第格 & 伏尔泰牌（或者帕斯卡 & 布莱兹牌，我忘了）行李落在接待大厅的正中央。我假装啥也没注意到，我们一到房间，我就从小冰柜里给自己拿了一瓶科鲁兹坎波[1]，同时点了一支烟——我没有什么好担心的，不计其数的经历让我坚信酒店里的烟雾报警器也是在佛朗哥那个年代安装的，更确切地说是在佛朗哥时代末期，而且没有人把它们放在眼里，无论如何那只是对国际旅游标准的一种迟到的表面上的妥协，主要是针对幻想中的美国旅客，而美国游客无论如何永远都不会抵达欧洲，进入政府经营的国营酒店的客人就更少了，欧洲只有威尼斯依然炫耀说他们还有数量不确定的美国客人到访，现在到了欧洲旅游业转向更粗鲁更新兴的国家的时候了，在这些国家肺癌只相当于一个微不足道的、无文献记载的小恙。有那么十来分钟时间，什么事都没发生或者几乎什么事都没发生，柚子慢悠悠地转着圈，检查她的手机还能不能搜到信号，小冰柜里没有任何饮料符合她的品位：有啤酒，有普通可乐（连健怡可乐都没有）以及矿泉水。然后她用一句甚至都没真正达到疑问句的语气，来了一句："他们不送行李?"——"我不清楚。"我回答道，然后打开了第二瓶科鲁兹坎波。日本人不会真的脸红，这种心理机制是存在的，但最后出来的结果是偏赭石色。最后，我得承认，她忍气吞声了，她得颤抖一分钟，但她忍气吞声了，然后她一言不发地转过身，

---

[1] 西班牙啤酒品牌。

朝门口走去。几分钟后，她回来了，拖着她的行李箱，我正在干完我的啤酒。又过了五分钟她拿着她的旅行包再次回来时，我已经开始第三瓶了——这趟旅行真的让我渴得不行。不出我所料，晚上她再也没跟我搭话，这样我可以把精力集中到菜肴上——这些国营酒店在刚开始开发利用建筑遗产的时候，就决定了要发掘西班牙地方美食，在我看来这些发掘出来的美食往往都很好吃，尽管通常有点油腻。

为了我们的第二站，我甚至高价选了一家罗莱夏朵[1]——布林多斯庄园，酒店位于昂格莱镇，离比亚里茨[2]不远。这一次有迎宾鸡尾酒，有许多热情洋溢的服务员，瓷碗里已经为我们摆好了卡纳蕾[3]和蛋白杏仁甜饼，一瓶瑞纳特[4]正冰镇在小冰柜里等着我们，不过这是在该死的巴斯克海岸的一家该死的罗莱夏朵，要不是我突然想起我曾经和卡米耶一起来过这家酒店，一切原本可以进行得非常顺利的，准确地说是在我从阅览厅——那里放了几张桌子，桌子周围摆放了很多座位很深的翼状靠背扶手椅，桌面上摆着成摞的《费加罗杂志》《巴斯

---

[1] 于1954年在法国创立的国际精品酒店联盟，目前拥有540家精品酒店和美食餐厅会员。

[2] 位于法国西南部比利牛斯-大西洋省阿基坦大区、濒临大西洋的旅游胜地。

[3] 或译为可露丽（可丽露），是一种小型的法式糕点，表层是焦褐色焦糖形成的微硬外壳。

[4] 或译为汝纳特、慧纳，创立于1729年的世界上历史最悠久的香槟酒品牌，是世界各地豪门宴会上首选香槟品牌之一。

克海岸》《名利场》和别的出版物——穿过时，我想起曾经和卡米耶一起来过这家酒店，那是在我们分手之前的那个夏末，在我们俩的最后一个夏天结束的时候，我原本可以对柚子（在这种更有利的环境中她重新振作起精神，可以说重新开始像猫一样喵呜喵呜地叫了，她已经在床上摆出了好几套衣服，显然想在晚餐时显得光彩照人）表露出的那么一丁点、非常临时性的温存，顷刻之间荡然无存，因为我免不了触景生情对她们两人的态度做了一番比照。卡米耶那时从接待大厅穿过时一脸的惊奇，嘴巴张得老大，仰头凝视着装在画框里的画作、裸石墙、精工制作的落地灯。进房间的时候，她动情地在那张洁白无瑕、超大尺寸的双人床前停住脚步，然后怯生生地在床边坐下试着它的弹性和柔软度。我们那间普通套房能看到湖景，她马上就想拍一张我们俩的情侣照，然后当我打开小冰柜的门，问她想不想来一杯香槟时，她欢呼道："哇呜，想哎！……"一脸幸福极了的表情，我知道她每一秒钟都在津津有味地享受着这种只有上层中产阶级才能轻易获得的幸福，我的情况跟她不一样，我已经住过这种级别的酒店，从前我们一家人去美利贝尔[1]度假、中途停靠时我父亲总是在这种酒店，在索恩-卢瓦尔省的依歇庄园，或者在绍纳朗巴朗[2]的"清泉领地"下榻，

[1] 美利贝尔滑雪场位于法国罗纳-阿尔卑斯大区的萨瓦省，是处于阿尔卑斯的群山之中的三峡谷滑雪区的著名滑雪胜地，曾荣获 2016 年法国最佳雪地公园称号。

[2] 法国伊泽尔省的一个市镇。

在她还是中层中产阶级——老实说是金融危机导致了贫困化——家庭的孩子时，我本人就已经是高层中产阶级了。

我甚至连去湖边一边散步一边等晚饭开餐的心情都不再有了，这个想法本身都让我觉得恶心，就像是亵渎，于是我一言不发地穿上外套（不管怎么说我还是把那瓶香槟酒喝完了）准备去酒店的餐厅，这家餐厅在米其林指南上只标了一颗星，约翰·阿尔冈[1]就是在这里通过他的“约翰市场菜单”让人们创造性地重游巴斯克的乡土。要不是最近服务员染上了即便一道微不足道的餐前小吃所包含的成分都要用半美食学半文学的夸张自负的语调进行播报的怪癖，这些餐厅应该还是可以忍受的，他们一边播报，一边守候着顾客脸上流露出默契或者至少是感兴趣的表情，其目的我猜想是为了把这顿饭变成一次同饮共餐、欢乐开怀的经历，可仅仅只是他们那番关于美食的高谈阔论结束时说那句“请慢用！”的方式就足以倒掉我的胃口。

另一项改革举措，更令人懊恼，从卡米耶陪我一起来的时候就开始了：房间里安装了烟雾报警器。我一进屋就发现了，与此同时我注意到因为它装在天花板下面离地至少三米、更有可能是四米高的地方，我要让它不工作是不可能了。在踌躇了一两个小时之后，我在一个壁橱里找到备用的被子，便把它们铺到阳台上，就在那里过夜——幸好夜里很凉快，我以前有一

[1] 布林多斯庄园餐厅的厨师长。

次在斯德哥尔摩参加肉猪养殖大会时有过更惨的经历。我可以用一只装甜点的小瓷杯做烟灰缸；我只需一大早把它洗干净就可以了，烟蒂可以埋在种着绣球花的花盆里。

第三天的驾程特别漫长，A10 高速公路好像几乎全程都在施工，在波尔多出口堵了两个小时。我是在怒不可遏的状态中抵达尼奥尔[1]的，那可能是我见过的最丑陋的城市之一。眼见我们当天的中途停靠站安排在普瓦图[2]的美居-马莱酒店，柚子没能掩饰住惊愕的表情。我何故要让她遭受如此这般的羞辱？而且这分羞辱徒然无益，因为接待员以一种明显幸灾乐祸的口吻提示我说，酒店日前“应客人的要求”变成了百分之百不吸烟酒店——是的，确有其事，网上的信息还没来得及更正，她意识到了。

最后一天下午过半，当我瞥见巴黎郊区的头一批墙垛时，平生第一次心里觉得很安慰。年轻的时候，每个星期天晚上我离开桑利斯[3]——我在那里度过了一个备受呵护的童年——返回巴黎市中心上学，当我穿过维利耶尔勒伯[4]，然后萨塞勒[5]，

---

[1] 法国西部城市，普瓦图-夏朗德大区德塞夫勒省省会。

[2] 普瓦图-夏朗德是法国西部一个大区的名称，西邻大西洋。下设夏朗德省、滨海夏朗德省、德塞夫勒省、维埃纳省。

[3] 法国北部瓦兹省的一个市镇，距巴黎四十公里。

[4] 法国大巴黎地区瓦勒德瓦兹省的一个市镇。

[5] 法国大巴黎地区瓦勒德瓦兹省的一个市镇。

然后塞纳河畔皮埃尔菲特[1]，然后圣德尼[2]，当我看见自己周围的人口密度越来越大、火柴盒一样的房子越来越多地耸立在眼前，看见公共汽车上对话的暴力在升级，危险程度显然在加大时，我每次都明显觉得是在重返地狱，而且是一座由人类按照自己的意愿建造起来的地狱。如今时过境迁，因为一段并非多么了不得但还算说得过去的生命历程使我可以——我希望可以一劳永逸地——从身体上甚至视野里避开危险的社会阶层；我现在置身于我自己的地狱，我按照自己的意愿建造的地狱。

[1] 法国大巴黎地区塞纳-圣德尼省的一个市镇。
[2] 法国大巴黎地区塞纳-圣德尼省的一个市镇，位于巴黎北部郊区。

我们住在图腾大厦二十九层的一套三居室里，图腾大厦是那种蜂窝状的混凝土和玻璃建筑，架在四根巨大的毛坯混凝土支柱上，会令人联想到那些样子恶心但味道好像很鲜美的蘑菇——我觉得人们把这种蘑菇称作羊肚菌。图腾大厦位于布格雷纳尔街区的心脏地带，正好在天鹅岛[1]对面。我讨厌这幢大厦，讨厌布格雷纳尔街区，但柚子超爱这个庞然的混凝土羊肚菌，她对它“一见钟情”，她对我们所有的客人都这么说，至少，在刚开始的那段时间，她差不多总是这么说，但我拒绝与柚子的客人见面已经很久了，就在他们进门之前我立即把自己关进卧室，当晚再也没有迈出房间一步。

我们分房睡已经有几个月了，我把那间“主卧”（主卧就像一间卧室，但配有梳妆间和浴室，这个我要特别跟我那些身处社会下层的读者说明一下）让给了她，自己则睡“客房”，用

[1] 巴黎塞纳河中狭长的人工小岛，岛上立有自由女神像。

毗邻的那个盥洗室，对我而言，一个盥洗室就足够了：刷一下牙齿，快速地洗个淋浴，我就搞掂了。

我们俩的关系到了收尾阶段，再也没有任何东西能够挽救，而且挽救这段关系甚至也不是彼此所希望的。可是，必须承认，我们拥有别人所说的“绝美视野”。客厅和主卧都面朝塞纳河，然后又与布洛涅森林、圣克鲁公园[1]等等隔十六区相望，天气晴朗的时候还能眺望到凡尔赛宫。从我的卧室能直接看到诺富特酒店，在不到两百米远的地方，还能看到更远处巴黎的大部分地区，但是这样的风景提不起我的兴趣，我总是把双重窗帘拉上，我还不只是讨厌布格雷纳尔街区，我连整个巴黎都讨厌，这座受到中产阶级环保责任荼毒的城市令我感到厌恶，我本人可能也是中产阶级但我不属于那种环保分子之流，我开着四驱柴油车——我这辈子可能没做过什么大善举，但起码我为毁坏我们星球出过一份力——而且我还执拗地暗中破坏大楼物业实施的垃圾分类计划，我把空酒瓶甩几甩之后丢进废纸和包装袋专用的垃圾箱，把容易腐烂的生活垃圾丢进玻璃回收箱。我对自己缺乏公民责任感有一丁点洋洋得意，但这么做也是对高额的租金和杂费的一种褊狭的报复——我每次付完租金和杂费，把柚子跟我要的“养家”（基本上是订购寿司）月度费用上缴完，

[1] 巴黎西南部的一处国家森林公园，原为奥尔良公爵的领地，其王家城堡庭院普法战争时期被普鲁士军烧毁。

我月工资就足足去了百分之九十，总之我这个成年人的生活对我来说不过是慢慢地啃食父亲留下的遗产，我父亲不该像这样被人糟蹋。确实是时候了，我要跟这些愚蠢行为做个了断。

从我认识柚子的时候起，她就在布朗利滨河路的日本文化之家上班，那里距离我们的住处仅五百米远，但她依旧骑单车前往，那辆可笑的荷兰单车骑完后她还得搬进电梯，然后存放在起居室里。我猜想是她父母亲出面帮她找了这份闲差。她的父母亲是干什么的，我不是很清楚，但他们有钱这是毋庸置疑的（有钱父母的独生女，不管是在什么样的国家，不管是什么样的文化，都能养出柚子那样的人），可能也不是特别有钱的那种，我没有把她父亲想象成索尼或者丰田的董事长，而是官员，是一位高官。

她跟我解释说，文化之家雇她是为了让文化活动项目“年轻化和现代化”。那确实不是什么上档次的活动：第一次去她工作的地方找她时，我拿到的那份宣传折页就散发着一股无聊得要死的气息：折纸兴趣班，插花兴趣班，篆刻兴趣班，纸戏剧[1]和绳文鼓表演，围棋和茶道（里千家派和表千家派）讲座，去那里的零星的几个日本客人都是活着的国宝，但让他们出场有些勉为其难，因为他们当中的大部分人至少九十高龄

[1] 昭和时代一种用纸幻灯片讲述故事的艺术形式。

了，可能称他们为垂死的国宝更恰如其分。总之，她只需组织一到两场漫画展，一到两次有关日本色情影片新趋势的展演，就算履行完成合同义务。这是一份相当轻松的工作[1]。

半年之前，在看过天野大吉的作品展之后，我就拒绝去看柚子组织的展览。天野大吉是摄影师和摄像师，他的作品展上展出的是一些裸体女子的照片，女子身上覆盖着各色各样令人恶心的动物，比方说鳗鱼、章鱼、蟑螂、环节动物……一段录像上，一个日本女子用牙齿去咬从厕所马桶里伸出来的章鱼触须。我觉得自己从未见过如此令人作呕的画面。倒霉的是，那一天我同往常一样在看展之前先吃了那里的自助餐；十分钟后，我冲进文化中心的卫生间，把吃下去的米饭和鱼生全都吐了出来。

每一次过周末都是受罪，但是周末以外的时间，一周里的其他日子我几乎可以不跟柚子打照面。我离开家去农业部上班时，她还在睡大觉——她很少在中午十二点之前起床。而当我晚上快七点钟回去时，她几乎从来不在家。她的作息时间如此拖延多半不是因为工作造成的，反正也正常啦，她才二十六岁，我呢，我比她大二十岁，人越成熟社交生活的愿望就降得越低，到后来你会告诉自己已经把这个问题的方方面面都想清

[1] 原文为英语。

楚了，另外，我在自己的房间里装了法国电信公司[1]的电视机顶盒，我可以访问体育频道，收看法国、英国、德国、西班牙和意大利的国家足球锦标赛，这相当于数小时的重要消遣活动，假如帕斯卡见识过法国电信公司的机顶盒，关于消遣他唱出来的可能是另外一个调调了[2]，而且增加了那么多节目但收费还跟别的运营商一样，我不明白法国电信为什么不在广告中大力宣传这个妙不可言的体育节目套餐，算了，隔行如隔山，不去管它了。

从被普遍接受的伦理道德的角度看，可能最该对柚子提出的批评，是她比较频繁地跑出去参加“放荡晚会”，这事我是确信无疑的。我陪她参加过其中的一次，那还是在我们俩刚开始交往的时候。晚会在圣路易岛[3]上贝蒂讷滨河路的一栋很特别的大楼里举行。我甚至都不清楚这么一栋大楼在市面上能值多少钱，可能要两千万欧元，反正我从未见过这样的房子。参加晚会的有一百来号人，差不多每一个女人与两个男人配对，总体上男的比女的更年轻，来自的社会阶层显然也更低微，大部分看上去甚至很明显是从“郊区”来的，有一刻我突

[1] 法国电信公司 SFR 是法国最大的电信运营商之一。

[2] 法国哲学家布莱兹·帕斯卡（1623—1662）在《思想录》中谈到消遣认为，“对于人生来说，消遣并不一定意味着幸福。消遣防止我们思考自身的处境。消遣让我们感到开心，并让我们在不知不觉中走向死亡……”

[3] 法国塞纳河上的一座小岛，位于巴黎的中心。

然想到应该是有人花钱雇他们来的，但实际上可能没花钱，能免费打炮对大多数男人来说已经是意外收获了，更何况还有香槟酒和糕点，三个相通的接待大厅都有供应，我就是在那里度过那个晚上的。

在那三间接待大厅里没发生任何性行为，但女人们极富挑逗性的性感穿着，一对对或者一群群男女经常直奔通向房间或者通向地下室的楼梯而去，这种聚会的本质就昭然若揭、无需怀疑了。

差不多一个小时之后，当我显而易见无意去冷餐台后面探究正在进行何种策划或者交流时，柚子叫了一辆优步。回去的路上，她对我没有任何责怪之意，但也没表露任何歉意和羞愧；实际上她对晚会的事只字不提，而且必定永远也不会再提及。

这种沉默好像证实了我的假设——她并没有放弃那种消遣，于是有一天晚上，我想做到对这件事心中有底。这么做很蠢，她随时都有可能回来，而且翻女友的电脑一点都不光彩，亟须知道真相是一件很奇怪的事情，好吧，亟须这个词可能用得有点过分，那就换个说法吧：那天晚上的球赛全都打得令人扫兴。

我按照内容大小对她的电子邮件进行筛选，很轻易就单列出了十来封包含视频附件的邮件。在第一个视频中，我的同居女友被一帮群交淫乱的男子包围在中间：她撸他们，嘬他们，让十五个左右不慌不忙地等着的男子轮流插入，他们插入阴道和肛门时都戴了安全套，他们全都一言不发。有一阵，她试图把两根阴茎都含到嘴里，但没有完全达到目的。后来，那些参与者往她脸上射精，那张脸慢慢就被精液覆盖了，后面她闭上了眼睛。

所有这些都非常好，总之要我说，说老实话，我不是特别的吃惊，但是有别的东西引起了我更多的注意：我当即就认出了录像的背景装饰，这段视频是在我这套公寓里拍摄的，更确切地说是在那间主卧，这种事，我就不是特别喜欢了。她必定利用了我某一次到布鲁塞尔出差的机会，一年多以前我就把布鲁塞尔那边的事做了彻底了结，那么拍视频的事发生在我们刚刚确定关系之初，也就是在我们还干在一起甚至干得很勤快的时候，我觉得我一辈子都没干过那么多，她也差不多随时都欢迎我干，当时我据此推断她是爱我的，这个推断也许是个分析错误，但它是很多男人都会犯的一个分析错误，抑或那不算一个错误，大多数女人都是这么操作的（就像大众心理学著作里所说的那样），她们的程序就是这么编写的（就像公共参议院[1]的政治辩论中所说的那样），这么一来柚子相当有可能是个特别的例子。

她的确是个很特别的例子，第二段视频更有力地证明了这一点。这一次不是在我们家拍摄，也不像是在圣路易岛上那栋

[1] 2000 年 3 月 21 日开通的一个政治和议会的电视频道，股东为法国参议院。

特别的楼房里。圣路易岛上那栋楼房的室内陈设多么有品位多么极简抽象多么黑白分明，新的拍摄点就有多么豪华多么庸俗多么齐本德尔[1]，让人联想到福煦大街，联想到一位有钱的妇科医生或者一位深受追捧的电视节目主持人，反正，柚子坐在一张土耳其式长沙发上自摸，然后顺势滑到铺着地毯的地板上，那地毯从图案看貌似波斯毯，就是在那张毯子上，一条中年杜宾犬[2]使劲地干她，只有这种狗才有那么大的劲。接着，摄像机调整方向，杜宾犬仍在苦苦地干（狗在自然状态下射得很快，可女人的猫猫和狗的猫猫显然有差异，它都找不到方位了），与此同时柚子则在刺激一只捕鼠犬的龟头，然后把它含进嘴里。捕鼠犬可能更年幼，不到一分钟就射了，接替它的是一条拳师犬。

在看完这段与狗群交的小视频后，我停止了我的技术审查，我感到恶心，但主要是因为那些狗，与此同时我不能不承认，对一个日本女人而言（根据我能观察到的这个民族的心态），跟一个西方男子睡觉，已经差不多就是在跟一只动物交媾了。在离开主卧之前，我把这一整套视频都存进了我的钥匙形优盘。柚子的脸很容易辨认出来，我开始考虑制定新的解放计划草案，计划很简单（好主意总是很简单），就是把她从窗口扔

---

[1] 托马斯·齐本德尔（1718—1779），英国家具设计师，其设计的家具结构稳固、线条细腻优雅、宽敞舒适。

[2] 一种德国短毛猎犬。

出去。

这项计划实施起来一点都不困难。首先要做的是让她喝酒，借口说那酒品质惊人，是孚日山脉那边一个当地的黄香李种植户送的礼物，她很容易受这些因素迷惑，在这点上，她真的还是个游客。日本人，甚至普遍的亚洲人，总是不胜酒力，是因为他们体内那种负责将乙醇转化为乙酸的乙醛脱氢酶-2的机能很差。不用五分钟，她就会酒精中毒、昏昏沉沉，我已经有过这方面的经验；这时，我只需打开窗户，把她的身体搬过去，她体重不到五十公斤（跟她那两件行李差不多重），我可以毫不费劲地把她拖过去，而从二十九层高的楼上坠下去是没得救的。

我当然可以力图让人相信这是一次醉酒引起的意外事故，所有这一切好像还是很可信的，但是我对我们国家的警方有着巨大的、可能夸大了的信任，所以我的初步计划是招供：就凭着这些视频，我心想，我拥有可减轻罪行的情节。一八一〇年的刑法典第三百二十四条规定："丈夫对妻子实施的谋杀，或者妻子对丈夫实施的谋杀，是不可原谅的"……然而，根据第三百三十六条，"在妻子通奸的情况下，丈夫在自己家里发现妻子和共犯现行犯罪时而对他们实施的谋杀，是可以宽恕的。"总之，假如我在他们放荡聚会的当晚端着一挺卡拉什尼科夫枪[1]回到家里，假如我们还处在拿破仑时代，我就会被宣告

[1] 一种苏制冲锋枪。

无罪。可是我们再也不是在拿破仑时代，也不是在意大利式离婚[1]时代，只需在因特网上一个快搜就能让我知道夫妻之间情杀的平均徒刑是十七年监禁；某一些女权运动者希望走得更远，允许在刑法典中引入“弑妻”的概念来加重惩罚，对此我觉得挺好玩的，“弑妻”令人联想到杀虫或者灭鼠。无论如何，关十七年，让我觉得有点长。

但我转念又一想，待在监狱里可能也不是什么坏事，不用去理睬行政方面的事务了，医疗方面也有人负责，主要的麻烦是你经常会被别的犯人毒打和鸡奸，但仔细一想，被其他囚犯欺凌和爆菊的可能主要是那些恋童癖者，或者是那些模样很俊的年轻仔，他们长着天使般的小屁眼，那些嗑粉时愚蠢地栽到警察手里的脆弱、有钱的轻罪犯人，可我呢，我身材魁梧、壮实还有点喜欢酗酒，我看上去实际上更像一个普通的刑事犯。《被侮辱的和被爆菊的》，这个书名不赖，有点拙劣模仿陀思妥耶夫斯基的意味，而且我好像觉得陀思妥耶夫斯基写过监狱世界的书，也许可以仿效，不过我没有时间去核查了，我必须尽快做出决断，反正我觉得一个“为男人尊严报仇”而杀掉妻子的爷们应该会赢得同监人的几分尊重，这就是我对监狱环境下的心理状态的粗浅认识带给我的一点启发。

---

[1]《意大利式离婚》是由皮亚托·杰米执导，马塞洛·马斯楚安尼、丹尼尔拉·洛卡等主演的喜剧片，于1961年12月20日在意大利上映。

此外，在高墙外面，毕竟还是有一些我很喜欢的东西，比方说去G20超市[1]逛一圈，他们那里供应了十四种不同的鹰嘴豆泥；还可以去森林里漫步，我喜欢森林漫步，我本该经常去的，我跟我的童年暌违太久，总之吧，一段长时间的监禁可能不是最好的办法，我觉得是鹰嘴豆泥赢了。当然，与谋杀相关的道德层面的因素就更不用说了。

[1] 法国蒂亚帕集团1975年创办的法国连锁超市。

奇怪的是，我是在看公共参议院——一个我不指望能看到什么有价值的东西的电视频道，而且这一类的事情就更别指望了——的时候终于找到了办法。那部名叫《自行失踪者》的纪录片，记录与重构了形形色色失踪者的人生轨迹，那些人在某一天以一种无法预料的方式斩断与他们的家人、朋友和同事的关系，其中有个家伙在星期一早上去上班的途中把汽车丢在火车站的停车场，然后搭上第一趟火车，随便地选了一个目的地；另外一个从晚会出来之后没有回家，而是在迎面看到的第一家酒店里开了个房，然后在巴黎不同的酒店辗转数月，每周都更换住址。

数字是惊人的：在法国，每年有超过一万两千人选择失踪，抛弃家人，重新开始新生活，有时是在世界的另一头，有时并不更换城市。我被迷住了，后半夜我都是在网上，想从网上得到更多信息，越来越坚信我的命运迎来了转机：我也一样，我会成为一个自行失踪者，而且我的情况尤其简单，我没有老婆、家庭和耐心建立起的社会关系需要逃避，我只需逃避一个普通的外国姘妇，而这个姘妇是没有任何权利追查我的。说到这里，因特网上所有的在线文章都坚持一点，这一点在前面所说的纪录片里已经提到：在法国，任何成年人都“来去自由”，抛弃家庭不是犯罪。这句话也许应该用巨大的字号铭刻在所有公共建筑物上：在法国，抛弃家庭不是犯罪。他们特别坚持这一点，罗列了惊人证据：要是一个被列为失踪的人被警方或者宪兵队控制住了，警方或宪兵队未经当事人许可是严禁把他的新地址通报给外界的；而且，为了帮助失踪者家人而展开的寻人立案程序在二〇一三年被废除了。在一个个人自由年复一年有缩减趋势的国家，立法机构还保留这么一条基本的，在我眼里甚至比自杀更基本，从哲学角度看更令人不安的程序，是很令人惊愕的。

我那天晚上一宿没睡，第二天一早我就采取了适当的措施。我脑子里没有明确的目的地，我觉得我前面的路应该会把我引向乡村，所以我选择了农业信贷银行。账户当即就开通了，但是我要等一个星期才能开通网上银行，拿到支票簿。销掉我在巴黎银行的户头用了十五分钟，余额可以即时转入我的新户头。再次指定我希望保留（车险、医疗互助险）的自动划账的付款地点只需几封邮件即可解决。房子的事处理起来有些费时，我编了个由头，我觉得比较合理，说我在阿根廷门多萨省一个辽阔的葡萄种植区找了份新差，房屋中介公司里的所有人都觉得真棒：你一说要离开法国，所有的法国人都觉得真棒，这是法国人的一大特点，即使你去的是格陵兰岛，他们也觉得真棒，那阿根廷就更不在话下了，假如我说的是巴西，我相信那位女客户经理绝对会在地上打滚。我通知他们两个月后解除租约，我会通过转账把房租结清；至于离开时房屋状况如何，我肯定不会在场，但也不是非在场不可。

接下来要解决的问题是我的工作。我是农业部合同制雇员，我的合同是一年一签，约定在八月初。我的部门主管见我在休假时给他打电话显得很惊讶，但还是同意在当天和我见面。对这个相对熟悉农业问题的人来说，我觉得有必要编出一个更缜密的谎言，尽管那也是从第一个谎言中衍生出来的。我于是杜撰出了一个在阿根廷大使馆担任“农业出口”顾问的差使。“啊，阿根廷……”他黯然说道。实际上，阿根廷的农业出口几年来确实呈现爆炸式增长，在各个领域，而且势头不减，专家们预计有四千四百万人口的阿根廷最终可以养活六亿人，新一任政府清楚地意识到这一点，采用让比索贬值的政策，那帮混蛋真的会用他们的产品把欧洲淹没，而且他们没有制定任何限制转基因产品的法律，也就是说对我们形势不利。“他们的肉类很好吃……”我语气随和地反驳道。“假如只是肉类就好了……”他越来越黯然地回答道。谷物、大豆、向日葵、蔗糖、花生、全部的水果产品，当然还有肉类甚至牛奶，阿根廷可以在所有这些产业上给欧洲造成非常严重的损害，而且是在最短的时间之内。“总之，您是去投敌……”他用明显开玩笑但也夹杂着一丝苦涩的语气总结道。我宁可保持谨慎的沉默。“您是我们最优秀的专家之一，我猜想他们提供的工作机会在薪酬上一定很可观……”他强调说，那声音让我担心他会失控；对这个问题，我好像也觉得不应该回答，但我试着做出了一个肯定、遗憾、会心和适度的鬼脸——总之，这是一个很难完成的鬼脸。

“好吧……”他在桌子上敲了一下手指。我恰好在休假，假期恰好在我的合同期满时结束；所以，从技术层面讲，我再也没有任何必要返回单位。他显然有些困惑，有点猝不及防，但他应该不是第一次遇到这种情况。合同制雇员一旦显示出足够的实际操作能力，农业部给他们的薪水就很高，比部里的公务员的工资要高得多；但它显然还是搞不过私企，连一个外国使馆也搞不过，一旦该使馆决定了要实施一项真正的挖人计划时，他们的预算几乎是没有上限的，我记得一名和我同届的同学，被美国大使馆像别人所说的那样重金聘用，但任务彻底失败了，加利福尼亚产的葡萄酒在法国的销售总是没有多大起色，中西部[1]的牛费了老鼻子劲也难以吸引到法国消费者，

[1] 美国的农业区。

而阿根廷牛却正在实现这个目标，想了解是什么原因吗？消费者属于爱冲动的动物，比牛更好冲动，一些公关顾问之前倒是总结出一个说得过去的原因，在他们看来，牛仔形象已经使用过度，所有人现在都知道中西部是一片宽泛的无名区域，肉类加工厂多如牛毛，每天有太多的汉堡要供应，不可能会是别的样子，必须正视现实，用套索把牲口套回来不再切实可行了。而加乌乔牧人[1]（拉丁美洲巫术在施展法力吗?）的形象依然让欧洲的消费者浮想联翩，他们想象着一望无际的广袤草原，牲口自豪而又自由地飞驰在潘帕斯大草原上（我们要核实一下，牛会不会飞驰），无论如何，在阿根廷牛前面展开的是一条康庄大道。

在我离开他的办公室之前，我的前任部门主管还是握了一下我的手，但很勉强，然后他鼓起最大的勇气祝我在新的职业生涯中好运。

我用了不到十分钟就把我的办公桌清理干净。时间来到了接近下午四点钟；我用了不到一天时间，把我的人生做了重新设置。

我把之前的社会生活痕迹抹得一干二净，没费什么劲，说

[1] 南美洲潘帕斯草原上牧人。

实在话，有了因特网，事情变得更简单了，所有的发票、所得税发票和其他手续如今都可以用电子技术来处理，物理地址变得没有用处了，一个电子邮箱就足以应对一切。可我还有一副躯体，这副躯体还有某些需要，而实际上，在我的逃亡中，最难的一关，是在巴黎找到一家接纳吸烟者的酒店。我足足打了上百通电话，每次都要忍受话务员得意洋洋的鄙视，话务员用我能感觉得到的愉快口气，一遍又一遍幸灾乐祸地对我说："不行，先生，这是不可能的，我们的酒店彻底禁烟，感谢您的来电。"最后，我用了两天时间来查找，直到第三天黎明，就在我认真考虑起做"街头流浪汉"（账户里有七十万欧元的街头流浪汉，很不寻常甚至很有趣）的时候，我重新想到了普瓦图的那家美居-马莱酒店，不久前还可以抽烟的，那边也许还有一线机会。

实际上，我从几个小时的网上搜索中得知，尽管巴黎几乎全部的美居酒店都实施了全面禁烟政策，但还是有些例外。因此，这种破例甚至都不是因为独立酒店有自己的一套规定，而是下级对遵循上级指示有抵触，类似于某种不服从、个体道德良知的反抗，这种道德良知在第二次世界大战之后立即出现的各种存在主义戏剧中已经有过描述。

酒店位于十三区意大利广场附近的罗莎莉嬷嬷大街，我不知道那条大街，也不知道那位嬷嬷，但意大利广场挺适合我，那里离布格雷纳尔足够远，我不用担心在那里与柚子不期而遇，除了马莱和圣日耳曼区，她基本上不去别的地方，再加上十六区或者十七区的富人区的放荡聚会，你就能把她的生活轨迹描画出来了，我在意大利广场会跟我在维祖尔[1]或者罗莫朗坦[2]一样安心落意。

[1] 法国东部城市，弗朗什-孔泰大区上索恩省省会。

[2] 法国卢瓦尔-歇尔省的一个市镇。

我把离开的日期定在八月一号星期一。七月三十一日晚，我待在客厅里等柚子回来。我在想，她需要多长时间才能认清现实，意识到我当真要走了，永远也不会回来了。无论如何，这套我已经要求两个月后解除租赁的公寓会直接影响到她在法国的居留。我不知道她在日本文化之家到底有多少工资，但是肯定不够交这套房子的租金，我无法想象她会答应搬到一间寒碜的单间公寓，住单间公寓的话她就得丢掉四分之三的衣服和化妆品，现在这套房子主卧里的梳妆室和浴室再大也是枉然，所有的架子都被她装得满到了边上，对她来说为了保持女人档次而必不可少的物品数量确实令人惊愕，女人自己通常不知道，但这种事男人很讨厌，甚至让他们觉得恶心，到最后给他们的感觉是到手了一件赝品，赝品的美丽外表只有通过无数骗人的把戏才能维持，这种骗人的把戏很快就会被视为不道德（不管一个男子汉大丈夫对女性的种种怪癖最初能表现出多么的宽容），实际情况是她在浴室里待的时间令人匪夷所思，我们一起度假的时候最明显了：从上午的化妆（在中午前后），到下午过半时的稍微粗略的修补和晚上泡澡时没完没了、令人恼怒的仪式（有一天她跟我吐露说她要用十八种护肤霜和种类繁多的爽肤水），我计算过她每天化妆要用六个小时，并不是所有女人都像她那样，所以她这么做就更让人讨厌，有很多反面例子，当我回想起那个埃尔阿尔基安栗发女子、回想起她极少的行李时不禁悲从中来，有些女人给人一种更自然的印象，更自然而然地与世界保持和谐一致，有时甚至能做到假装对她们自己的美貌毫不在乎，当然那是一种额外的狡猾，但实际效果摆在那里，比方说卡米耶吧，她每天在浴室最多待半个小时，我敢打包票那个埃尔阿尔基安栗发女子也会是这样。

柚子在没有能力支付租金的情况下，可能就得返回日本，不回日本的话，除非她决定留下来卖淫，她有一些必要的本领，她的性技巧非常高超，尤其是在至关重要的口活方面，她在专心舔龟头时从不会忽视睾丸的存在，她只是对深喉操作不是很在行，因为她的嘴巴型号太小，但深喉在我看来只是少数疯子的强迫症，假如你想让自己的小弟弟完全被肉体包覆，那进猫猫岂不更简单，它生来就为的这个目的，而嘴巴的优势在舌头，可在深喉封闭的世界里却派不上用场，舌头在那里实际上丧失了一切行动的可能性。总之我们就别在这里争论了。倒是柚子手活功夫了得，而且她乐意干这个，在任何环境下都可以（我那么多次空中旅行不正是因为她出人意外地给我打飞机才变得那么美妙吗?!)，她肛交方面尤其具有天赋，她的屁眼接受力强，容易进入，而且给得特别有诚意，可是做应召女郎时进肛门总是要额外加钱的，她的要价实际上可以比一个普通的肛交妓女要高出很多，我估计她的价码在一小时七百欧元左右和五千欧元包夜：她优美的外表，她有限但足够的文化水平可以让她成为一个真正的应召女郎，一个可以毫不费劲带去参加晚宴的女人，甚至是重要的商务晚宴，更不用说她的艺术价值，那可是重要对话的源泉，商界众所周知是非常喜欢艺术对话的，而且我知道我的一些同事怀疑我跟柚子在一起正是由于这个因素，一个日本女郎无论如何总是有点档次的，这几乎是毋庸置疑的，我在这里不是假谦虚，我完全可以说，她是个特别上档次的日本女郎，我知道别人就是因为这点羡慕我，可是我要说明一点，相信我，我现在已经到这个份上了，完全没有撒谎的必要了，我喜欢上柚子并不是因为她的“高档次的”应召才能，但千真万确是因为她身上那种普通婊子的禀赋。

然而，柚子做婊子这样的事，我其实不大相信。我以前会过很多婊子，时而是一个人，时而是跟那些与我一起生活的女人一起去的，柚子缺少了这个神奇职业理应具备的一项重要品质：慷慨。一个做婊子的女人是不挑客人的，这是原则，是公理，她得给所有的客人带去快乐，对所有的客人一视同仁，她便是因此而变得崇高。

柚子当然可以成为群交的中心，但那是特殊情况，是很多鸡巴为她服务，延长她的自我陶醉的欲死欲仙状态，最具刺激性的，可能是围着一帮一边自撸一边等着轮到自己上阵的男人，好吧，我还是参考卡特琳娜·米耶[1]的那些专著吧，它们在这一点上阐述得非常清晰，然而在群交之外，柚子选择情人，她选择情人的时候很仔细，我碰到过其中几个，他们通常是艺术家（但不大是那种被诅咒的艺术家，而是恰恰相反），有时是文化活动的决策者，反正都是些挺年轻、挺帅气、挺优雅、挺有钱的人，像这样的人在一个像巴黎这样的城市并不少见，一直有成千上万人符合这种电脑合成人像，确切的人数我估计有一万五千人，但她没那么多，可能就几百号人，在我们俩交往期间仅数十人，尽管如此你还是可以说她在法国混得真可谓风生水起，可现在都结束了，夜夜笙箫的日子结束了。

在我们相处的日子里，她从未回过日本，也从未有过回去的打算，我无意中听到过她和父母亲打电话时的一些对话，那些对话让我觉得流于形式，冷若冰霜，反正三言两语就讲完了，至少打电话这项开销我是不能责怪她的。我猜测（并非她对我开诚布公，而是在我们交往之初，在我们还打算交一些朋友，打算融入一个高雅、热情和要求严格的社会关系网而安排的晚宴期间露馅了，原形毕露是因为别的那些被她视为与她地

[1] 卡特琳娜·米耶（1948— ），法国作家，艺术评论家，2001年出版《卡特琳娜·M. 的性生活》而广为人知，该书荣获萨德奖。

位相当的女人，比方说那些时装设计师或者星探也都到场了，可能也需要这些女人的出现才使得她有坦白交代的冲动），因此我猜测她那对深处日式暧昧之中的父母已经为她酝酿好结婚计划，甚至是极其明晰的结婚计划（好像只有两个还过得去的追求者，甚至可能只有一个），一旦重新落入他们的控制，她想抽身就难于上青天了，甚至完全不可能了，除非能造出kanjei，并且已经hiroku[1]了（此处有几个字是我造出来的，不过也不完全是，我记得他们打电话时的发音组合），总而言之，她的双脚一旦踏上东京成田国际机场，她的命运就会被铅封。

这就是人生。

在这个阶段，我也许有必要对爱情做出一些澄清，这些澄清更多是针对女性的，因为女性对男人的爱情总是产生误解，她们总是对男人的态度和行为感到很困惑，有时竟得出错误的结论，认为男人不会爱，她们难得发现这同一个爱字对男人和女人而言代表着两种截然不同的涵义。

对女人而言，爱是一种力量，是生殖的力量，促使地质构

[1] 这是主人公根据回忆记下的日语读音片断，没有实在的意思，他可能记错了或者记得不全。

造发生运动的那种力量，爱情在女人身上爆发是大自然向我们展示的最壮观的自然景象中的一种，必须心存畏惧地加以重视，那是一种创造性的力量，跟一场地震或者一场气候灾难的量级相当，它会创造出另一个生态系统，另一个环境，另一个宇宙，女人通过爱情创造一个新世界；一些孤独的小生命在不确定的生活中如鸭子在水中一样扑腾，这时出现了一个女人，为一对配偶、一个新的社会、感情和遗传的实体创造了生存条件，这个新实体的使命的的确确就是清除之前存在的个体的所有痕迹，这个新实体实际上已经很完美了，就像柏拉图早就意识到的那样，有时可能会因为家庭变得复杂化，但这种复杂化几乎只是小事一桩，跟叔本华想到的那些恰恰相反；女人无论如何都会全心全意地投入这项工作，她就像人们所说的那样为此投入全部身心，却不太注意对二者加以区分，将身与心分开对她而言只是男性的吹毛求疵，是无足轻重的。这项工作压根儿就不是工作，因为它只是一种纯粹的生命本能的体现，她却可能会毫不犹豫地为了它牺牲自己的生命。

而男人刚开始时更保守，他欣赏和尊重这种感情大爆发，并不特别明白是怎么一回事，弄出如此大的响动让他觉得有些匪夷所思。可是，渐渐地，他转变了，渐渐地被卷入女人创造的激情和快乐的涡流，更确切地说，他认识到了女人的意志，绝对的纯粹的意志，而且他明白这种意志本身绝对是出于善意——尽管女人要求阴道被频繁插入，最好是每天都插入，将之视为爱情的表示；在男人的生命中，处于核心地位的阳具的地位发生了转变，因为它同样变成了示爱的可能条件，因为男性几乎没有别的手段，兜了一个奇怪的圈子之后，阳具的幸福成了女人自身的一个目标，这个目标几乎不能容忍在手段的使用上采取限制。渐渐地，女人给与的巨大快感改变了男人，让男人产生了感激和仰慕，他的世界观由此发生了改变，出乎意外地达到了康德式的“尊重”维度[1]，渐渐地他终于以另外一种方式看待世界了，没有女人（更确切地说尤其是没有这个给他带来如此多快感的女人）的生活便变得确实非常难熬，就如同人生被歪曲了；这个时候，男人真正开始爱了。所以，男人的爱是终点，是完成，而不像女人那样，只是起点，是开始；这一点你必须牢记在心。

不过，尽管比较罕见，在那些非常敏感、非常富有想象力的男人身上有时也会发生这种情况：从第一刻开始，爱情就产生了，一见钟情也不全然是神话；可是，这时的男人只是通过一个神奇的妄想性的心理活动，已经预设了这个女人在今后的岁月（一直到常言所说的死神把他们分开为止）可能会慷慨地带给他的全部快乐，已经（总是已经，就像海德格尔在心情好的时候可能会说的那样）预料到光辉的结局，而我在卡米耶的目光中也隐约看见了这种无限，这种光辉的、无限的、分享的

[1] 康德伦理学中的道德法则第二条公式提到了尊重人的原则。

快乐（我会回过头来讲卡米耶的），而在跟那个埃尔阿尔基安栗发女子非常短暂交汇的目光中看见了更加冒险的那种（也没那么有力量，因为我确实在年龄上要大十岁，我们相遇时，性欲已经从我的生活中彻底消失了，它已经没有了位置，我已经听天由命了，已经不完全是一个男人），那个永远令人心碎的埃尔阿尔基安栗发女子，那是生活摆放在我人生旅途中最新的、多半也是最终的幸福机会。

我跟柚子在一起时压根就没有这种感觉，她只是一点一点地加码才把我给征服了，而且她还使用了一些次等的手段，属于那种人们通常称之为反常倒错的手段，主要通过她的不知羞耻，她在各种环境下撸我（以及自摸）的方式，至于其他还有什么我就不知道了，我见过许多最漂亮的猫猫，她的那个有点太复杂了，皱褶太多（从某些角度看都可以把它视为下垂型，尽管她还年轻），细细回想起来，她最好的东西是她的屁眼，表面上很狭小实际上特别畅通无阻，可以持久地随意使用，我可以在她那三个洞之间一直地自由选择，有几个女人敢说自己有这种能耐？而且，那些没有这种本事的女人怎么能算得上女人？

可能会有人指责我过于看重性爱，但我并不认可这种说法。尽管我知道在正常的人生旅途中，其他的快乐会逐渐取代它的位置，但性爱依然是我们亲自、直接操持我们器官的唯一时刻，于是性爱的通道，激烈的性爱通道依然是一条实现爱的交融的必由之路，没有性，什么事都不可能发生，而有了性，其余的一切通常都会慢慢地随之而来。另外还有一点，就是性行为依然是危险的时刻，尤其是这一时刻涉及到当事的另一方。我倒不是专指艾滋病——尽管死亡的危险可以大大增加刺激——而是意外怀孕，其本身就是很严重的危险，就我而言，只要有可能我就不用安全套，在我的每一段恋爱关系中，说实在话，不用安全套是我产生欲望的一个必要条件，这其中意外怀孕的恐惧也明显占有一席之地，我很清楚，尽管西方人很不幸地终于把生育和性行为真正地分开了（就像计划生育），但他们由此扼杀的可能不只是生育，而且也扼杀了性，然后通过同样的行为把自己也扼杀了，对此那些正统的天主教徒早就感觉到了，尽管他们的立场容许某些奇怪的违背伦理的行为，比如他们对 3P 或者鸡奸这种无害的活动持保留意见。我一边等柚子一边不停地大杯大杯地喝着白兰地，渐渐地开始偏离正题了，柚子无论如何既不是天主教徒，更不是一个正统的天主教徒了。时间来到了晚上十点钟，我不打算在这里过夜，但不告而别还是让我有些心烦，我一边等她一边给自己做了一块金枪鱼三明治；我喝完了白兰地，但还有一瓶苹果烧酒。

我的思考渐渐深入，这多亏了苹果烧酒，苹果烧酒是烈性的、内涵深刻却又很不公正地不为人所知的高度酒。当然柚子的不忠（不忠这个词也太轻描淡写了）让我痛苦，我的男性自尊心受到了伤害，尤其是我心里起了一个疑团：她是不是就像喜欢我的那个一样，喜欢所有的阳具，在这样的时刻男人照例都会问这个问题，我也一样向自己提出了这个问题，唉，答案是肯定的，我们的爱的确被这档子事给玷污了，我们俩刚开始交往时她对我的阳具赞不绝口，曾让我充满自豪（尺寸合适舒服，不是那种爆款，还特别的耐久），对她说的那些话，我现在要从另外一个角度去看了，我看到的是一个客观冷酷的评判，是经常接触不计其数的阳物后得出的结论，而不是源于一个热恋中的女人心潮澎湃时脑海里产生的热情幻想，如果是这样，我谦卑地承认，我会喜欢的，我对自己的阳具没有任何特别的奢望，只需别人喜欢它，那样的话我也会喜欢它的，这便是我对我自己的阳具所持的立场。

我对她的爱彻底消亡却并不是因为这个事，而是一个看似微不足道也更加简短的情节：柚子跟她的父母亲每月有两次电话交流，有一次她刚打完电话，我们俩紧接着也做了不超过一分钟的口头交流。我没有听错，她在电话中提到了回日本，我自然问了她到底是怎么回事，但她的回答显得很让人放心，回日本会是很久以后才会发生的事，她还告诉我无需为此担心，就是在这个时候我明白了，刹那之间就明白了，仿佛有一道巨大的白光消弭了我脑子里全部的清晰意识，过后我才恢复正常，对她简短盘问了一下，当即就证实了我的基本怀疑没错：

她设计了完美的人生规划，会返回日本，但可能要等二十年或者三十年后，更确切地说我一死她就回去，所以她在将来的人生规划中把我的死亡也规划进去了，她已经把我的死亡考虑在内了。

我的反应可能有些不理性，她比我小二十岁，一切迹象都表明我死了之后她还会继续活着，而且还会活相当长时间，可是，正是这一点恰好是无条件的爱极力忽视甚至坚决否认的，无条件的爱是建立在这种不可能、这种否认的基础之上的，无论是通过对基督的信仰还是对谷歌永生计划[1]的信念而得到验证，对恋爱中的人来说都没有太大的区别，在无条件的爱中被爱的人是不会死的，被爱的人从本质上说是不朽的，柚子的现实主义态度说明她不爱我，这种缺陷、这种缺乏爱有一个明确的特点，刹那之间就让浪漫的无条件的爱情不再浪漫，变成了一种算计，从这一刻起我就知道结束了，我们的关系结束了，现在最好让它尽快了结，因为我好像感觉待在身边的不再是一个女人，而是一种正在吸食我的生命之液的蜘蛛，虽然维持着一个女人的外表，有一对乳房，有一个屁眼（我不失时机地赞美过），甚至还有一个猫猫（对此我持保留意见），但所有那些已经不重要了，在我的眼里她已经变成了一只蜘蛛，一只叮人的释放毒液的蜘蛛，日复一日地往我身上注入使我麻痹的

[1] 2009年谷歌风投总投资金额高达20亿美元，其中36%投入生技新创公司，包括几项深具雄心的寿命延长计划，被称为谷歌永生计划。

致命毒液，必须让她从我的生活中走开，越早越好。

那瓶苹果烧酒也喝完了，时间来到了晚上十一点多钟，不告而别到头来可能是最好的办法。我一直走到观景窗边：塞纳河上有一艘观光游览船，可能是当天的最后一班吧，它正在天鹅岛的尖头岬角那里掉头；就是在这一刻我明白了，我会很快就把她忘掉。

我度过了一个糟糕的夜晚，做了许多令人讨厌的梦，在梦中我受到误机的威胁，为了赶飞机我采取了许多险象环生的做法，比如从图腾大厦顶楼飞下来，试图飞到戴高乐机场——有时需要展开双臂，有时只是滑翔，我终于飞起来了，但也飞得差强人意，注意力稍微有一丁点下降都有可能让我摔得粉身碎骨，我在植物园上空就发生了险情，骤降到离地面才几米高的地方，几乎是从猛兽围栏上面掠过去的。这个愚蠢但惊心动魄的梦传递出的意味可能很明了：我担心自己的逃跑不会成功。

我五点整准点醒来，我很想喝杯咖啡，但我不能冒险在厨房里搞出动静。柚子极有可能回来了。不管她在外面的聚会搞到多晚，她也从来不在外面过夜：不在脸部抹上她的十八种美容霜就上床就寝是无法想象的事。她可能已经睡着了，但五点钟还是有点早，她要到七八点钟前后才会进入深睡眠状态，所以我得保持耐心。我在美居酒店勾了提早入住的选项，所以我订的那个房间从九点钟起就可以办理入住了，我一定可以在酒店附近的街区找到一家已经开门营业的咖啡馆。

前一天我就把行李箱准备好了，我在离开之前再也没有什么事好做了。发现没有任何纪念物可以带走我还是感觉有些悲哀：没有一封信，没有一张照片，甚至连一本书都没有，所有那些都保存在我的苹果 Macbook Air 手提上，那是一个机身纤巧的磨砂铝质平行六面体，我的过往全部加在一起的重量是一千一百克。我同样意识到，在我们两年的情侣关系期间，柚子从未送过我礼物——绝对没有，一件都没有。

然后，我又意识到了一件更加令人惊讶的事：前一天晚上，柚子对我死亡的默然接受把我搞懵了，一时间我竟忘了我的父母亲死时的情形。对于浪漫的情侣来说，除了假想的超人类永生以及同样是假想的天堂耶路撒冷，确确实实还有第三种解决办法；一个可以立即执行的解决办法，既不需要高水平的遗传基因研究，也不需要向上帝做虔诚的祈祷，二十多年前我父母亲采取的便是这个办法。

我的父母亲，一个是桑利斯的公证人——客户包括该市的全部显要人物，另一个是卢浮宫学院的毕业生，后来满足于做个家庭主妇，这两个人乍一看没有任何一点能让你联想到一段疯狂的爱情故事。表象，我发现，很少具有欺骗性，但是我父母亲的例子恰恰相反。

我父亲在他六十四岁生日的前一天去看了我们的家庭医生，他持续性的头疼已经犯了好几个星期，医生让他做了 CT。三天之后医生告知他结果：图像显示有一个大肿瘤，但现阶段尚无法断定是不是癌变了，必须做活检。

一个星期之后，活检结果出来了，清晰无误：肿瘤确实癌变了，而且具有侵略性，发展迅速，是成胶质细胞瘤和星形细胞瘤的混合体。脑癌相对罕见，但往往会致命，一年生存率低于百分之十，脑癌的成因依然未知。

考虑到肿瘤的位置，做手术不在考虑之列；化疗和放疗有时可能有一些疗效。

需要说明的是，不管是我父亲还是我母亲都认为把这些事情告诉我不合适；我有一次回桑利斯看他们时才偶然发现这些情况，当时我询问母亲那封从医院寄来的信是怎么回事，她忘记把那封信收起来。

还有一件事后来让我想了很久：在我去看望他们的那一天，他们可能早就做出了决定，甚至可能已经在网上订购了药品。

一个星期之后，他们被人发现并排躺在他们的婚床上。我父亲心里总惦记着不要给别人添加任何麻烦，他事先已经写信通知警察，甚至把另一套钥匙也装进了信封里。

他们在傍晚就吞了药，那一天是他们结婚四十周年纪念日。

他们死得很快，警察总队队长好心地向我保证，很快但不是瞬间就死的，从他们躺在床上的姿势很容易判断出，他们想手牵着手一直到最后，但临终的抽搐还是发生了，他们的手最后是分开的。

他们是如何弄到药品的，永远都不会有人知道了，我母亲把家里那台电脑上的浏览历史全都清除了（这事肯定是她一手操办的，因为我父亲讨厌信息技术，以及更普遍的、看起来可能像是科技进步的东西，在同意给他的事务所配备电脑之前他一直都是极力阻止，装了电脑之后是他的女秘书在操弄，他本人可能从未碰过电脑键盘）。很显然，警察总队队长对我说，如果真要追查下去，是可以找到订货的痕迹的，在云端没有一样东西能永远彻底地抹去。有可能追查到，但真有必要吗？

我不知道两个人可以被安葬在同一副棺材里，公共卫生条例那么多，事无巨细什么都要管，以至于我总以为差不多什么事情都是被禁止的，但合葬这件事似乎没被禁止，是可以办到的，只要我父亲生前动用一下他的关系，写几封信就可以了，因为我说过，他认识城里差不多所有的政要，甚至是省里的大部分政要，反正无论如何就是这么做的，他们在桑利斯公墓的北角被装在同一副棺材里下葬。我母亲死的时候五十九岁，身体非常健康。神甫在布道时让我有些恼火，他轻描淡写地谈论人类之爱的伟大辉煌，说那是更伟大辉煌的对上帝之爱的序曲；我觉得天主教会要把他俩招安有点下作，一个神甫在面对真爱时就该闭上他的臭嘴，这就是我想对他说的，这个小丑，他哪里懂得我父母亲的爱情？我本人就不确定是否真的理解它，我一直从他们俩的一举一动，他们的微笑中感觉到某种只属于他们俩的东西，那种东西我可能永远都无法完全得到。我这么说并不意味着他们不爱我，他们爱我，这是毫无疑问的，无论从哪方面讲他们都是优秀的父母，他们细心，他们陪在我身边但并不过分，他们必要时很慷慨；但那并非同一种类型的爱，他们俩形成的是一个神奇的、超自然的圈子（他们的沟通水平真的惊人，我至少亲眼目睹了两次他们明显有心灵感应的案例），我总是在圈子的外面。他们没有其他的孩子，我依然记得，那一年，我在亨利四世高中的农学院预备班参加完毕业会考，我回到家里跟他们解释说，考虑到桑利斯公共交通很差劲，我在巴黎租一间房子可能更加方便，我依然记得很清楚，母亲听了之后吃了一惊，脸上显出了一丝宽慰的表情，很短暂但毋庸置疑；她首先想到的是，他们俩终于可以过二人世界的生活了。至于我父亲，他几乎没想过要掩饰一下自己的喜悦，他随即就着手操办这件事，一个礼拜之后，我就搬进了一个没必要那么豪华的单间公寓，我当即就发现这间房子比我的同学们觉得非常知足的那种保姆房要大许多，而且我的公寓在学院街，步行五分钟就能到学校。

早晨七点钟我就准时起床了，我穿过客厅，没弄出任何响动。公寓那扇厚实的装甲防盗门也是无声无息的，仿佛一个保险柜的门。

在这个八月的第一天，巴黎的交通非常通畅，我甚至在离酒店几米远的罗莎莉嬷嬷大街边找到了停车位。跟那些从意大利广场开始、承载了巴黎东南部区域大部分运输量的主干道（意大利大街、戈贝兰大街、奥古斯塔-布朗基和万桑-奥利奥林荫大道等）不同，罗莎莉嬷嬷大街在五十米远的地方就到头了，再过去就是阿贝尔-奥夫拉克街，它本身就是一条不太重要的街。要不是这条街出人意料的、毫无意义的宽度，以及马路中间把两条快车道分开的种满树的中央隔离带，它的大街地位好像有点保不住，从某种意义上说，罗莎莉嬷嬷大街很像一条私人大街，令人想起在蒙梭公园周围碰到的那些伪大街（维拉斯凯、范戴克、鲁伊斯达尔大街），总之这条街有些奢华的意味，这种印象在美居酒店的入口会进一步加深，这个入口出人意料地由一个朝向内部庭院的大门廊组成，庭院装饰了几尊雕像，那装潢让人觉得是在一家中等级别的豪华旅馆。七点半了，意大利广场边的三家咖啡馆已经开门了：法兰西咖啡馆，马热里德咖啡馆（康塔勒省的特色菜，但现在就吃康塔勒省的特色菜为时尚早）以及波比罗街拐角处的那家“哦，儒尔”[1]咖啡馆。我选定了最后那一家，尽管它的名字有些愚蠢，我选择这一家是因为咖啡馆老板别出心裁地想把 happy hours（欢乐时光）[2] 翻译成法语的 heures heureuses[3]；我确信阿兰·芬基尔克罗[4]会赞同我的选择。

这家咖啡馆的菜单一上来就让我兴奋不已，甚至让我重新考虑我最初对于它的名字形成的负面判断：用儒尔这个名字实际上让他们设计出了一套高度创新的菜单体系，其中那些菜名的创意与一种富有意义的语境结合在一起，比如沙拉这一菜系就已经是最好的例证，它把“南方的儒尔”（生菜、西红柿、鸡蛋、虾仁、米饭、橄榄、鳀鱼和吐司）与“挪威的儒尔”（生菜、西红柿、熏鲑鱼、虾子、清水煮的荷包蛋、吐司）并

---

[1] 原文 jules 在法语中有流氓、恶棍、夜壶等意思。

[2] 指酒吧于黄昏至晚上 9 时提供优惠的时段，顾客于晚上 9 时前光顾酒吧并结账，酒类饮品可获特价。

[3] 法国人一般情况下将 happy hours 翻译成 la bonne heure，l'heure de l'apéritif 或者 le cinq à sept。

[4] 阿兰·芬基尔克罗（1949— ），法国哲学家、作家、公共知识分子，2014 年当选法兰西学术院院士。

排放在一起。就我而言，我觉得自己过不了多久（可能就在今天中午）就抵挡不住“农场儒尔”（生菜、当地产的火腿、康塔勒干酪、嫩煎土豆、青核桃肉、煮鸡蛋）的诱惑，除非已经选了“牧羊人儒尔”（生菜、西红柿、热山羊奶酪、蜂蜜、肥猪肉丁）。

通常来讲，推荐的菜肴摒弃了过时的争论，让传统美食（洋葱干酪丝面包汤、热土豆鲱鱼脊肉）和创新美食（浇了萨尔萨辣酱[1]的面包粉裹虾仁、阿韦龙省的百吉饼[2]）和平共处并不越界。类似的合成意愿在鸡尾酒单上可以明显地看出来，除了经典款，他们还发掘了不少名副其实的新产品，比方说“绿色地狱”（马利宝朗姆酒[3]、伏特加、牛奶、菠萝汁、薄荷酒）、“僵尸”（龙涎香朗姆酒、杏仁露、柠檬汁、菠萝汁、石榴汁）以及令人惊异但非常简单的“波比罗海滩”（伏特加、菠萝汁、草莓汁）。总而言之，我觉得自己将要在这家咖啡馆里度过的将不会是几个小时，而是好几天，好几个星期，甚至好几年的欢乐时光。

大约九点钟左右，我吃完了具备我们各地风味的早餐，留下了足以确保自己会再次得到服务员亲切招待的小费，然后径直朝美居酒店的前台走去，我在那里受到的接待充分证实了我最初的期待。接待员小姐甚至在问我要维萨信用卡之前就超出

[1] 墨西哥菜肴中常用的烹调和佐餐酱料，一般用番茄和辣椒制成。

[2] 或译贝果、培果、焙果或百吉圈，是一种面包类食品，由发酵了的面团捏成圆环，沸水煮过才放进烤箱。由东欧的犹太人发明。

[3] 马利宝朗姆酒是一款使用天然椰子萃取物酿造的风味朗姆酒，酒精含量约为21％。

我的预期地跟我证实说，他们确实按照我的要求给我预留了一间可吸烟的房间。“您在我们这里住一个星期吗?”她用很有分寸的语气很周到地问道。我跟她做了确认。

我说一个星期，就像我会随口说的一句别的话，我唯一的计划是摆脱一段有毒的恋爱关系，这段关系正在谋杀我，我的自行失踪计划已经取得圆满成功，而现在我走到了这一步，我是一个人到中年的西方男子，要过几年衣食无忧的生活，既没有亲人也没有朋友，没有个人计划，也没有真正的兴趣爱好，对之前的职业生涯失望透顶，在情感方面的经历丰富多变，但共同之处是它们都无疾而终，实际上我已经没有活下去的理由，就像没有死去的理由一样。我可以趁机开始新的出发，重新“反弹”，就像电视节目以及那些专业杂志上探讨人类心理的文章诙谐地说到的那样。我也可以任由自己滑入一种昏昏欲睡、无所事事的状态。我随即就意识到，我的客房会把我引向这第二个方向：它确实很小，依我看全部加起来也就十个平米，那张双人床差不多占掉了全部空间，可以在床周围活动，但很勉强；在床的对面，一张窄小的蜗形脚桌子上，放了一台必不可少的电视机和一个托盘（里面放了一个电热水壶、一些纸杯和独立包装的速溶咖啡）。他们还成功地在这个有限的空间里塞进了一个小冰柜，还有一把椅子，椅子对面是一面边长三十厘米的镜子。总之，就这些了。这便是我的新家。

在孤独中，我能快乐吗？我并不觉得。通常情况下，我能快乐吗？这一类的问题，我以为，最好不要问。

住酒店的唯一难题在于，你每天都得离开房间——因此就得离开你的床——这样女清洁工才能够开展工作。要你离开多长时间原则上是不确定的，酒店女服务员的时间表是从来不会跟顾客沟通的。就我而言，我知道打扫卫生从来都用不了太长时间，所以我宁可他们规定我出去一小时，但他们不会像那样预先安排好，从某种意义上说，我也理解，那可能不符合酒店行业的规矩，照我说那更像是监狱里的做法。那么我必须信赖那名女清洁工或者更确切地说那些女清洁工的主动性和反应性。

但我可以帮帮她们，给她们一个提示，把挂在门把手上的那张小信息牌翻一面，把“嘘，我在睡觉——请勿打扰”（一只英国斗牛犬睡在地毯上的照片象征这种状态）翻到“我睡醒了——请整理房间”（这次是两只母鸡，以剧院的帷幕为背景拍摄的，处于精神振奋甚至有些咄咄逼人的清醒状态）那一面。

经过头几天的几次摸索，我断定出去两个小时大概就足够了。我很快就制订出一条微型的环游路线，以“哦，儒尔”咖啡馆为起点，那里从早上十点钟到中午十二点不大有人光顾。然后我重新踏上了罗莎莉嬷嬷大街，这条街通往一个栽有树木的圆形小广场并在那里结束，天气晴好时，我在树木中间的一张长椅上坐下来，通常情况下只有我一个人在那里，但时不时地，有一个退休老人坐在另一张长椅上，有时还有一条小狗陪在旁边。然后我向右拐进阿贝尔-奥夫拉克街；在与戈贝兰大街的交叉口，我总会在家乐福小超市停下来。我第一次进这家商店就有一种直觉，觉得它将会在我的新生活中扮演一个新的角色。陈列东方国家特产的食品货架，虽不及几天前我还常去的、图腾大厦附近的G20超市那样丰富多样，但还是整整齐齐地摆放着八种不同的鹰嘴豆泥，包括特级阿布戈什[1]，米萨多特[2]、扎塔尔[3]和珍品梅萨贝莎[4]鹰嘴豆泥；至于三明治区，我甚至想不通怎么会那么高级。此前我一直认为便利超市在巴黎城区和巴黎近郊都完全被“不二价”超市主导；我本该料到，一个像家乐福那样的招牌在进入一个新市场时，

---

[1] 以色列耶路撒冷郊外的一个村镇。

[2] 法国凯瑞集团生产的一款鹰嘴豆泥。

[3] 中东各国流行的鹰嘴豆泥。

[4] 产于约旦、黎巴嫩、以色列、巴勒斯坦等地中海东岸国家的一种鹰嘴豆泥。

“不会是去那里当配角的”，就像它的首席执行官最近在接受《挑战》[1] 杂志采访时所指出的那样。

超市开门营业的时间特别长，显示了同样的征服欲望：周一到周六从早上七点到晚上十一点，周日早上八点到下午一点，就算阿拉伯人的商店也从来做不到这么好。周日营业时间缩短是十三区劳动监察局发起的一场诉讼引发的激烈冲突的结果，我是从张贴在商店里的一张小告示上看到的，这张告示用刻毒得让人目瞪口呆的措辞痛斥地区大法院做出“反常的判决”最后迫使他们屈服，因为他们受到逾期罚款的威胁，而罚款“过高的金额可能会使您身边的这家商店处于危险境地”。就这样，商贸自由以及消费者的自由输掉了一场战斗；但是，从小告示的好战的语气看，这场战争远没有结束。

我很少在家乐福小超市正对面的那家“工场”咖啡馆停留；那里的一些酿造啤酒好像很诱人，但我一点也不热衷那种煞费苦心模拟出的“工人咖啡馆”的氛围，因为在这个街区，最后一批工人可能在一九二〇年前后就已经消失了。后来当我的脚步把我带到可怕的鹌鹑之丘[2]片区时，我很快就发现了更糟糕的；但我目前还不知道那个地方。

---

[1] 法语商业周刊，总部设在巴黎。

[2] 鹌鹑之丘是法国巴黎十三区的一个山顶社区，位于巴黎东南部，曾是一个重要的皮革中心，今天变成了一个时尚的区域，拥有许多小酒吧和小餐馆，并仍保留其部分村庄的氛围。

然后沿着戈贝兰大街下行大约五十米，就又到了罗莎莉嬷嬷大街，这一段才是我环游经过的唯一真正的城市路段，这里能让我透过人流和车流量的增加，感觉到我们已经跨越了八月十五日的那个障碍，这是重返社交生活的第一个阶段，然后便是九月一号开始的那个更具有决定意义的阶段。[1]

我实际上真有那么惨吗？万一我接触到的人当中的一个（譬如美居酒店的那位女接待员，“哦，儒尔”咖啡馆的服务生，家乐福小超市的售货员）问我心情怎么样，我会更倾向于用“郁闷”来回答，但这是一种平静的、稳定的郁闷，无论如何都不会增加也不会减少，总之无论从哪一方面来看都是确定无疑的郁闷。但我不会掉入这个陷阱；我知道生活仍然为我保留了许多意想不到的东西，至于那些东西是难以忍受还是激动人心，那要看情况。

话虽如此，此刻的我没有任何欲望，许多哲学家，至少我有这种印象，他们把这种无欲视为一种令人向往的状态；佛教徒大体上持这种观点。但其他哲学家，还有全部的心理学家，则相反地认为这些欲望的缺失是不正常、不健康的。在美居酒店住了一个月后，我依然觉得自己无法断定这两种传统的对立

[1] 8月15日是天主教节日圣母升天节；9月1日则标志新学年的开始，暑假结束，社会回归到正常状态。

观点孰是孰非。我每个星期续订一次房间，好让自己处于一种自由状态（现存的全部哲学对这种状态赞许有加）。在我看来，我的状况不是那么糟糕。实际上只在一个方面，我的精神状态让我忧心忡忡：那便是身体护理，甚至只是简单的洗浴。刷牙我差不多还能做到，这个还是能做到的，但一想到要淋浴或者泡澡我就真的很反感，实际上我更希望不再拥有一副躯体，一想到有一副身体，必须照顾它护理它，我就越来越受不了，尽管无家可归者的数量惊人的增长让西方社会渐渐放低了个人清洁的标准，但我知道过于浓重的体臭最后必然会让我变成一个不合时宜的怪人。

我从未看过精神病科医生，其实我不大相信这一行业的治疗效果，所以我在“自由执业医生”网站上选择了十三区的一家全科医生的诊所，这起码可以减少我花在路上的时间。

离开波比罗街拐入鹌鹑之丘街（这两条街在魏尔伦广场交会），等于离开普通的消费世界并进入一个充满斗志的薄饼店和另类酒吧（“樱桃时代”和“嘲弄人的乌鸫”实际上是面对面）的天地，中间夹杂着价格公道的绿色食品商店和提供在身上打洞眼服务或者剪艾福罗发型[1]的小店铺；我一直有种直觉，觉得一九七〇年代并没有在法国消逝，只是暂时撤退了。那里的一些涂鸦还不赖，我沿着那条街一直走到头，错过了勒

[1] 一种类似非洲黑人自然发式、呈圆形的蓬松鬈发。

列福尔大夫问诊的五钻街的岔道。

大夫留着一头已经被白发入侵的鬈曲的披肩长发，他长的那副模样就像个环保狂，看到他的第一眼我就是这么想的；但他的蝴蝶领结稍稍驳斥了我的第一印象，再加上他诊室里一应俱全的豪华家具陈设，所以我重新考虑了我先前的看法，他最多只是环境保护的同情者。

我把自己最近的生活扼要地跟他陈述了一下，他认可我的看法，觉得我确实需要做一次治疗，还问我是不是有轻生的念头。没有，我回答说，我对死不感兴趣。他强压下一个不快的表情，然后用生硬的语气——我显然没有博得他的好感——说：新一代的抗抑郁药出来了（我这还是第一次听人说到卡普托利克斯这个名字，它最终却在我的人生中扮演了如此重要的角色），会对我的情况有效，需要一到两个星期才能感觉到初期效果，但这种药需要严格的医疗监护，服药一个月后必须复诊。

我连忙表示同意，极力克制自己才没有迫不及待地从他手里抢处方；我已经下定决心永远也不要再见到这个蠢货。

回到家里——我的意思是回到我的酒店房间，我仔细研究了一下说明书，上面告诉我服药之后有可能会阳痿，我的性欲会消失。卡普托利克斯通过增加血清素的分泌来产生疗效，但我从因特网上可以搜到的、关于荷尔蒙对心理活动的影响的信息给人的感觉模棱两可而且前后矛盾。有一些常识性的说法，类似这种："哺乳动物每天早晨醒来时，不会纠结是跟群体在一起还是远离它们过自己的生活"，抑或："一只爬行动物对其他爬行动物没有任何依恋之情；蜥蜴不信赖其他蜥蜴"。更具体地说，血清素是一种和自尊以及在群体中获得认可相关的荷尔蒙。但它主要在肠道内产生，人们发现大量的生物体内都有它的存在，连阿米巴虫身上都有。阿米巴虫能有什么自尊可言？在阿米巴虫群体中又能获得何种认可？结论渐渐就出来了，是因为医学在这方面依然含糊，依然不够确切，而抗抑郁剂就属于许许多多不知道为什么有效（或无效）的药物中的一种。

这药在我身上好像有效，淋浴对我来说还是有些过于剧烈的行为，但渐渐地我终于能够泡一个热水澡，还能稍稍往身上打点肥皂。至于性欲则没有出现多大的改善，反正自从见到那个埃尔阿尔基安栗发女郎，那个令人难以忘怀的埃尔阿尔基安栗发女郎时起，一直到现在，我从未感觉到类似性欲那样的东西。

因此，在几天之后的一个下午，驱使我给克莱尔打电话的肯定不是欲望的冲动。那又是什么驱使我的呢？我确实不清楚。我们俩已经十多年没有任何联系了；说老实话，我希望她已经更换了电话号码。但没有，她没换。她也没有更换住址——但这个很正常。她听到我的声音显得有些吃惊——但实际上也仅此而已，然后她提议我们当晚一起在她家附近的一家餐馆共进晚餐。

我初次见到克莱尔那年，我二十七岁，我的大学生涯已经被甩到身后，我已经交往过不少女孩子——主要是外国女孩。要知道，那个时候伊拉斯谟奖学金[1]——后来为欧洲学生之间的性交往大开了方便之门——还不存在，勾引外国女大学生的唯一可能地点是地处尤尔丹大道的国际大学城，而农学院奇迹般地在那里拥有一栋楼，每天都有音乐会和聚会。因此，我从肉体上了解不同国家的女孩子，坚信爱情只有基于存在一定的差异之上才会发展，同一类人是不会相爱的，实际上许许多多差异都能发挥作用：众所周知，年龄的极端差异能引发难以置信的强烈激情，种族差异仍然奏效；甚至普普通通的民族和语言差异也不容忽视。相爱的人说同一门语言不好，他们能真正听懂对方、能用语言交流不好，因为语言没有创造爱情的使命，却能制造分裂与仇恨，话语一出口隔阂便产生了，而不成型的半语言的爱的絮叨，跟自己的女人或男人像对自己的狗一样说话则会为无条件的和天长地久的爱创造条件。假如我们依然能够局限于直接和具体的话题——比方说车库的钥匙在哪里？

[1] 伊拉斯谟计划是欧盟在1987年成立的一个学生交换项目，以荷兰哲学家德西德里乌斯·伊拉斯谟之名命名，目前对学生资助的金额最高可达每月450欧元。

电工什么时候来？——那么一切都还行得通，但再过去就越界了，就进入了失和、感情破裂和离婚的范围。

因此有许多不同的女性，主要是西班牙和德国的，有一些南美的，还有一个荷兰的，丰满诱人，真的像广告上的豪达[1]奶酪。最后碰到了凯特，她是我青年时代的最后一个恋人，最后一个也是最钟爱的一个，在她之后，可以说我的青春时代就结束了，从此我再也没有出现过通常跟“青春”这个词联系在一起的精神状态，那种令人喜悦的无忧无虑（或者，也可以任意选择，那种令人厌恶的不负责任），那种无边无际的开放世界的感觉，自她之后，纯真就对我关上了大门，彻底地关上了大门。

凯特是丹麦人，她可能是我见过的最聪明的女孩，不过我这么说并不是因为聪明真的很重要，智力方面的优点在友谊中并不重要，更不用说在恋爱关系中了，与心地善良相比其分量要轻得多。我特别提到她的这一点，是因为她难以置信地思维敏捷，她异乎寻常的领会能力确实非常罕见，非同小可。我们认识的时候，她二十七岁——比我大五岁，所以，她的人生阅历比我要丰富得多，在她身边我就像个小男孩。她用破纪录的

[1] 荷兰南荷兰省的一座市镇，以豪达奶酪、烟斗、15 世纪的市政厅而著称。豪达奶酪是一种球形干酪。

速度完成法律学业，然后在伦敦的一家事务所做商业律师。“所以，你肯定和某种雅皮士打过交道……”我记得我们第一次在一起过夜之后的第二天早晨我对她说过这样的话。“弗洛朗，我就是一个雅皮士。”她柔声回答我，我到现在依然记得这个回答，记得她那一对沐浴在晨曦中的结实的小乳房，每次想到这里，我都好想去死，算了先不说这个。两年后，她屈服于现实：雅皮与她的愿望、趣味、她思考人生的方式一点也不相称。因此，她决定继续她的学业，而这一次学的是医学。她在巴黎做什么我已经记得不大清楚了，我想她是在巴黎某家在治疗热带病方面享有很高的国际声誉的医院工作，具体是什么热带病我就不知道了。为了让你们对这个女孩的才能有所了解，我就说一件事：我们初次相识的那个晚上——我们不期而遇，说得更确切些，我毛遂自荐帮她把行李扛到丹麦楼四楼她的宿舍，然后，我们喝了一杯啤酒，然后两杯，等等，她当天早晨才到巴黎的，一句法语都不会说；而两个礼拜之后，她差不多已经完全掌握了这门语言。

我给凯特拍摄的最后一张照片应该存放在我电脑的某个文件夹里，但我没有必要开机才回忆得起她的模样，我只需闭上双眼。当时，我们刚刚在她家过完圣诞节，更确切地说是在她的父母家，不是在哥本哈根，那座城市的名字我想不起来了，尽管如此我还是很想慢悠悠地回到法国，乘坐火车，刚开始的旅程很奇怪，火车沿着波罗的海的水面行驶，离灰色的水面才两米，有时一个大浪打到我们车厢的窗户上，车厢里只有我们俩，在浩瀚无际的天空和大海之间，我一生还从未如此幸福过，我的人生会不会有可能在那里停下：海底涌浪，波罗的海，我们彻底交融在一起的身体？但这个情节并没有发生，火车抵达终点站（是罗斯托克还是斯特拉尔松德[1]?），凯特决定陪我几天，第二天她就要开学了，但她会安排好。

我保存下来的凯特的最后一张照片是在什未林[2]城堡公园里拍摄的，什未林是一座德国小城，是梅克伦堡-前波美拉尼亚州的首府，公园的小道铺上了厚厚的积雪，能看到远处城堡上的塔楼。凯特朝我转过身，嫣然一笑，我可能应该朝她喊过，叫她转过头来，好让我给她拍照，她看着我，她的目光中饱含爱意，但也有宽容和伤感，因为她可能已经意识到我就要背叛她，我们的故事即将结束。

同一天晚上我们在什未林一家餐馆共进晚餐，我还记得那个服务生，四十来岁的瘦子，紧张，抑郁，可能被我们的年轻和从我们身上尤其是她身上辐射出的爱情感染，他甚至干脆停了下来，盘子一放下，就转向我（然后是我们但主要是我，他一定感觉到了我是那个薄弱环节）用法语跟我说（他本人应该

---

[1] 罗斯托克和斯特拉尔松德均为德国北部城市。

[2] 德国的一座古老城市，位于什未林湖区。

是法国人，一个法国人怎么会在什未林的一家餐馆当服务生，人生真是个谜)，反正用不寻常的神圣庄重的语气对我说："你们俩要一直像这样好下去。拜托，一直像这样。"

我们原本可以拯救世界，我们原本可以在眨眼之间拯救世界，但我们没有那么做，说到底是我没有那么做，爱情没有赢得胜利，我背叛了爱情，每每我睡不着觉的时候，也就是说差不多每个晚上，我脑海里都能听到她在电话答录机上的录音："你好，我是凯特，请给我留言。"她的声音是如此的清凉，宛如在一个尘土飞扬的夏日黄昏潜入瀑布下面一样，你会觉得所有的污秽，所有的孤寂，所有的悲哀顷刻之间就被荡涤得干干净净。

告别的时刻是在法兰克福，中央火车站，这一次她真的必须回哥本哈根了，她有些夸大大学学业上的责任义务，但她无论如何不能陪我去巴黎，我依然能想起自己站在火车门边的样子，她则站在站台上，我们一整夜都在做爱，一直到早晨十一点，一直到真的必须去火车站了，她用尽全部的力气来跟我做爱，来吮吸我，她的力气非常大，我也一样，那个时候我随随便便就能重新大起来，不过说实在话，这不是问题所在，这不是根本的问题所在，问题主要是凯特站在站台上，开始哭，不是真哭，几颗泪珠顺着她的脸庞滑落下来，她看着我，看了一分多钟，直到火车启动，她的目光一秒钟也没有离开我，有一刻她控制不住，眼泪就开始簌簌地往下流，我没有动，我没有跳到站台上，我等着车门关上。

在这件事情上，我真的该死，甚至应该接受更严厉的惩罚，我不能不承认：我的一生将会在不幸、暴躁和孤独中终结，我这是罪有应得。一个男人怎么能忍心离开凯特那样的女孩？真是不可思议。在给她留下不知道多少没有回复的留言后，我给她打了电话，所有这一切都因为一个一回到圣保罗的第二天就会把我抛到脑后的下流的巴西女人，我给凯特打了电话，但确实打得太晚了，第二天她就去了乌干达，她参加了一个人道主义使团，西方人，尤其是我，让她失望透顶。

人到了最后总会把那些旧账从头到尾梳理一遍。克莱尔在情节剧中有她的戏份，她一路坎坷地走来，并没有真正地走近幸福——可是说到这个，谁又可以呢？她是这么想的。在西方，再也不会有人幸福了，她接着想，永远也不会再有了，今天我们得把幸福看作是古老的梦想，在过去幸福有存在的条件，如今那些条件再也得不到满足了。

尽管克莱尔对个人生活感到不满甚至绝望，但她有房产，这房产能带给她极大的满足感。当她母亲将丑恶的小灵魂归还给上帝——或者更可能是归还给乌有——之后，第三个千禧年刚开始，对以前被定性为犹太基督教的西方国家来说，也许这是一个多余的千禧年，这话的意思就跟人们谈到拳击手的加赛是多余的一样；不管怎么说，这种想法在以前被定性为犹太基督教的西方国家广泛流传，好吧，我说这些只是为了铺垫一下历史背景，但克莱尔对所有这一切一点都不关心，她有许多别的操心事，首先是她的演员职业生涯，然后，渐渐地，那些旧账在她的生活中占据了主要位置，但我们不要急着说那些事。

我与她初次相遇是在一九九九年十二月三十一日跨年夜，那个跨年夜我是在一个在工作中认识的危机公关专家家里度过的，那时我还在孟山都[1]工作，孟山都差不多一直都处在危机公关状态。我不知道这位专家是怎么认识克莱尔的，实际上我觉得他并不认识她，他只是跟她的闺蜜中的一个上床，不过用闺蜜这个词可能不太恰当，应当说跟她演同一出戏的另一个女演员。

当时，克莱尔崭露头角，首次在一部戏中大获成功——不过也应该是最后一次。在此之前，她不得不满足于在一些小成本或中成本的法国电影和法兰西文化电台的广播剧中扮演一些龙套角色。这一次，她在乔治·巴塔耶[2]的一部戏中扮演女主角，其实也不完全是甚至根本就不是乔治·巴塔耶的戏，导演致力于对乔治·巴塔耶的不同文本——一些是虚构，另外一些是理论性作品——进行精心改编。他在多次采访中声称，他的计划是根据新的虚拟性行为来重新审视巴塔耶。他表示自己特别关心手淫。他并不试图去掩饰巴塔耶和热内[3]的立

[1] 美国的一家跨国农业生物技术公司。
[2] 乔治·巴塔耶（1897—1962），法国评论家、思想家、小说家。
[3] 让·热内（1910—1986），法国作家，代表作《小偷日记》等。

场之间的差异甚至对立。整部戏在巴黎东部一家享受国家津贴的剧院上演。总之，这一次她会成为一些重要媒体关注的焦点。

我去看了首演场。我和克莱尔上床才两个多月时间，但她已经早早地住到我家里了，不得不说，她住的地方说实在话非常寒碜，同一层楼只有一个洗澡间，她要跟二十来个房客共用，洗澡间肮脏不堪，最后她只得买了地中海健身俱乐部的会员卡，就为了去那里洗澡。那部戏给我留下了特别深刻的印象，尤其是克莱尔，她在整部戏中散发出一股冰冷的色情味，服装师和灯光师干得很出色，制造出的效果并不是你想去操她，而是想被她操，你的感觉就是，那是一个每时每刻无法抑制冲动想要操你的女人，而且，这正是在我们日常生活中发生的事情，她的脸上什么也没显露出来，然后她突然就把手放在我的鸡鸡上，瞬间解开我裤子的门襟，跪在地上吮吸我，或者换个方式把她自己的短裤脱下来，开始自摸，我记得差不多无论到哪里她都这么做，包括有一次在市税务局的等候大厅，当时那里有一个带着两个孩子的黑女人，黑女人好像有点被震惊了。总之，在性方面，克莱尔总是处于永久的兴奋状态。评论家们给与一致的好评，这部戏在《世界报》文化版占了整整一版的篇幅，《解放报》则用了两个版面。克莱尔在一片赞誉声中得到的东西超出了她应得的，尤其是《解放报》把她比作希区柯克电影中那些表面冷艳但实际上内心热情似火的金发女郎，反正这种烘烤冰激凌[1]式的对比我读了好几十回之后，终于一下子就明白他们在说什么了，即使没看过希区柯克的任何电影，我嘛，我更属于疯狂的麦克斯[2]那一代，不过无论如何，那种比较用在克莱尔身上还是相当恰如其分的。

在这部戏的倒数第二场——导演显然把它视为最关键的一场，克莱尔撩起裙子，双腿向观众叉开自慰，而另外一个女演员则在朗诵乔治·巴塔耶的一篇长长的文章，我觉得那文章主要是讲肛门。《世界报》的评论员特别欣赏这场戏，盛赞克莱尔在表演中表现出的“庄严呆板”。庄严呆板这个说法让我觉得言过其实，倒不如说她很平静，一点也不像性兴奋了——实际上她一点也不兴奋，首演的那天晚上她亲口向我证实过。

总之，事业开始崭露头角，她感到欣喜，然后，法国航空公司飞往里约热内卢的 AF232 客机在三月的一个星期天坠入南大西洋正中央，她再次感受到了一阵欣喜。这次空难无一人生还，克莱尔的母亲是遇难乘客中的一位。航空公司当即为遇难者亲属成立了一个心理援助小组。“就是在这个时候我发现自己是个好演员……”克莱尔在与心理学专家初次见面的那个晚上对我说，“我扮演了那个心理垮掉、万念俱灰的女儿，我觉得自己确实成功地掩饰了心中的窃喜。”

---

[1] 一种以烧烤的蛋白覆盖冰激凌蛋糕的甜食。

[2] 1979 年开始上映的《疯狂的麦克斯》系列电影中的主角，是一位主力巡警队巡警。

实际上，尽管她们母女俩彼此仇恨，但克莱尔猜到她母亲太过于以自我为中心而懒得费心起草一份遗嘱，也不会花一分钟来考虑自己死后会发生什么事，而且无论如何都很难剥夺自己孩子的继承权，克莱尔作为独生女拥有合法的不可剥夺的权利，可以拿到百分之五十的遗产，总之，克莱尔没什么好担心的，这场神奇的空难发生一个月之后，她实际上就拿到了自己的遗产，主要包括位于巴黎二十区瑞索-德-梅尼尔蒙当街的一套漂亮的公寓。我们用了两周时间清理掉老太太的东西，然后就搬了进去，其实老太太也并不是很老，她才四十九岁，那架要了她命的飞机失事时她正带着一个二十六岁的小情郎去巴西度假，二十六岁正好是我当时的年龄。

那套公寓在一个拉丝厂里面，拉丝厂在一九七〇年代初就关门了，在被克莱尔的父亲买下之前的那些年一直是空着的，她父亲是一个敢闯敢干的建筑师，会迅速地嗅到油水充足的交易，他把这个工厂改造成了公寓。入口是一个用粗铁条栅栏加固的大门廊，数码门控装置刚刚换成了虹膜生物识别系统；来访人员得使用一个与摄像头联动的对讲机。

一穿过大门，你就进入了一个铺砌了块石的宽阔大院，院子四周环绕着古老的工业建筑——有二十来个共同业主。克莱尔母亲的那套公寓是最宽敞的，有一个一百平方米的开放空间——层高六米——朝向一个装配了中央岛的开放式厨房，有一个宽敞的配有意大利式淋浴和意大利按摩浴缸的浴室，有两间卧室，一间有夹层，另一间配有梳妆室，另外还有一间朝向一个小花园的办公室。整个房子的面积有两百平方米多一点。

尽管“布波族”[1] 这个词在当时不太普及，但其他的共同业主的确就是所谓的“布波族”，有一个女演员做邻居他们可高兴了，按他们的想法，没有布波族的话，戏剧能搞出什么名堂呢？那个时候读《解放报》的人还不只是签约演员，还有一部分观众（尽管在逐渐减少）也在读，而《世界报》大致还保持着销路和威信，总之吧，克莱尔在大楼里受到了热烈欢迎。我的情况更微妙，这一点我是心里有数的，在他们看来，孟山都一定是个几乎跟中情局一样体面的公司。一个美丽的谎言往往从现实中借用某些元素，我当即告诉他们我在从事罕见病的基因研究，罕见病很难攻克，他们立即就联想到孤独症或者那些十二岁时就一副老头子模样的患早老症的可怜的孩子，我不可能在这个领域工作，但我对遗传学很了解，足以对付随便哪个布波族，哪怕是受过教育的布波族。

说老实话，我对自己的工作越来越感到不爽。没有任何明确的证据证明转基因产品的危险性。激进的环保主义者大多数时候都是不学无术的白痴，但同样也没有任何证据证明转基因产品的无害性，在公司内部我的那些顶头上司都只是些脑子有

[1] 中产阶级式的波希米亚族。

病的骗子。实际情况是，我们对植物基因操作的长期后果一无所知或几乎一无所知，但在我看来问题的关键甚至不在这里，问题的关键是在农业领域，那些种子公司，那些肥料和农药生产商通过自己的存在扮演的是毁灭性的致命角色，在我看来这种以大规模开发和每公顷单位面积产量最大化为基础的集约化经营的农业，这种完全建立在出口以及把农业和牧业分离基础上的农用工业，与那种使农业得到健康发展而应该采取的做法恰恰是背道而驰的，应该反其道而行：质量第一，在当地生产当地消费，保护土壤和地下水位，回归复杂的作物轮作和利用农家肥的那种做法。我们搬进去住的头几个月里接连不断地喝了很多“睦邻开胃酒”，喝酒时我一定让好多人感到意外，因为我言辞激烈，介入这些话题时有极其详实的文献做依据，当然，他们想的跟我们一样，但不知道所以然，实际上纯粹只是左派的那种人云亦云，然而我是有想法的，我甚至可能有一个理想，我学农学而不是去巴黎理工大学那样的综合性大学或者高等商学院深造并非偶然，总之我有过理想，但我正在背叛这个理想。

可是，我绝不能辞职，我那份薪水对我们的生存不可或缺，因为尽管克莱尔的那部根据乔治·巴塔耶改编的戏剧获得评论界的高度赞誉，她的演艺生涯却固执地处在停滞不前的状态。她过去的经历使她局限于文化领域，但这只是个误会，因为她的梦想是演商业电影，她本人从来只看那些所有的人很快就能进入的电影，她喜欢《碧海蓝天》[1]，更喜欢《时空急转弯》[2]，而她觉得乔治·巴塔耶的文本“愚蠢透顶”，她后来参与其中的莱利斯[3]的戏也如出一辙，但最糟糕的可能是为法国文化电台朗诵一小时的布朗肖[4]，她对我说她从来都没想到过还有这样的臭狗屎，我对她说他们竟敢把这么傻不拉叽的东西推荐给听众很令人费解。就我而言，我对布朗肖没有任何看法，我只记得萧沆[5]写的很有趣的一段话，他解释说布朗肖是用来练习打字的理想作者，因为你不会“被意思困扰”。

很不幸的是，克莱尔的外貌跟她的简历一样朝着同一个方向：她的金发，优雅和高冷的美貌似乎使她天生就有一种在一家享受国家津贴的剧院里用平直的语调朗诵文本的素质，当时的娱乐业更喜欢拉丁美洲来的那种性感女郎或者那种有些辣眼的混血女孩，总之她绝对不属于“流行趋势”，在接下来的那一年里，除了我提到的那些文化活动，她没接到任何角色，尽管定期阅读《法国电影》[6]，尽管始终不渝地从不错过每一次

---

[1] 吕克·贝松导演的一部电影，1988 年上映。

[2] 让-马力·普瓦雷执导的一部喜剧片，1993 年上映。

[3] 米歇尔·莱利斯（1901—1990），法国作家、诗人、艺术批评家。

[4] 莫里斯·布朗肖（1907—2003），法国著名作家、思想家和哲学家。

[5] 萧沆（1911—1995），也译作“齐奥朗”，罗马尼亚裔旅法哲人，20 世纪著名怀疑论、虚无主义哲学家，以文辞新奇，思想深邃、激烈见称。

[6] 1944 年创办的一份法国电影杂志。

试镜的机会。即使在除臭广告里，显然也没有她这种烘烤冰淇淋的任何位置。颇具讽刺意味的是，她在色情业中可能有更多的机会：当然不可低估那些拉丁美洲或者性感黑人女郎，这个领域一直努力地在女演员中保持外貌和种族的丰富多样性。要是没有我在身边，她可能会下定决心去做那一行，尽管她很清楚色情表演永远也不可能让她走上主流电影的演艺道路，但我相信，在酬劳水平相差不大的情况下，她更喜欢在法国文化电台朗诵布朗肖。反正色情业可能也持续不了多久，它还在垂死挣扎，但很快就会被因特网上的业余色情表演给消灭掉，“油色”摧毁色情业的速度比“油管”摧毁音乐业的速度要快得多，正如许多评论家观察到的，色情电影一直走在技术创新的最前沿，但他们当中没有一个人察觉到他们所观察到的东西之中的自相矛盾之处，因为无论如何色情属于人类活动的领域，创新在其中最没位置，甚至绝无可能有什么新的东西可以发掘，在色情领域能够想象到的一切，在古希腊罗马时代就已经广泛存在了。

在我这边，孟山都真的开始让我感到心烦气躁，我真的开始看招聘广告，用尽了一个农学院毕业生可以获得的资源，尤其是通过校友会，但是直到十一月初我才不期遇上一个确实很有意思的职位，招聘单位为下诺曼底地区农林局。主要工作是为促进法国奶酪出口建立一个专门的机构。我寄了一份简历，然后很快就被叫去面试，我一天之内在卡昂打了个来回。农林局局长本人就是农学院毕业的，一个年轻的校友，我见过他，我读一年级的时候他正好读二年级。我不知道他学业结束后是在哪里实习的，但是他保留了那种无谓地夹带英语字眼的癖好（在法国行政机关里并不多见）。他开宗明义地说法国奶酪继续几乎只在欧洲境内出口，它在美国的地位无足轻重，尤其是与葡萄酒形成了鲜明的对照（这时他向波尔多葡萄酒协会致以长时间的过分强调的敬意），奶酪行业没能预见到新兴市场的到来，主要是俄罗斯，但很快还有中国，而印度过不了多久也会跟上脚步。这适用于所有的法国奶酪；但我们是在诺曼底，他中肯地强调说，他打算建立的 task force（特遣队）的第一个目标会是推广“诺曼底三大酪王”：卡门贝干酪[1]、蓬莱维克干酪[2]和利瓦罗干酪[3]。一直到现在，只有卡门贝干酪真正享誉全球，这是由于历史方面的原因，很有意思，但他没有时间展开，而利瓦罗乃至蓬莱维克在俄罗斯和中国依然完全不为人所知，他没有无穷无尽的资金往里砸但无论如何还是拿到了招募五名员工的必要预算，他当务之急是要找到这个 task force 的

[1] 法国诺曼底卡门贝村生产的一种干酪。

[2] 法国卡尔瓦多斯省蓬莱维克镇出产的一种软干酪。这种干酪有淡棕黄色的外壳，因成熟过程中经常以盐水洗刷外壳，令外壳留有阵阵的辛辣味，浓郁非常，干酪肉为黄色，质地柔软，上面有些小洞眼。

[3] 法国卡尔瓦多斯省利瓦罗镇出产的一种干酪。

队长，问我是否对这份job（工作）感兴趣。

我感兴趣，并用恰如其分地糅合了专业精神和热情的语气进行了确认。我有了第一个想法，我觉得应该与他一起分享：很多美国人，反正很多但我不知道具体人数，就说不少美国人吧，他们每年都来凭吊诺曼底登陆作战的海滩，他们的家庭成员，有时是他们的亲生父母亲就牺牲在那里。当然，默哀的时段应该得到尊重，在军人墓地的出口组织奶酪品尝会肯定不行；可是，最后总不能不吃东西吧，诺曼底奶酪确定充分利用了这种凭吊性质的旅游吗？他兴奋不已：实际上，需要启动的正是这样的项目，而且要发挥想象力，让它更经常地参与其中；香槟地区的葡萄种植与法国奢侈品工业能够开展的协同合作不大有机会马上得到仿效：你能想象吉赛尔·邦辰[1]品尝一块利瓦罗干酪吗（而喝一杯酩悦香槟[2]却是可能的）？总之，我或多或少可以自由行动，他不会压制我的创造力，而且我在孟山都的工作肯定也不是那么容易做（实际上我无需付出太大的努力，因为种子公司给出的理由简单粗暴：没有转基因产品，我们就没有办法养活人口持续增长的人类；大体上，要么要孟山都，要么闹饥荒）。总之，在我离开他的办公室时，

[1] 吉赛儿·卡洛琳·邦辰（1980— ），生于巴西南里奥格兰德州，巴西超模、联合国自然环境亲善大使，世界模特史上最富裕的超级名模。

[2] 国际知名的法国品牌香槟酒，创办于1743年，现由路易威登集团拥有。因受到拿破仑喜爱而获得“皇室香槟”的美誉。

我已经知道，主要是通过他用过去时态谈论我在孟山都工作的那种方式，知道我被录用了。

我的合同从二〇〇一年一月一日开始。在酒店住了几个星期之后，我找到了一栋漂亮的出租屋，它孤悬于一片冈峦起伏的小树丛和牧场中间，离克莱西镇[1]两公里远，该镇享有“诺曼底的瑞士首府”这个略显夸张的美誉并以此为荣。这的确是一栋美极了的木筋墙房屋；有一间宽敞的起居室，地面铺了陶砖，三间铺了橡木地板的卧室，一间书房。附属建筑是一间重新布置过的压榨车间，可以做客房；暖气设备也安装好了。

这是一栋美极了的房子，在房东领我看房期间，我感觉到他很喜欢这房子，他用心仔细地养护着它。房东是个矮个子小老头，年纪在七十五到八十岁之间，他告诉我他在这里生活得很不错，但现在不行了，他需要频繁的医疗援助，护士每周至少要来家里三次，而发病时则天天都要来，所以在卡昂有套公寓更明智一些，话虽这么说，他运气还是蛮好的，他的几个孩子都悉心照顾他，他女儿甚至坚持要做护士，从今日所见所闻来看，他确实运气好，实际上我也同意他的看法，他运气好，只是自从他的太太过世之后情况就不一样了，永远都不可能一样了，很显然他是信教的，自杀是他永远也不会考虑的事情，

[1] 法国卡尔瓦多斯省的一个市镇，属于卡昂区。

但他有时觉得上帝迟迟不招他去，都这把年纪了，活着还能顶什么用？看房期间我的眼里几乎一直含着泪水。

这是一栋美极了的房子，但我将是独自居住。一想到要搬到下诺曼底的一个村子里，克莱尔就明确断然地拒绝了。有一刻我想建议她，她可以“回巴黎参加试镜”，然后意识到这个主意多么荒唐，她每周差不多要参加十场试镜，这没有任何意义，搬到乡下可能无异于她职业生涯的自杀，但是杀掉已经死了的东西真的有那么要紧吗？我在内心深处是这么想的，但很显然我不能跟她明说，不能说得那么直白，但不直白的话该怎么说呢？我无计可施。

于是我们约定——看起来合情合理——我周末回巴黎。我们甚至可能一起幻想过，这种小别和每周一次的重逢会给我们俩一个呼吸的机会，给我们俩的关系补充动能，每个周末都会变成一个充满柔情蜜意的如梦佳期，诸如此类。

我们俩没有发生关系破裂，没有发生明确的、决绝的关系破裂。搭乘卡昂到巴黎的列车并不是什么难事，有直达车，只需两个小时多一点，只是我乘坐的次数越来越少，先是借口要加班，然后都懒得找任何借口了，几个月后就全都结束了。我的内心深处从未放弃过克莱尔会来这栋房子与我团聚的想法，她会放弃她那希望不大的演艺事业，她会答应只做我的妻子。

我甚至给她寄过这栋房子的照片，寄过好几次，在天气晴好时拍摄的，窗户大开，窗外是小树丛和牧场，现在再回想这件事我都觉得有些羞愧难当。

回想起来，最令人瞩目的，是像二十年后跟柚子分手时一样，我在这个世界上的全部财产一个行李箱就能装得下。我对身外之物显然没有多大的胃口；这种姿态在一些希腊哲学家（伊壁鸠鲁学派？斯多葛学派？犬儒学派？抑或三者都有一点？）眼里是一种非常有利的心理倾向；在我看来，相反的心态很少得到支持；所以，在这明确的一点上，哲学家们是达成了共识的——这种情况十分罕见因此需要着重强调一下。

当我挂断与克莱尔的通话时已经五点多了，吃晚饭之前我还有三个小时需要打发。很快，几分钟时间里，我开始问自己这次见面是否真的是个好主意。它显然不会达成任何实质性的结果，唯一的结果可能是唤醒那些经过二十年或多或少被我们成功埋葬了的失望和苦涩的感情。我们俩都很清楚，人生苦涩而又令人沮丧失望，那又何必花钱打车、花钱在餐馆买单，就为了额外再确认一次？而且，我真的想知道克莱尔的境况吗？十有八九不太理想，无论如何都不会符合她的期望值，因为我只用看一下街头的电影海报就心里有数了。我本人的职业抱负不是很明确，因此失败也不是很明显，但我仍然明确地感觉到到目前为止我都是个失败者。两个四十来岁的失败者加老情人，在一部法国电影中可能会有一场美不胜收的好戏，只要演员选得合适，比方说让伯努瓦·波尔沃德[1]和伊莎贝尔·于佩尔[2]来演；在现实生活中，我果真想要这种东西吗？

在我人生的某些关键时刻，我都借助一种“电视占卜”，据我所知，我是这种电视占卜的发明人。中世纪的那些骑士，还有后来的新英格兰的清教徒，当他们有一个艰难的抉择需要做出时，都会把圣经随便翻开到哪一页，手指戳到页面上的随便某个地方，试图解读手指戳到的那一节，然后按照上帝指引的方向做出决断。同样，我有时会随意打开电视（不选择频道，只需按“开机”按钮），然后试着解读展现在我眼前的画面的意义。

在刚好下午六点三十分的时候，我按下了我在美居酒店房间里的那台电视机的“开机”按钮。屏幕上出来的画面刚开始时让我觉得困惑不解，难以破译（中世纪的骑士甚至新英格兰的清教徒有时也会遭遇这种情况）：我不期看到的是一个向洛朗·巴菲[3]致敬的节目，这本身就令人惊异（他死了吗？他还年轻，但有些主持人会在达到荣誉的巅峰时发生猝死，突然

[1] 伯努瓦·波尔沃德（1964—　），比利时演员，多次荣获凯撒奖最佳演员提名。
[2] 伊莎贝尔·于佩尔（1953—　），法国演员，曾两次荣获凯撒奖最佳女演员。
[3] 洛朗·巴菲（1958—　），法国电视、电台节目主持人，作家，导演。

就与那些爱他们的粉丝阴阳两隔，人生就是这样）。无论如何，节目用的是致敬的语气，所有发言的人都强调洛朗“深厚的人情味”，对一些人来说，他是“一个超棒的伙计，一个搞笑大王，一个彻头彻尾的大活宝”，那些关系跟他不那么近的人则强调他的“无可挑剔的敬业精神”，这部通过精心剪辑的复调音乐作品是对洛朗的主持人事业的一次真正梳理，结束时用的是交响乐的形式，所有参与节目的嘉宾几乎是通过齐声仿读的方式，一致认为：洛朗这个人，无论从什么角度看，都是一个“帅美的人”。我在七点二十分叫了一辆出租车。

我在晚上八点整到达佩勒坡街的“巴黎人餐馆”，克莱尔实际上订了座的，这是一件有积极意义的事，但我从最初的那几秒钟开始，当我穿越那个不怎么有人光临——但毕竟是在星期天晚上——的餐馆时，就感觉到订座是当晚唯一有积极意义的事。

十分钟后，一名服务生过来问我是否想来杯开胃酒，可以边喝边等。他好像生性和蔼忠心，尤其是我一下子就感觉到他已经预料到我赴的是个有问题的约会（一个二十区的餐馆服务员怎么可能不懂点萨满教[1]巫术，或者没一点引渡亡灵去阴间的本领呢?），而且我还发现这天晚上他可能会站在我这一边(他是否注意到我的焦虑在升级？我确实已经吃了许多香脆长面包)，在这种情况下，我要了一杯三倍量的杰克丹尼[2]。

[1] 流传于中国东北到西北边疆地区一种民间信仰活动，萨满巫师被认为有控制天气、预言、解梦、占星以及旅行到天堂或者地狱的能力。

[2] 著名的美国威士忌品牌。

克莱尔是八点半左右到的，她扶着过道两边的桌子，小心翼翼地走了过来，很显然她已经喝了不少酒，想到要再次见到我就那么让她震撼吗？想起生活使她的幸福的希望落空就那么痛苦吗？有那么几秒钟我希望是这样，两三秒吧很短暂，然后我有一个更切合实际的想法，想到克莱尔很有可能每天在同一时间都处于同样的状态，差不多处在同样的醉醺醺的状态。

我激动地张开双臂惊呼，说她看起来精神状态很好，说她完全没有变化，我不知道这种说谎的本事是从哪里学来的，反正不是我父母亲教的，可能是高中的头两年学到的，但实际情况是她已经臃肿得可怕，身上几乎到处都是溢出来的脂肪，她的脸完全被酒糟鼻侵蚀，她的眼神先是有些疑惑，她的第一个想法可能认为我是在取笑她，但这种疑惑没有超过十秒钟，她迅速低下头，然后马上又重新抬起，她的表情变了，重新变成了那种少女的表情，她有些调皮地朝我眨了一下眼睛。

我花了很长时间来研究很有意思的小酒馆式的菜单。最后，我选了一小锅大蒜黄油焖勃艮第蜗牛（六只），后续的是橄榄油煎扇贝加意面。我希望通过这种选择让我们各人一瓶酒，避免传统的肉食还是海鲜（红葡萄酒 vs 白葡萄酒）一类的左右为难。克莱尔好像也沿着同样的思路，因为她说她想要一块撒了盖朗德[1]盐

[1] 法国大西洋罗亚尔省的一个市镇，毗邻大西洋。

的骨髓吐司，再加一盘普罗旺斯式的蒜泥蛋黄酱鮟鱇鱼汤加鱼肉。

我一直在担心不得不透露个人方面的事情，不得不讲述自己的生活，但这事没有发生，我们刚点完菜，克莱尔就开始滔滔不绝，不外乎想把我们最后一次见面之后已经过去的这二十几年间发生的事讲给我听。她喝得很快，拼命地喝，很快很显然我们可能需要两瓶红葡萄酒（这样一来，没过多久，又要了两瓶白葡萄酒）。我走了之后，她的事情没有任何起色，参加试镜但都没被选上，最后形势变得有些奇怪，从二〇〇二年到二〇〇七年，巴黎的房价翻了一番，她住的那个街区涨得还要快，梅尼尔蒙当街变得越来越潮，人们一个劲地盛传说文森·卡塞尔[1]刚在那里安家，很快卡德·梅拉德[2]和碧翠斯·黛尔[3]也要搬进去，在和文森·卡塞尔住的同一栋楼里喝咖啡是一种重要的特权，这个没人否认其真实性的消息再次让房价飙升，二〇〇三到二〇〇四年前后她意识到自己的公寓每月的收益比她每个月的薪水要高出一大截，她绝对必须坚持住，这时就卖房无异于自杀，她想到了一些迫不得已的办法，比方说到法国文化电台为莫里斯·布朗肖的作品录制系列CD。她越讲身体抖得越厉害，她用发疯一样的眼神看着我，一点一点地啃

[1] 文森·卡塞尔（1966—　），法国演员、导演、编剧，第34届凯撒奖最佳男主角。
[2] 卡德·梅拉德（1964—　），原籍阿尔及利亚的法国电影制片人和演员。
[3] 碧翠斯·黛尔（1964—　），法国女演员，曾出演过《巴黎野玫瑰》等电影。

着她的那份带骨髓的骨头，我示意服务员加快上菜速度。

鮟鱇鱼汤让她稍稍平静了一些，她恰好也讲到她人生当中的一个更平静的时刻。二〇〇八年新年伊始，她响应国家就业中心的一项倡议：该中心打算为一些失业者举办戏剧研修班，旨在让他们重拾信心，那里的工资不高但每月都能按时到账，到如今都十几年了，她就是靠这份差事谋生，在就业中心她已经成了那些家具当中的一件了，随着时间推移，她现在完全可以说，那个创意并不荒唐可笑，无论如何它比心理治疗的效果要好得多，确实是真的，长期失业者必然都会变成一个蜷缩起来的、缄默不言的小个体，而戏剧，特别是轻喜剧的保留剧目由于一些说不清道不明的原因，能给这些可怜人带来工作面试需要的最低程度的自然状态，不管怎样，要不是那些费用问题，她拿着这份微薄但旱涝保收的薪水现在是可以脱身了，她有很多费用要缴，是因为一部分共同业主被梅尼尔蒙当街区令人眼花缭乱的城市贵族化冲昏了头，打算进行疯狂投资，把数码门控装置换成虹膜生物识别系统只是一系列疯狂计划的序幕，那些计划还包括：把块石铺面的院子换成禅院风格的花园，配上小瀑布和从阿摩尔滨海省[1]直接运来的花岗岩，所有这些改造都由一个国际知名的日本大师来监理。现在，她已经做出了决定，因为经过二〇一五年到二〇一七年的短暂疯

[1] 法国布列塔尼大区的一个省。

涨，巴黎的房地产市场会持续保持稳定，她准备出售了，实际上她已经跟第一家中介公司接洽过了。

感情生活方面，她没有那么多要说的，经历过几段关系，甚至有两次尝试过共同生活，她终于调动了足够的情绪来谈论那些，但是她不能不承认：两个打算和她共同生活的男人（是两个演员，差不多跟她一样成功）爱她的房子大大超过爱她本人。实际上，我可能是唯一真正爱过她的男人，她带着一丝惊讶总结道。我克制着没跟她把真相说破。

尽管她讲的这些事情挺让人沮丧的，甚至明显很悲伤，我还是津津有味地吃完了我的干贝，然后我饶有兴致地朝甜点菜单俯下身子。冰激凌馅的夹心蛋糕和里面的覆盆子水果泥当即引起了我的注意；克莱尔选了夹心巧克力酥球，经典款的；我点了第三瓶白葡萄酒。我真的开始在想她会不会在某个时刻问我："你怎么样？"反正就是在这种情况下会问的那些话，至少在电影中，甚至，在我看来，在现实生活中人们都会问的那些话。

鉴于晚餐是这个样子吃过来的，我在正常情况下本该拒绝去她家"喝最后一杯"的，即使到了今天我依然在想是什么促使我接受了她的邀请。也许一定程度上是因为好奇，想看看那套房子，我毕竟在那里度过了我人生中的一年时光；另外，我一定也开始在想，我那时到底看中了这个女孩身上哪一点。除了性之外，无论如何应该还有别的东西；也许没有别的，只有性，这想来都觉得可怕。

反正，她的意图毫不含糊，在请我喝了一杯白兰地之后，她用她特有的直接方式对我采取行动了。我充满善意地脱掉自己的裤子和三角裤，好方便她把我塞进她的嘴巴里，但实际上我已经闪过一个不安的预感，当她把我那毫无生气的性器咀嚼了两三分钟却没半点反应时，我觉得局势有恶化的危险，于是我向她坦白说，我这段时间正在服用抗抑郁药（“大剂量的”抗抑郁药，我觉得那么说还不够，还补充强调了这么一句），服药的弊端是把我身上的全部性欲都消灭殆尽。

这几句话效果很神奇，我随即感觉到她放心了，很显然，人们总喜欢责备对方的抗抑郁药而不是自己身上鼓出来的赘肉，但她的脸上闪过一丝真诚的同情，当她问我是不是正在经历一段抑郁时期、是什么原因造成的、有多长时间了，这天晚上她还是第一次像是在关心我。

于是，我把最后几段不幸的男女关系炮制出一个简化的故事，差不多也是实话实说（除了柚子跟狗干的那些事，因为我认为这对理解整个故事毫无用处），唯一值得注意的区别是，我炮制的这个故事中，柚子最终屈服于家庭的规劝决定返回日本，故事以这种方式呈现出来就变得比较美好了，爱情和家庭（或社会）义务之间的常规冲突（就像一九七〇年代一个极左分子说的那样），有点像台奥多尔·冯塔纳[1]的一部小说，我

[1] 台奥多尔·冯塔纳（1819—1898），德国批判现实主义小说家、诗人。

向克莱尔解释说，尽管她很有可能不知道这位作家。

日本女郎给我的冒险故事平添了一丝洛蒂[1]或者谢阁兰[2]——我经常把这两人搞混——式的异国情调色彩，无论如何克莱尔显然很喜欢这个故事。见她沉浸在被第二杯白兰地加重的无边无际的女性冥想之中，我趁机小心翼翼地重新穿上衣服，就在我把裤子的门襟拉上时，我突然想起今天是十月一号，是图腾大厦那套房子租约到期的日子。柚子肯定等到了这最后一天，此刻很有可能正在返回东京的航班上，飞机甚至可能就要抵达成田国际机场了，她的父母亲已经守在抵达大厅的栅栏后面，她的未婚夫可能在停车场的汽车旁边等着，一切都是注定了的，现在所有的一切都要实现了，可能正是由于这个原因让我给克莱尔打了电话，几分钟之前我忘记了今天是十月一号，但我身上的某样东西，可能是我的潜意识，并没有忘记，我们生活在不确定的神灵的影响之下，“这些女孩子叫我们走的这条路绝对是骗人的，我还要补充一句：天在下雨”，正如奈瓦尔[3]可能在某篇作品中写到的一样，这段日子我不

[1] 皮埃尔·洛蒂（1850—1923），法国作家，代表作为《冰岛渔夫》（1886）及《菊子夫人》（1887）。

[2] 维克多·谢阁兰（1878—1919），法国著名诗人、作家、汉学家和考古学家，曾长期旅居中国。

[3] 杰拉尔·德·奈瓦尔（1808—1855），法国诗人、作家。这句引文出自《火的女儿·安婕丽嘉·第十一封信》，但前半句应该是“这些骗人的女孩子叫我们走上了一条怪路”（见《火的女儿》，余中先译，漓江出版社 2000 年版，第 201 页）。

大想到奈瓦尔，可他在四十六岁就死了，波德莱尔也是在这个年纪死的；这个年龄是一道难过的坎。

克莱尔的脑袋此刻正垂在她的胸前，鼾声从她的喉咙里升起，她显然已经喝醉了，从原则上讲我现在就该走了，但躺在“开放空间”那张巨大的长沙发上我感觉很舒服，一想到要重新穿越巴黎我就像泄了气的皮球，于是我躺了下来，侧向一边以免看到她，一分钟后我也呼呼大睡了。

这所牢房里只有速溶咖啡，这本身就是一件丢脸的事，要是在这样的一套公寓里都没有胶囊咖啡机那我就要问哪里会有，末了我给自己冲了一杯速溶咖啡，一缕微弱的阳光从百叶窗中透了进来，尽管我十分小心，我还是撞到了一些家具，克莱尔差不多随即就来到了厨房门口，她身上那件半透明的轻薄短睡衣没怎么遮住她的女性魅力，幸好她好像在想别的事情，接过我递给她的那杯速溶咖啡，他妈的她连杯子都没有，她只需喝一小口就够了，喝完就开始说话，她说我住在图腾大厦真有意思（我没跟她说我最近搬到了美居酒店），因为她父亲一开始就参与了这个项目，他是两个建筑师中的一个的助手，她对父亲不是很了解，她才六岁父亲就死了，但她记得她母亲保存了一张剪报，父亲在这栋建筑引发的论战中为自己申辩，图腾大厦好几次被列进巴黎最丑陋的建筑，但没丑到蒙帕纳斯大厦那种程度，后者在民意调查中经常被视为法国最丑陋的建筑，而《旅游世界》最近的一项统计则把它视为全世界最丑陋的建筑之一，就排在波士顿市政厅后面。

她走进那个大开间，两分钟后在我一脸的惊愕中拿了一本相册回来，这相册令人惶恐，因为它会是一段宏大人生故事的载体。在遥远的一九六〇年代，她父亲显然是一个追求时髦的青年——看照片上他穿着雷诺玛[1]牌子的衣服，站在帕拉斯大巴夜总会[2]门口的样子，你对这一点就不会有任何的怀疑；总之，他过的是六十年代一个富裕的年轻人的富裕的生活，而且，他有点像雅克·杜特龙[3]，他后来在蓬皮杜和吉斯卡尔·德斯坦担任总统期间成了一名敢闯敢干（可能也有点唯利是图）的建筑师，然后一个周末在从多维尔回来的路上死在了他那辆法拉利 308GTB 的驾驶座上，那个周末他是和他的瑞典情妇一起度过的，那一天恰逢弗朗索瓦·密特朗当选法兰西共和国总统。他那相当体面的职业原本可以有一个新飞跃，他有很多社会党朋友，而弗朗索瓦·密特朗又是一个喜欢盖房子的总统，没有任何东西能妨碍他登上事业的最高峰，但是一辆三十五吨的大卡车在车道中间偏离方向，改写了他的命运。

克莱尔的母亲很怀念这个朝三暮四但慷慨大方而且也给了她很多自由的丈夫，但主要是她忍受不了和女儿独处一屋的想

---

[1] 法国世界级时装设计大师米歇尔·雷诺玛（1940— ）1966 年创建的品牌。

[2] 一家位于巴黎九区、1965 年开业的夜总会，“垮掉的一代”风格，举办各种演出活动。

[3] 雅克·杜特龙（1943— ），法国歌手、作曲家、吉他手、作曲家和演员。

法，她丈夫当然是个登徒子，但同时也是一个很慈爱的父亲，分担了很大一部分照顾孩子的事，而她本人却没有付出一丁点母爱，绝对没有一丁点，对于母亲来说，怎么对付孩子都是一码事，要么你为他们奉献出一切，为了他们的幸福而忘我地献身，要么反其道而行，然后孩子就成了你生活中一个碍手碍脚的和充满敌意的存在。

七岁的时候，克莱尔被塞进了里博维莱[1]的一所女子寄宿学校，该寄宿学校由天意修女会主持，我已经知道这部分故事，可她这里连羊角面包都没有，连一块巧克力面包都没有，什么都没有。克莱尔给自己倒了一杯伏特加，好了，她早晨七点钟一到就迫不及待地喝上了。“你十一岁就逃走了……”我打断她，好让她长话短说。我记得她逃跑的事情，那是她英勇无畏追求独立的重要关头。她搭便车回巴黎，毕竟还是挺冒险的，任何事都有可能发生在她身上，因为她真的开始，用她自己的话说，开始“对男人的鸡巴感兴趣”了，但是她安然无恙，在她看来那是一个标志，这时我感觉她与她母亲关系的至暗时期要来了。我鼓起勇气提出到外面的咖啡馆吃个普通的早餐，一杯加倍的浓咖啡加面包片，也许还可以要一份火腿煎蛋。我饿了，我用哀怨的语气说道，我真的饿了。

她在短睡衣外面套了一件外套，梅尼尔蒙当街应该要什么

[1] 法国上莱茵省的一个市镇。

有什么，没准我们还有机会看到文森·卡塞尔正端坐在一杯榛果拿铁咖啡前面呢。反正我们已经走出了公寓，等于迈出了第一步，外面已经是一个秋日的早晨，凉风习习。为了防止这一切没完没了地拖下去，我已经想好了借口，会跟她说上午跟医生有个预约。

令我大吃一惊的是，我们刚坐下，克莱尔又提到了我的“日本女友”的故事，她想了解更多的情况，发生在图腾大厦上的巧合使她大为震惊。“巧合是上帝使的眼色”，我忘记了这句话是沃夫纳格[1]还是尚福[2]说的，也许是拉罗什富科[3]，也许没人说过。反正关于日本的话题我可以说很久，我已经尝试过了，我开始很巧妙地说：“日本是一个因循守旧的社会，比我们通常认为的更加因循守旧”，然后我可以滔滔不绝地讲上两个小时而不会遭人反驳，反正人们无论是对日本还是日本人统统一无所知。

两分钟后，我就意识到说话比听人说话更累人，通常情况下人际关系对我是个问题，尤其是跟克莱尔的人际关系，这个必须承认，于是我又把话题甩给她，咖啡馆里的装饰挺赏心悦目的，但是服务有些慢，我们重新潜入克莱尔的十一岁，这时

[1] 沃夫纳格侯爵（1715—1747），法国作家和道德家。
[2] 尼古拉·德·尚福（1741—1794），法国诗人和道德家。
[3] 弗朗索瓦·德·拉罗什富科（1613—1680），法国作家，代表作为《道德箴言录》。

来吃早餐的客人慢慢涌入咖啡馆，这些客人个个都像演艺界的签约演员。

与母亲的斗争一下子就爆发了，这场斗争持续了差不多七年之久，一场残酷的斗争，它首先基于持续不断的性的竞争。我已经知道一些冲突激烈的时刻，比方说有一次克莱尔在母亲的手提袋里翻找发现了几只避孕套，就骂她“老婊子”。我以前不是很清楚，但我现在知道了，克莱尔用手势和话语相结合的方法，开始勾引母亲的大部分情人，用这种技巧，简单但很奏效，这一招她在我这里也使用过。我更不清楚的是，克莱尔的母亲采取成熟女人通过阅读女性杂志慢慢学会的更尖端的方法来反击，开始和克莱尔的那些男友上床。

假如是在一部“油色”电影里，我们或许会看到一个“妈妈教女儿”的桥段，但现实常常没那么令人愉快。羊角面包很快就上来了，但火腿炒蛋花了更多的时间，在克莱尔讲到十四岁时才到，在她过十六岁生日之前我就把它吃掉了，现在我肚子饱了，感觉挺不错，我突然觉得用一种热烈而幸福的语气概括、压缩我们的会面时间是可行的：“然后，在你年满十八岁的那一天，你在巴士底附近的一家酒吧找到一份工作，还有一个属于你自己的房间，然后我们相遇了，我亲爱的，我忘记跟你说，我约好了十点钟去看心脏病医生，走了，亲一下，回头打电话。”我已经在桌子上放了一张二十欧元的纸币，我没给她任何机会。她有些奇怪地瞥了我一眼，有点像挨了闷棍一样，当我一边大幅度地挥着手一边走出咖啡馆时，我同最后一股本能的同情心斗争了一两秒钟，然后快步走到了梅尼尔蒙当街的下坡道。出于纯粹的本能反应，我朝偏斜方向拐进了比利牛斯街，我匀速地一路小跑，不到五分钟就到了甘必大地铁站。她显然已经完蛋了，她的酗酒量将会越来越大，但酗酒很快就满足不了她，她会往酒里放药，最后她的心脏会停止工作，会被人发现在文森-林顿大道她那个朝院子的两居室里因呕吐物窒息而死。不只是我没有能力挽救克莱尔，而是再也没有任何人能救得了她，除非是某些基督教派的成员（那些像欢迎主内兄弟一样，充满爱意地欢迎或假装欢迎老人、残疾人和穷人的人），但克莱尔无论如何都不想听人说到他们，他们那种兄弟般的同情她压根儿不放在眼里，她需要的是普通的夫妻温情，更急切地需要有鸡鸡进入她的猫猫，但恰恰是这一点不再可能，普通的夫妻温情只有当性欲得到满足之后才会相伴出现，必须通过“性”这道门来完成，而这道门从今往后永远对她关闭了。

这当然挺悲催的，可几年时间里，在最终沦落为酒鬼之前，克莱尔一定是个相当光芒四射的四十岁女人，甚至有可能像一个狡媚雌猫[1]或者一个欠操辣妈[2]，当然是个没有生过孩子

---

[1] 指勾引、猎捕比自己年轻许多的男子的成熟女性。

[2] 原文 MILF 英语全写为“Mother I'd Like to Fuck”，因好莱坞电影《美国派》而闻名流行。

的欠操辣妈，无论如何我相信她的猫猫很长时间里都是湿润的，那么她之前的生活就没有那么惨了。相比之下，我记得三年前，就在落入柚子的魔爪之前，我一时头脑发热想和玛丽-海伦再见上一面，当时我正处在我人生众多性冷淡时期中的一个，我可能只想跟她碰个面，甚至可能都不想跟她上床，除非条件真的允许，但跟那个可怜的玛丽-海伦似乎不太可能，我在摁门铃的时候想象了最坏的结果，但实际情况比我想象的还要糟糕，她刚刚犯了什么精神病，躁郁症还是精神分裂我已经记不得了，她的精神状况极差，她住在勒内-科迪大街一套超安全的寓所里，她的手不停地抖索着，她真的是什么都害怕：转基因大豆，国民阵线上台，细颗粒污染……她喝绿茶，吃亚麻籽，在我探访她的半个小时里，她只跟我说她的残疾人津贴。我从她家里出来时，心中充满对半升容量的零卖啤酒和肉酱三明治的渴望，我当即就意识到她这个样子会持续很久，至少一直到九十岁，在我死后她可能还会活很久，越活手抖得越厉害，身体越干枯，心里越恐惧，她会不停地制造邻里纠纷，而实际上她已经死了，我被人牵着“把自己的鼻子伸进一个死女人的私处”，让我把这句我不知道从哪里读到的很有说服力的话再说一遍，可能是在托马斯·迪斯科[1]的一部小说里读到

---

[1] 托马斯·M. 迪斯科（1940—2008），美国著名科幻小说作家及诗人，曾获雨果奖和星云奖。2005 年，托马斯的伴侣逝世，托马斯自此一直陷入低潮，于 2008 年在家中吞枪自杀。

的，托马斯是科幻作家和诗人，曾经煊赫一时，今天很不公平地被人遗忘，他于七月四号自杀，部分原因是由于他的伴侣刚刚死于艾滋病，也因为他的版税收入连维持生计都不够，所以他选择了这个象征性的日期，来控诉美国为自己的作家们安排的是什么样的命运。

相比之下，克莱尔几乎挺好的，无论如何她还能加入酗酒者互戒协会，他们有时好像还能取得惊人的效果，我在返回美居酒店时也意识到了这一点，克莱尔当然不会孤独地死去，她死的时候会很不幸，但至少她不会贫困而死。她卖掉那套公寓之后，按市场价计算，她拿到的钱会比我多三倍还不止。像这样，她父亲只需做一次房产投资，赚到的钱就比我父亲用四十年不间断地撰写公证书和抵押登记含辛茹苦积攒起来的钱要多得多，你拿到的钱从来补偿不了你付出的劳动，严格说来两者之间没有任何关系，从来就没有任何人类社会是建立在按劳取酬的基础上，即使将来的共产主义社会按说也不是建立在这个基础之上，财富的分配原则被马克思简化为这条空洞的口号："按需分配"，假如有人很不幸地试图把它付诸实践，必将招致人们无休无止的找茬和指责，幸好这件事从未发生过，共产主义国家并没有比其他国家走在前面，钱奔着钱而去并且与权力相伴，这是社会组织的最终定论。

我与克莱尔分手那会儿，因为频繁接触诺曼底奶牛，我的命运有了明显的缓和，它们对我来说是一种安慰，几乎是一种启示。然而，我对奶牛并不陌生；我小时候每年夏天都要到美利贝尔住一个月，我父亲有一栋共享产权木屋别墅在那里。白天我的父母亲恩恩爱爱地沿着山间小路徒步，我则在屋里看电视，尤其是环法自行车大赛，我对这档节目一直都很上瘾。不过，我时不时还是会出去，成年人的兴趣对我来说是个谜，我心想，在那些高山上爬上爬下肯定很有意思，因为他们中有那么多人包括我父母都乐此不疲。

阿尔卑斯山风光并没有在我身上激起真正的审美感情；但我喜欢上那些奶牛了，我经常撞见一群奶牛从一个山地牧场到另一个山地牧场度夏。那都是塔朗泰斯[1]种奶牛，个头小巧身子敏捷，一身浅黄褐色的毛皮，健步如飞，性子冲动；它们经常在山路上蹦蹦跳跳地往前走，挂在脖子下面的铃铛发出悦耳的声音，在看到它们之前就能听到那铃铛声。

与之相反，没有人想象一头诺曼底奶牛“蹦蹦跳跳”，这个想法本身就有些不恭，在我看来，只有在生命遭到极度威胁的情况下，它们走路的速度才会稍微加快一点。诺曼底奶牛身材宽大器宇轩昂，这对它们而言就大大足够了；只是在看见诺曼底奶牛的时候，我才明白为什么印度人认为这种动物神圣。我在克莱西度过的许多孤独的周末里，每次凝视那些在附近草场

---

[1] 法国萨瓦省的一座山谷的名字。

吃草的牛群十分钟，就能让我忘记梅尼尔蒙当街，演员试镜，文森·卡塞尔，克莱尔为了进入那个不想要她的圈子所做的绝望努力，最后也让我忘了克莱尔本人。

我还不到三十岁，但渐渐地进入我人生的一个寒冬区，没有任何对心爱的人的回忆、没有任何让奇迹再次发生的希望能让它变得明朗起来，这种虚弱无力的感觉还夹杂着对职业的日益增长的倦怠，“特遣队”渐渐散掉了，队员碰撞出来过一些火花，做出过一些原则性的声明，尤其是在企业酒会（在农林局至少每周一次）上，必须承认诺曼底人不懂如何营销他们的产品，比方说卡尔瓦多斯的苹果烧酒拥有那些大牌烧酒的全部品质，一瓶优质的苹果烧酒完全可以和阿马尼亚克烧酒或者干邑白兰地相媲美，但在世界各地所有的机场免税店里出现的频率却几乎要少一百倍；甚至在法国的超市，其位置通常也是象征性的。至于苹果酒，就甭提了，苹果酒差不多已经从大分销商那里消失了，酒吧里几乎都见不到。在这种工作酒会中，还会有一些激情洋溢的立场观点出现，大家都誓言要尽快采取行动，然后所有这一切复归平静，在随后的千篇一律但并不完全令人讨厌的一周又一周时间里，你平静地接受了无论怎么努力能做的事情都不多的想法，队长本人在雇佣我的时候曾如此斗志昂扬如此生龙活虎，现在也没有了那时的锋芒，他刚刚结婚，谈的主要是他刚买的一座农庄的主体改造，他想把未来的家安在那里。有几个月，一个热情洋溢的黎巴嫩女实习生的短暂逗留让气氛活跃了一些，她专门弄来了一张照片，是小布什津津有味地吃着一盘丰盛的奶酪，这张照片一定在某些美国媒体上引发了一场规模不大的口水战，这个白痴布什大概甚至还不知道，他的国家刚刚禁止进口生奶酪，媒体造了一些势但销售并没见好转，另外，一次又一次给弗拉基米尔·普京寄送利瓦罗干酪和蓬莱维克干酪也并没有产生多大的效果。

我的作用不大，但我也没有害处，比起在孟山都，我还是有进步的，每天早晨，开着我的奔驰 G350 穿过笼罩着树林田地的雾团去上班时，我仍然可以告诉自己，我的人生并没有彻底完蛋。从蒂里-阿库尔镇[1]穿过时，我每次都在想这个地方是否跟埃梅里克有关系，最后我在网上查找谜底，那时候更加费劲，网络还没这么发达，但我最终还是在尚处于雏形阶段的“诺曼底遗产”网站上找到了答案，该网站号称“诺曼底历史和生活方式杂志”。是的，有关系，甚至有非常直接的关系。这个村最开始叫蒂里，然后根据那个家族的姓氏改成阿库尔[2]；在大革命时期重新变回蒂里，后来采用了现在的这个名称——蒂里-阿库尔，谋求让“两个法兰西”达成和解。路易十

[1] 法国卡尔瓦多斯省的一个市镇，属于卡昂区。

[2] 阿库尔家族是起源于诺曼底的一个非常古老的贵族世家，最早可追溯至1094年。

三时期那里就建起了一座巨大的城堡，有时被称为“诺曼底的凡尔赛”，作为当时的省长、阿库尔历代公爵的府邸。这座大革命时期都完好无损的建筑在一九四四年八月因为帝国装甲师[1]被第五十九斯塔福德郡步兵师[2]钳制包围被迫撤退时遭放火焚毁。

在农学院学习的那三年，埃梅里克·德·阿库尔-奥隆德是我唯一真正的朋友，我的大部分夜晚都是在他的房间里度过的——刚开始是在格里尼翁[3]，然后是国际大学城的农学院大楼——一边成箱成箱地喝着8.6啤酒[4]，一边抽烟（其实主要是他在抽烟，我嘛，我更喜欢啤酒，但他每天非得抽三十多根大麻烟卷，他大学的头两年差不多应该一直处于迷幻状态），主要是听CD。埃梅里克长着一头长长的金色鬈发，身上穿着加拿大伐木工衬衫，一副比较典型的垃圾摇滚[5]模样，但他比涅槃乐团[6]和珍珠果酱[7]走得要远得多，他真的追溯

[1] 第二次世界大战时期纳粹德国武装党卫队的一个装甲师，帝国师在武装党卫队38个师中被认为属精英单位，其代表符号为“狼之钩”。

[2] 在第二次世界大战期间形成的和在诺曼底战役战斗的英国陆军的一个步兵师。

[3] 大巴黎地区伊夫林省的一个市镇，有巴黎国立农学院的一个校区。

[4] 荷兰斯温克尔家族酿酒厂生产的一种500毫升的听装啤酒。

[5] 隶属于另类摇滚的音乐流派，起源于1980年代中期美国的华盛顿州，特别是西雅图一带。1980年代晚期，垃圾摇滚风潮在西雅图独立唱片厂牌Sub Pop旗下渐成雏形。涅槃乐团《从不介意》与珍珠果酱《十全十美》专辑的发行，使得垃圾摇滚在1990年代前半叶在商业上大获成功，将另类摇滚音乐的声望推向高峰，垃圾摇滚亦成了90年代最受欢迎的硬摇滚流派。

[6] 一支美国的垃圾摇滚乐队，于1987年在华盛顿州的阿伯丁组建。

[7] 一支美国的垃圾摇滚乐队，于1990年成立于华盛顿州西雅图。

到源头，在他的房间里所有的搁物架都被成百上千的一九六〇和一九七〇年代的树脂唱片占满：深紫[1]、齐柏林飞艇[2]、平克·弗洛伊德[3]、谁人[4]乐队，他甚至还有门户[5]、普洛·柯哈伦[6]、吉米·亨德里克斯[7]、范德格雷夫发电机[8]……那个时代还没有“油管”，几乎没有人记得这些乐队，无论如何，对我而言，这是一个全新的发现，是一个绝对的奇迹。

我们俩常常在一起度过一个夜晚，有时还有同一届的一两个男生——不是很出色，我现在很难想起他们的模样了，至于他们的名字则是彻底忘记——但从来没有女孩，这一点现在想来让我觉得很奇怪，我不记得埃梅里克跟哪个女孩有过恋爱关系。他不是童男子，至少我认为他不是，他给人的印象不是那种怕女孩的，他只是在想别的事情，也许是他的职业生涯，他身上有严肃的一面，我当时可能没有注意到，因为就我而言，我对自己的职业生涯完全无所谓，我相信我对这种事的思考不

---

[1] 深紫乐队的雏形形成于1968年的英国伦敦，这是一支以之前“探索者”为中心的乐队，当时名叫“迂回”。

[2] 1968年在伦敦成立的英国摇滚乐队。

[3] 1968年在伦敦成立的英国摇滚乐队。

[4] 1964年在伦敦成立的英国摇滚乐队。

[5] 1965年于洛杉矶成立的美国摇滚乐队。

[6] 英国前卫摇滚团体，成立于1960年代晚期。

[7] 吉米·亨德里克斯（1942—1970），美国著名的吉他手、歌手、音乐人。

[8] 1967年在曼彻斯特成立的一支英国前卫摇滚乐队。

会超过三十秒，我觉得一个男生真的关心女孩之外的事情显得不像是真的——最糟糕的是，我到了四十六岁发现我当时那么认为是对的，女孩子就是婊子，你想这么说的话是可以这么说的，但职业生涯是个更值得重视的婊子，虽然它并不能给你带来任何快乐。

二年级学业结束时，我预计埃梅里克会像我一样选择乡村社会学或者生态学这种容易蒙混过关的专业方向，但他却报名学畜牧学，那是一个被认为需要刻苦用功的专业。九月份开学，他回学校时一头短发，衣橱里的衣服也全部换新，当他完成学业去达能集团实习时，完全就是西装领带。那一年我们见面的次数比较少，我记得那多多少少有点像是在放年假，我最终选择了专攻生态学，我们花时间到差不多全国各地去研究植物生长地的这类那类的植物群系。那年年底，我学会了识别生长在法国各地的不同的植物群系，我可以借助地质图和当地的气象数据判断它们的出现频率，然后这差不多就是全部了，尽管学到的东西不多，但后来在谈到气候变暖的真正后果时，我能运用这些知识把那些绿党分子驳得哑口无言。埃梅里克大部分时间都是在达能的市场部实习，可以想见他接下来会把自己的生命投入到酸奶新品或新型冰沙的设计事业中。毕业典礼当晚，他向我宣布他打算接手芒什省一家农场时，再一次让我大吃一惊。农学院的毕业生几乎遍布所有的农业食品加工领域，有时担任技术职务，而最常见的则是担任主管，但几乎从来都不会亲自下地做农民；通过查询农学院校友名录，我发现埃梅里克是我们那一届唯一做出该项选择的人。

他住在康维尔拉罗克[1]，他在电话里告诉我可能很难找，我得跟当地人打听奥隆德城堡的位置。是的，那座城堡也属于他的家族，但那是在蒂里-阿库尔之前的事，城堡在一二〇四年第一次被毁，然后在十三世纪中期重建。另外还有一件事，他前一年结婚了，他的农场养了三百头奶牛，投了很多钱进去，总之见面后他会跟我详谈。没有，自从搬到那里之后，他没见过任何农学院的老同学。

[1] 法国芒什省的一个市镇。

黄昏时分，我到达奥隆德城堡前面。它不大像是一座城堡，而是一个不连贯的建筑群，各个建筑处在不同的保护状态，很难恢复最初的建筑格局；在建筑群中央，有一座主要的居住建筑，呈长方形，粗壮厚实，好像还很坚挺，杂草和苔藓却开始一点一点地啃食石块，但那都是些厚实的花岗岩，可能是弗拉曼维尔[1]产的花岗岩，真要侵蚀它们可能还需要几百年时间。再往后面，一座高耸纤细的圆柱形的城堡主塔好像几乎完好无损；但到了入口附近，原本应该构成堡垒军事核心的方形主塔已经没有了窗户和屋顶，剩下的墙垣受到腐蚀后已经软化、失去了棱角，慢慢地接近它们的地质命运。大约一百米外，一个大货棚和圆形储藏仓上的金属闪光与周围的景观很不协调，我想这是方圆五十多公里范围内我见过的第一栋新建筑。

埃梅里克的头发又蓄长了，穿了件肥大的格子衬衫，但这

---

[1] 法国芒什省一市镇。

一次重新变回了最初的那种——工作服。“这个地方是巴尔贝·德·奥尔维利[1]最后一部小说《无名故事》结尾时的背景，”他对我说道，“一八八二年，巴尔贝称它为‘破破烂烂的旧城堡’；就像你看到的，从那以后一直没有修整过。”

“你没从历史古迹管理局拿到资助吗?”

“多少有一点……不管怎么说我们被列进了历史古迹清单，但你很少能拿到资助。我妻子塞西尔很想进行大规模的翻修，把它变成酒店，至少是那种精品酒店，诸如此类。实际上，有四十来间空房，总共有五个房间有暖气。你想喝点什么?”

我同意来一杯沙布利[2]葡萄酒。我不清楚这种精品酒店计划是否有意义，但无论如何餐厅很温暖很惬意，有一座大壁炉，有座位很深的酒瓶绿色的皮沙发，这种布置肯定跟埃梅里克没有任何关系，他对装潢绝对是无所谓的，他在农学院的房间是我见过的最没有特色的那种，就像一间士兵的临时营房——那些唱片除外。

在这里，那些唱片占了一整面墙，非常壮观。“我去年冬天重新数过，有五千多张……”埃梅里克说道。他的激光唱机还是以前的那个，松下的 Technics MK2，但我从未见过扬声器——两个巨大的胡桃原木做的平行六面体，一米多高。“是号角皇[3]。”

[1] 巴尔贝·德·奥尔维利（1808—1889），法国作家。

[2] 法国勃艮第葡萄酒产区北部葡萄种植区产区。

[3] 美国杰士公司生产的一款音响。

埃梅里克说道，“杰士公司制造的第一批音箱；我爷爷在一九四九年买的，他痴迷歌剧。他去世后，我父亲把它们送给了我，他对音乐从来都不感兴趣。”

我有种感觉，这套设备他不常使用，在MK2的盖子上已经积起了一层薄薄的灰尘。“是的，是真的……”埃梅里克证实了我的怀疑，他一定在我的眼神中捕捉到了什么东西，“我已经没那么多心思听音乐了。很艰难，你知道，从一开始，我就一直没能达到收支平衡，晚上，我总在翻来覆去地琢磨，复核账目，嗯，既然你来了，我们还是一起听点什么，要稍等片刻，你再给自己倒一杯酒。”

他在搁架上翻了一两分钟后，抽出了《乌玛古玛》[1]。“这张碟子跟奶牛有关，挺应景的……”说完，他把唱针放到《格兰切斯特草甸》的开头。真是太棒了；我还从未听过也没想象过有这样的声音存在；每一声鸟鸣，每一记河水的潺潺声都珠圆玉润，低音充满张力而又强劲，高音纯净得令人难以置信。

“塞西尔马上就要回来了，”他又说道，“她去银行洽谈酒店项目。”

“我觉得你不是很相信。”

---

[1] 英国摇滚乐队平克·弗洛伊德1969年11月出版的双碟专辑，该专辑的发行被英国《音乐商业周刊》列为“年度地下音乐大事件”。

“我不知道，你感觉在这个地方见到了很多游客吗？”

“几乎没有一个。”

“那就是嘛……不过，有一点我是赞同她的：必须做点什么。每年都在亏钱，我们不能再这么继续下去了。我们之所以能摆脱财务困境，那也多亏了土地租金，尤其是卖地的收入。”

“你有很多土地吗？”

“几千公顷吧；以前我们拥有卡朗坦和卡特莱之间差不多全部的土地。好吧，我说‘我们’，其实一直都是我父亲的，可自从我接手农场，他就决定把土地租赁收益留给我，即使有这些收益，我还是不得已经常把土地分块卖掉。最糟糕的是，我不是卖给本地的农民，而是外国的投资者。”

“哪些国家的？”

“主要是比利时和荷兰的，还有越来越多的中国人。去年，我卖了五十公顷给一家中国的企业集团，他们准备多买十倍，支付两倍于市场的价格。当地的农民无法与他们抗衡，光是还借款和支付土地租金就够他们费劲了，不断地有人放弃，关门走人，他们有困难时，我也不能给他们太大的压力，我太理解他们了，我现在的处境跟他们没什么两样，对我父亲而言就更容易些，他在巴黎住了很长时间，然后才撤回巴约[1]，毕竟他是庄园主……哦是的，酒店项目我不清楚，但可能是个办

---

[1] 位于法国下诺曼底首府卡昂和卡朗坦之间，毗邻奥马哈海岸。

法……"

在来时的路上，我一直在想，我该如何跟埃梅里克说我在农林局的确切角色。我觉得自己不会向他坦白自己直接参与了这个促进诺曼底奶酪出口的项目，因为那样一来我就不得不承认在促进诺曼底奶酪出口这个项目上失败了。我强调的更多的是行政方面的任务，涉及把法国的原产地命名控制[1]转化为欧洲原产地命名保护；这么说其实也没错，这些令人恼火的法律上的形式主义问题占用了我越来越多的工作时间，必须时时刻刻"遵守法规"，遵守那些我从未真正弄懂的东西，在人类活动领域肯定没有像法律这种无聊透顶的东西。不过，我在新的任务中毕竟还是取得了一些成绩；比方说，我在一份简报中提出的一条建议几年之后在界定利瓦罗奶酪原产地命名保护的法案通过时，成功地让他们决定这种奶酪必须采用诺曼底奶牛的奶来制作。而眼下我正在跟拉克塔利斯集团[2]和伊西尼圣母合作社[3]打官司，这两家公司要求取消在卡门贝干酪制作中必须使用当地生牛奶的规定，而我这边胜利在望。

我讲到一半时，塞西尔突然回来了。她长得挺漂亮，棕色头发，身材苗条，姿态优美，但她脸上的表情紧张，几乎很痛

[1] 原产地命名控制（AOC）是法国、瑞士传统食品的产品地理标志，是欧洲原产地命名保护（AOP）标志的一部分。

[2] 法国大型乳品业公司，主营婴儿食品，是全球第一大乳业集团。

[3] 位于法国诺曼底大区卡尔瓦多斯省滨海伊西尼镇的一家奶制品农业合作社。

苦，很显然这一天下来很不容易。她对我很亲切，尽最大的努力做了一顿饭，但我感觉她在极度地克制自己，感觉要是我不在那里的话，她的第一反应会是吃几颗止痛药上床睡觉。她跟我说，她很高兴有人来探访埃梅里克，他们工作太忙，不再见任何人了，他们还不到三十岁就过起了隐居生活。说实在话，我也处于同样的情况，只是我的工作量并不是特别的繁重，说到底所有的人都处于同样的情况，做学生的时候是唯一幸福的时光，那个时候未来依然向你敞开怀抱，一切似乎皆有可能，后面的成人生活，职业生涯只是缓慢地逐渐地陷入流沙泥潭，这可能也是为什么年轻时代的友谊，大学时代建立的友谊，实际上是我们唯一真正的友谊，这种友谊却永远也不会在进入成人生活之后还继续存在，大家都避免再见到年轻时代的朋友，以免直面我们落空的希望的见证人，我们被碾压的事实。

总之，拜访埃梅里克是个错误，但不是很严重的错误，这两天里，我们要让彼此变得和颜悦色，晚饭后他放了一张吉米·亨德里克斯在怀特岛[1]音乐会的现场实录唱片，这肯定不是他最出色的音乐会却是最后一场，音乐会过去不到两周他就死了，我感觉埃梅里克像这样回到过去有些让塞西尔不悦，她本人在那个时候肯定不是“垃圾”，我觉得她更像是一个凡

[1] 大不列颠岛南岸岛屿，南临英伦海峡，北临索伦特海峡，英国英格兰的名誉郡。

尔赛人，是一个温和稳重的凡尔赛人，有点传统但又不是原教旨主义者，埃梅里克跟自己所在那个阶层的人结的婚，这毕竟是最经常发生的事情，原则上讲这么做可以产生最好的结果，反正我听别人都这么说，我自己的问题是没有阶层，没有明确的阶层。

第二天早上，我九点钟前后起床，发现他端坐在一桌丰盛的早餐前面，有荷包蛋、烤猪血香肠和熏肉，还有咖啡和苹果烧酒。他跟我解释说，他的一天很早就开始了，他每天清晨五点钟起床挤奶，他没有购买挤奶机，他觉得那种投资划不来，大多数投资该项目的同行很快就垮掉了，而且奶牛更喜欢人手挤奶，至少他本人是这么想的，其中也掺杂有感情因素。他建议我去看看牛群。

前一天我到达后看到的全新的金属货棚实际上是个牲口棚，排成四排的牛隔栏全都被占满了，我当即就注意到，它们无一例外全都是诺曼底奶牛。“是的，这是认真考虑之后做出的选择，”埃梅里克证实说，“它们的产奶量不及霍斯坦牛[1]，但我发现它们的奶质量更好。所以，很显然，我对你昨天说到的利瓦罗奶酪原产地保护标志很感兴趣，尽管我目前还是卖给蓬莱维克的生产商。”

---

[1] 原产于荷兰的一种奶牛。

在货棚尽头，胶合板隔板隔出了一个小办公室，里面有一台电脑、一台打印机和几个金属文件柜。“你用电脑控制奶牛的饲料吗?”我问他。

“偶尔吧，电脑可以调节石槽里的青贮玉米饲料[1]供应；我还可以设计程序补充维生素，原料库跟电脑是连了网的。其实，嗯，那只是一些新奇的小装置，实际上我主要用电脑来做账。”一提到“账”这个字，他就一脸的黯然。我们走到晴朗的天空下，天空一片蔚蓝。“进农林局之前，我一直在孟山都工作，”我坦白地说，“但我猜你不会使用转基因玉米。”

“我不用，我遵守有机农业的规格[2]，另外我尽量限制玉米的使用，奶牛原则上吃草。总之，我尽量符合规则地做事情，这里没有任何工业饲养，你可以看见奶牛有空间，它们每天都会到外面放养一下，即使是冬天。但我越是符合规则地做事，就越是难以为继。”

对此我能说些什么呢？从某种意义上说，我可以很轻易地在随便哪个新闻频道关于这些问题的论战中辩论三个小时。可

[1] 指在适宜收获期内收获包括果穗在内的地上的全部绿色植株，并经切碎、加工，并用青贮发酵的方法来制作青贮饲料以饲喂牛、羊等为主的草食牲畜的一种玉米。

[2] 指有机农业的欧洲规格，在生产中没有使用杀虫剂和人工合成化肥（只用生物肥），也包括了符合规定的非有机方式生产，但有机成分占至少95%，转基因成分低于0.9%。

是，具体到埃梅里克身上，就他这种情况，我没法跟他说太多，那些因素，他知道得跟我一样清楚。那天早上天空如此明亮，都能看见远处的海洋。“那年我实习结束时，有人建议我留在达能……”他若有所思地说道。

我把这一天余下的时间都用来参观城堡，有一个小教堂，阿库尔的领主们一定是在那里做弥撒，但给人印象最深刻的是一个巨大的餐厅，餐厅墙壁上挂满了祖先的肖像，还有一座七米宽的壁炉，你完全可以想象在中世纪无休无止的盛宴中这壁炉被他们用来烤野猪或者野鹿，精品酒店的想法就变得更加坚实了，我不敢跟埃梅里克明说，但我觉得养殖户的状况不大可能很快就得到改善，我听到了一些传闻，说是在布鲁塞尔，他们开始讨论取消牛奶配额的政策——这个会让成千上万的法国养殖户陷入贫困并破产的决策直到二〇一五年弗朗索瓦·奥朗德担任总统期间才最终获得通过，但从二〇〇二年起根据雅典条约，十个新成员加入欧盟，使法国明显处于弱势地位的同时，也使那项政策的实施已经或多或少变得不可避免。总之，我跟埃梅里克对话越来越难了，尽管我十分同情农户，假如我发现自己准备在任何情况下为他们的事业辩护，我也不能不意识到现在我站在法国政府角度，我们已经不完全是在同一个阵营里面。

第二天吃完午餐后，我在周日灿烂的阳光下离开了，这灿烂的阳光与我越来越大的忧伤形成了鲜明对比。今天还能回忆起我的忧伤我觉得非常意外，当时我在芒什省空荡荡的省道上低速行驶。我们总希望事情有一些预感或者征兆，但通常什么都没有，在那个阳光灿烂的死寂的午后，没有任何迹象预示我第二天早上会与卡米耶邂逅，而那个周一早上将会成为我这辈子最美好的一段岁月的开端。

在讲述我和卡米耶的初次相遇之前，让我们回到大约二十年后的一个很不一样的十一月，一个显然更加凄凉的十一月，因为那些“重大问题”（就像我们说预后[1]一样）已经得到广泛确认。快到月底的时候，第一批圣诞装饰品已经占满了“意大利二号”[2]购物中心，我开始问自己节日期间是否要待在美居酒店。我没有任何真正的理由离开那里，除了觉得羞耻没有任何理由离开，但这本身已经是个严肃的理由，承认自己绝对孤独即使在今天也不是那么容易，我开始考虑不同的目的地，首先是修道院，在纪念救世主诞辰的日子里想对自己做一番反思的人还是非常之多，至少我在一本《朝圣杂志》专刊上读到的情况就是这样，在这种情况下，孤独不仅是很正常的事，甚至是受到尊重推崇的，是的，这是最佳办法，我从现在

[1] 医学名词，指根据病人当前状况来推估未来经过治疗后可能的结果。

[2] 巴黎东南部十三区意大利大街30号的一家大型购物中心。

开始就要了解一些可能性比较大的修道院的情况，只是时间上有问题，必须赶快采取行动，这是我在网上第一次搜索时就知道的情况（就像那一期《朝圣杂志》已经让我猜想到的一样），我联系的所有的修道院都被订满了。

另一个更迫切的问题是续开我的卡普托利克斯处方，这种药的药效不可否认，多亏了它我的社会生活现在没有了障碍，我每天早上能做最低程度但足够了的洗漱，我可以热情亲热地跟“哦，儒尔”的服务员打招呼，只是我一点也不想再去看精神病科医生，当然不只是五钻街的那个医生，那个丑八怪，而是所有通常意义上的精神病科医生，这些精神病科医生都让我倒胃口；就在这个时候，我想到了阿佐特博士。

这个名字奇怪[1]的全科医生在雅典街开了家诊所，就在圣拉扎尔火车站附近，我曾经因为支气管炎一出车站就去找他看过一次，那时我每周都要在卡昂和巴黎之间往返。我记得那是一个四十来岁的男人，脑瓜秃得厉害，剩下的头发很长，灰色，很脏，总之他看起来更像是一支硬摇滚[2]乐队里的低音吉他手，而不是医生。我还记得，在给我做诊断的时候，他点了一支骆驼牌香烟，“请原谅，这习惯很不好，我是第一个劝诫……”我尤其记得他一点也没刁难我就给我开了一种含可待

[1] Azote（阿佐特）作为普通名词是“氮”的意思。

[2] 或称重摇滚，是一种摇滚乐流派，最早发源于1960年代中期的油渍摇滚与迷幻摇滚。

因的糖浆，要是他的同行早就开始起疑心了。

跟那时相比，他现在的年龄又增加了二十岁，但他的秃顶并没有真正地扩大（当然也没有缩小），剩下的头发依旧是那么长，那么灰，那么脏。“是的，卡普托利克斯很有效，我这里反馈都不错……”他审慎地说道，“您想开六个月的药量吗?”

“过节期间您准备干什么?”不一会儿他问我，“要提防过节，对抑郁症患者来说过节往往是致命的，我有很多病人，我觉得他们的病情很稳定了，然后砰的一声，在三十一号，那些家伙开枪自杀了，总是在三十一号晚上，一旦熬过了子夜，就赢了。得想象一下，圣诞节已经给了他们重重的一击，他们整整一个礼拜都在反复思考他们无法摆脱的困境，他们可能有避开三十一号的计划，他们的计划失败了，然后三十一号来了，他们扛不住了，他们走到窗户边，跳窗或者朝自己开枪，要看情况。我嘛，我虽然那么说，但我的基本工作是阻止那些人去死，阻止一段时间，尽可能地往后拖。”我向他敞开心扉说了去修道院的想法。“是的，那不赖，”他赞许地说，“我有一些病人就是这么做的，但我觉得您动作有点晚了。不然的话，也可以去泰国找妓女，在亚洲圣诞节的意义您完全可以忽略不计，三十一号您可以轻易地混过去，那些女孩在那里就是做这种事的，您应该还能订到机票，机票比修道院好预订，用这种疗法反馈也不错，有时甚至相当于治疗，我有一些病人回来后完全获得了新生，对自己的男性魅力变得高度自信，好吧，那都是些有点窝囊的家伙，反正是些很好骗的傻瓜，很可惜您没有给我那种感觉。您的问题是卡普托利克斯，吃了这种药您可能勃起不了，这个我不能保证，即使给您两个十六岁的漂亮小婊子我也不能保证，这就是这种产品让人讨厌的地方，可您又不能突然停药，我真诚地奉劝您不要那么做，而且也不会给您带来任何好处，药效有两个星期的潜伏期，不过，假如一定非要那么干不可，您知道，这是药物，在最坏的情况下，您可以晒晒太阳，吃一些咖喱虾子。”

我回答他说，我会考虑他的建议的，因为那建议确实很有意思，尽管不完全适合我的情况，因为从我身上消失的不只是整个的勃起能力，甚至还有全部的欲望，干那种事的想法从今往后对我来说都显得很可笑，无法施行，我明显感觉到，即使是两个十六岁的泰国雏妓可能也派不上任何用场，无论如何阿佐特说得在理，那个办法对那些有些傻的老实人，通常是来自平民阶层的英国人是很管用的，无论什么样的爱情表示，他们都会相信，哪怕只是一个女人的性挑逗，尽管看起来不大可能，他们从那些女人的双手、猫猫和嘴巴出来时都能重获新生，明显地跟从前不一样，他们是被西方女人给毁掉的，显而易见实际上就是盎格鲁-萨克逊女人；他们出来时脱胎换骨地获得新生，但我跟他们的情况不一样，我对女人没什么好指责的，无论如何那跟我无关，因为我永远也不会再勃起了，性欲甚至已经从我的思想意识中消失了，奇怪的是我不敢向阿佐特坦白这一点，我只跟他说到了“勃起困难”，但他毕竟是个优秀的医生，从他那里出来之后，我对人类、医学和世界的信心已经恢复了一些，我差不多是迈着轻快的脚步斜插进阿姆斯特丹街的，到圣拉扎尔火车站时我犯了个错误，但实际上真是个错误吗？我一无所知，我要到末日来临的时候才会知道，末日确实快要来了，但现在还不是，不完全是。

我走进圣拉扎尔站候车厅时有一种奇怪的进入某种自我虚构[1]的感觉，候车厅已经变成了一个以服装店为中心的相当普通的商业中心，候车厅[2]这名称委实名副其实，我的脚步真的迷失了，我在那些很令人费解的招牌之间茫然地游荡着，实际上我对自我虚构这个术语只有一些模糊的概念，我是在读克里斯蒂娜·安戈[3]的一本书（其实是前五页）时记住这四个字的，然而在走近站台时，我好像觉得那个词越来越契合我的处境，甚至就是专门为我而造，我的现实已经变得难以承

[1] 一种介于自传和小说之间的自我书写，该术语在 1977 年由法国文学评论家塞尔日·杜布罗夫斯基提出。

[2] 原文中，此处用了 salle des pas perdus，指包括火车候车厅在内的供人来回踱步等待的大厅，直译时可以是“迷失脚步的大厅”，所以下文会提到“脚步迷失”。

[3] 克里斯蒂娜·安戈（1959— ），法国小说家和剧作家，曾获萨德奖和十二月文学奖。

受，没有任何人能在如此严酷的孤独中生存下去，我可能在尝试创造一种交替的现实，想回到时间岔道的源头，以某种方式从生命中获得一些额外的信用额度，也许它们所有这些年里一直藏在那里，在两个站台之间等着我，那些信用额度隐藏在火车机车的灰尘和油污下面。那一刻我的心开始疯狂地跳动，就像一只被捕食动物发现了的鼩鼱，鼩鼱可是非常漂亮的小生命。我走到二十二号站台对面，卡米耶就是在那里，确确实实就是在那里，几步之遥，在二十二号站台的尽头等着我，每个礼拜五晚上，差不多一年时间，当我从卡昂回来的时候。她一见到我拖着我那件架在可怜小轮子上的“随身行李”，就朝我飞奔过来，她沿着站台跑，她拼尽全身力气跑，肺活量到了极限，然后我们在一起，分手的想法烟消云散，再也不存在，甚至都不会从任何意义上谈论它。

我体验过幸福，知道幸福是什么样子，有权谈论它，我也知道幸福会结束，幸福通常以结束告终。你只思念一个人时，所有的一切一片荒芜，就像那个人[1]说的，实际上“荒芜”这个词也太轻描淡写了，听起来依然有点那个愚蠢的十八世纪的味道，那时浪漫主义刚萌芽，你还看不到它身上那种有益健康的热烈奔放的感情。实际上，你只思念一个人的时候，所有

[1] 指法国作家、诗人、艺术家拉马丁（1790—1869），前面说的“你只思念一个人时，所有的一切一片荒芜”是他的诗句。

的一切全都死了，世界死了，你本人也死了，或者变成了陶瓷塑像，其他人也变成了陶瓷塑像，成了热和电的彻底的绝缘体，除了你那不受约束的身体崩溃带来的内心的痛苦之外，绝对没有任何东西能触及到你，但我还没有到那个程度，我的身体目前运行得很不错，只是我很孤独，彻底的孤独，而且我没从我的孤独中享受到任何快乐，也没从我的思想的自由驰骋中享受到任何快乐，我需要爱，形式非常明确的爱，我需要一般意义上的爱，但尤其需要一个猫猫，世界上有许多猫猫，在一个面积并不很大的星球上有数十亿个，当你想到有那么多猫猫你会产生幻觉，会让你头晕目眩，我想每个男人都能感受到这种眩晕。另一方面猫猫也需要鸡鸡，至少猫猫是这么想象的（这是个美丽的误会，男人的肉体快乐，人类的传宗接代，甚至是社会民主的延续都建立在这个误会基础上）。原则上讲，这个问题是可以解决的，实际上却再也没有办法解决，一个文明就是这么死的，没有纠结，没有危险，甚至没有悲剧，几乎不需要杀戮，一个文明只是死于厌烦，死于自我厌倦，社会民主能给我什么呢？显然什么都给不了，只有永久的思念，只能求助于遗忘。

我想我在圣拉扎尔火车站二十二号站台走了几微秒的神，然后我马上想起我们的邂逅发生在铁路线的另一头，总之取决于火车，有些火车一直开到瑟堡，另外一些停在卡昂，我不知道自己为什么要说这个，巴黎圣拉扎尔火车站列车时刻表的一些无用信息碎片断断续续地从我那功能失调的大脑中穿过，无论如何我们是在卡昂火车站的C站台相遇的，一个十一月份的阳光灿烂的礼拜一早上，距今已经十七年了，或者十九年，我记不得了。

情况本身已经很奇怪：他们派我去接待兽医站的实习生(卡米耶当时是兽医专业大学生，在迈松阿尔福[1]学校读二年级）就很不寻常，他们现在有点把我当成奢侈的临时工，谁都可以给我指派各种各样但不是很跌份的任务，我毕竟是农学院的毕业生，不过不言自明的是，我的“诺曼底奶酪”计划越来

[1] 位于巴黎东南郊的一个市镇，距离巴黎市中心有8.4公里。

越不被我的上司重视。话虽如此，我们尤其不要过高估计偶然在爱情问题上的重要性：要是我几天之后在农林局的走廊上与卡米耶不期而遇，同样的事情也会发生，差不多千真万确。但这件事发生在卡昂火车站，C站台的最尽头。

火车到站前的几分钟，我感知的敏锐度明显在增强，这是一种奇怪的预知；我注意到轨道之间不仅有杂草还有开黄花的植物，但我忘记它们叫什么名字了，我在农学院二年级选修的《城市环境中的自生植物》这一课程中知道它们的存在，这个选修模块相当有趣，要去圣苏尔比斯教堂的石块之间、环城大道的坡面上提取标本……在车站后面我还发现了一些用鲑鱼色、赭石色和茶褐色线条搭建而成的奇怪的平行六面体，给我展现了一个未来的巴比伦城景象——实际上那是“奥恩河[1]畔”商业中心，是新一届市政府引以为傲的工程之一，现代消费的主要品牌，从德诗高[2]到考普莱斯[3]，都能在那里找到，多亏了这个商业中心，下诺曼底人进入到了现代世界。

她从车厢的金属台阶上走下来，朝我转过身，我很奇怪也很高兴地发现她没有滑轮行李箱，只有一个大的帆布行李包，人们斜挂在肩上的那种。过了很长一段时间，但在这段时间里没有丝毫的尴尬（她看着我，我看着她，绝对就是这些），也

[1] 奥恩省的一条沿海河流。

[2] 1984年创立于巴塞罗那的西班牙时尚品牌。

[3] 2008年创立的法国著名时尚服装品牌，总部位于巴黎。

许有十分钟吧，她对我说："我是卡米耶。"火车已经离开——开往巴约，然后是卡朗坦和瓦罗涅，终点站是瑟堡火车站。

许许多多事情在这个阶段已经约定了，注定了，就像我父亲用他的公证人行话可能会说的那样，已经"记录在案"。她有一双温柔的褐色眼睛，她跟着我一路走过C站台然后是奥热街，我把车停在了一百来米远的地方，当我把她的旅行包放进后备厢之后，她安静地坐在副驾的位子上，就好像她已经像那样做过几十次，几百次，就好像她还会像那样做几十次，几百次，几千次，绝对不会有什么问题，我感到如此平静，一种我从未体验过的平静，以至于我想我花了足足三十分钟才启动汽车，我可能像个幸福的傻瓜一样轻轻地摇着头，但她对于我的不作为没显出一丁点不耐烦，也没有一丝一毫的吃惊；阳光灿烂，天空呈绿松石蓝色，几乎不像是真的。

汽车经过北环路，然后沿着卡昂医学院及附属医院往前行驶，我意识到我们进入了一个凄惨的城市规划商定发展区，主要由低矮的建筑组成，屋顶都是灰色铁皮瓦楞；这环境甚至都没有敌意，只是显示出一种可怕的中立，一年来我每天早晨都要开车经过这片区域，甚至都没注意到它的存在。卡米耶的酒店位于一家义肢厂和一家会计师事务所之间。"我在城市公寓酒店和阿达乔公寓酒店之间犹豫，"我结结巴巴地说，"很显然，城市公寓酒店根本不在市中心，但步行一刻钟就可以到农林局，如果您想晚上出门，克洛德-布洛赫有轨电车站就在附近，十分钟就可以到市中心，电车一直开到晚上十二点，您也发现了，换个思路也说得通，您可以坐电车去上班，住阿达乔的话，您可以看到奥恩河河畔，不过，另一方面，城市公寓酒店那些高级单间套房都配有露台，我觉得那也挺惬意的，反正您想换的话也可以的，费用当然由农林局负责……”她朝我投来一个奇怪的眼神，很难解释，既有不理解也有一丝同情，后来她跟我解释说她心里在想我干吗白费口舌解释那么多，因为很显然我们将要住在一起。

农林局的建筑处在城郊赤裸裸的环境中，给人一种奇怪的废弃建筑的印象，说实在的，还有一种被忽视和遗弃的印象，而且那不只是一种印象，我对卡米耶说，一下雨，大部分办公室都会漏雨，而这个地方大部分时间都在下雨。它们看上去不像行政楼，而是随意散落在小村庄的那种像是花园但更像是荒地里的私人农舍，而这片荒地上已是草木丛生，建筑物之间的柏油小路在植被的挤推下开始开裂。现在，我继续说，我得把她介绍给她正式的实习主管，兽医部的主任，客观评论此人就是一个老混蛋，我无奈地说。他心胸狭窄又特别好斗，给所有很倒霉不得不听他发号施令的员工穿小鞋，尤其是年轻员工，他特别厌恶年轻人，他几乎把要他接纳一位年轻的女实习生视作对他个人的一种冒犯。他不仅讨厌年轻人，而且除了马之外也不喜欢动物，马对他而言是唯一值得重视的动物，其他的四足动物，都被他当成动物中的流氓无产阶级，总之注定要马上送去屠宰。他职业生涯中的大部分时间都在勒潘[1]的国家种马场度过，尽管到农林局任职是升官——说实在话甚至是为他的事业画了一个完美的句号——却被他视为一种羞辱。话虽如此，这种不得已的见面一下子就过去了，我对她说，这位主任对年轻人如此厌恶，他会尽可能地避免跟他们有任何接触，她几乎可以放心，见过这一次之后在她的三个月实习期间再也不会与他打照面。

不得已的见面时间一过（“确实是个老混蛋……”她审慎地跟我确认道），我就把她托付给兽医部的一个女兽医——一个温柔的女人，三十来岁，我跟她关系一直都非常好。然后，在一个礼拜时间里，什么也没发生。我把卡米耶的电话号码记在了记事本上，我知道应该是我给她打电话，在男女交往中这种事没怎么变过——而且我比她大十岁，这是需要着重考虑的一点。我对这段时期保留着一种奇特的回忆，我只能把它跟那些珍贵的时刻相比，那种时刻只有当一个人极其平静和幸福的时候才会出现，你犹豫着要不要倒头进入睡眠中，你在最后一刻忍住了，尽管很清楚后面的睡眠会很深沉、香甜，特别能恢复精神。我不觉得把睡眠比作爱情是个错误；我不觉得把爱情比作一种两人分享的梦是错的，确实这种两人分享的梦中有一些短暂的时刻属于个人的梦，但会有连接和相交的时候，无论如

[1] 法国诺曼底大区卡尔瓦多斯省的一个市镇。

何都能将我们的尘世生活转化成可以忍受的时刻——说实在话这也是唯一的办法。

实际上，事情并没有如我预料的那样发展；外面的世界把它的存在强加到我们头上，而且很粗暴：卡米耶差不多在整整一个星期之后，在一个下午的早些时候给我打电话。她惊慌失措，躲在埃尔伯弗工业区的一家麦当劳店里，她刚刚在一家母鸡工业饲养场度过了一个上午，趁着午餐休息时间从那里逃了出来，我得过去，我得马上过去接她，把她救出来。

我挂断电话，大发雷霆：农林局是哪个蠢货派她去那里的？我十分了解那个饲养场，是个巨无霸，养了三十多万只母鸡，鸡蛋都一直出口到了加拿大和沙特阿拉伯，尤其是它臭名昭著，是法国最臭名昭著的地方之一，所有前去参观的人得出的结论都是负面的：在被顶上的强光卤素灯照亮的厂棚里，成千上万只母鸡紧紧地挨在一起试图生存下来，没有鸡笼，那是“地上养殖”，它们身上的羽毛都掉光了，瘦骨嶙峋的，皮肤发炎，受到红虱子侵扰；它们在同伴的腐烂的尸体中间生活，短暂生命——最多一年——的每一秒钟都在惊恐不安地咕哒咕哒地惊叫。即使是在维护得最好的家禽养殖场也一样是这么回事，这是让你震惊的第一件事，这种连续不断的咕哒叫声，母鸡朝你投来的这种持久的惊恐眼神，这种惊恐和不理解的眼神，它们不求任何怜悯，它们可能没有这种能力，但它们不明白，不明白它们为什么被指定到这样的环境里来生活。且不说那些不会下蛋的小公鸡，它们被大把大把地活活丢进粉碎机里；所有那一切我都知道，我有机会参观过好几家母鸡养殖场，其中埃尔伯弗可能是最糟糕的，但我像其他人一样放低了道德标准，能够让我把它忘掉。

她一见我到达停车场，就朝我飞奔而来，她紧紧地依偎在我的怀里，抱住我抱了很久，不停地啜泣。人类怎么能干这种事？他们怎么能任由这种事情发生？对此，我无话可说，只能说一些毫无趣味的关于人性的陈词滥调。

一坐到车上——我们驶往卡昂——她又开始问一些更加令人困惑的问题：那些兽医和公共卫生监察员，他们怎么能听任这一切发生呢？他们怎么忍心参观这些把虐待动物变成家常便饭的地方，并让这些地方运转起来，甚至配合那里的运转呢？而他们毕竟是兽医啊！这个问题，我承认，我确实在心里打过问号：他们不吱声是不是额外拿到了好处费？我不那么认为。毕竟，在纳粹集中营里，肯定有一些拿了医学文凭的医生。总之，这是一个关于人性的老生常谈、令人泄气的话题，我宁可闭嘴不说。

不过，当她跟我说她正犹豫要不要中断、放弃兽医学业时，我发话了。兽医是一个自由职业，我提醒她说；没有什么能逼迫她到一个工业化的养殖场工作，也没有什么可以强迫她再看到这样的养殖场，我必须补充说明一点，她今天见到的是最恶劣的一个养殖场，是最糟糕的情况（总之至少在法国是这样，其他国家的母鸡处境还要糟糕，但我克制自己没有明确说出来）。现在她知道了这种情况，知道就完事了——这事情很过分，但知道就完事了。我同样克制着自己没跟她说猪的状况也好不到哪里去，这种情况甚至更频繁地发生在奶牛身上——我觉得这一天下来已经够她受了。

到达她下榻的城市公寓酒店时，她说不能就这样回去，她必须喝一杯。酒店附近没什么合适的好酒吧，这一带也不大讨人喜欢，实际上只有珍珠海岸美居酒店，里面的客人清一色由中层管理人员组成，他们跟工业园区这家或那家企业有业务上的往来。

酒吧显得出人意料的惬意，里面布满了覆盖着赭石色布料的长沙发和深扶手椅，有一个比较有节制的男招待。卡米耶精神上真的受了一次打击，她这么个年纪轻轻的女孩子，是不适合去参观母鸡工业养殖场的，直到喝完第五杯马提尼酒[1]，她才终于真正放松下来。我本人嘛，我觉得很疲惫，筋疲力尽，就好像一次非常漫长的旅行刚刚结束，我甚至都觉得不可能开车驶上返回克莱西的公路，我确实感到没什么力气了，我很亲和很开心。于是我们在珍珠海岸美居酒店要了个房间过夜，而这正是你期待从美居酒店那里得到的，总之美居是我们

[1] 一种开胃甜酒。

度过第一个夜晚的地方，我可能会记住一辈子，直到死的那一天。那种可笑的装饰画面会回来萦绕在我脑际，一直到我的临终时刻，而且它们已经回来了，每天晚上都来，我知道那不会停止，相反只会加强，以越来越萦绕不去的方式，直到死神把我解放。

我显然很希望卡米耶喜欢这所位于克莱西的房子，我有基本的审美观，至少我有能力意识到这是一所漂亮的房子；但我没料到她会把它变成她的房子，刚到那里她就萌生了如何装饰和布置它的想法，她想买一些布料，移动一些家具，总之她如此迅速地以女性——就女性主义兴起之前的意义而言——的姿态出现，而当时她才十九岁。我在那里一直生活到现在，就像住酒店一样，一家高级酒店，一家成功的“精品酒店”，可是直到卡米耶来了之后，我才觉得这真的是我自己的家——就因为那是她的家。

我的日常生活也发生了别的变化；此前，我一直雷打不动地在蒂里-阿库尔的U超市购物，那里有个额外的好处是，从超市出来之后我可以把汽车的油箱加满油，时不时地检查一下胎压；我甚至都没逛过这个克莱西镇，这个小镇肯定有它的魅力，可靠性程度各异的旅游指南可以证明这点，它毕竟是“诺曼底的瑞士的首府”，不可小觑。

所有这一切都跟随着卡米耶一起改变，我们变成了肉食店、面包糕点店的常客，两家店铺都位于特里波特广场，镇政府和旅游局也在那里。不过，更确切地说，是卡米耶变成了常客——通常我只是在教堂正对面、位于夏尔·戴高乐广场的万森啤酒店一边等她一边喝几杯啤酒，这家啤酒店也出售香烟和城市赛马彩票。我们甚至在“诺曼底景点”吃过一顿晚饭，那是一家乡村餐馆，因为在一九七一年接待了“疯狂男孩”[1]拍摄了《疯狂大兵》[2]的一场戏而感到自豪，一九七〇年代不是只有平克·弗洛伊德和深紫，也有其阴暗的一面，但无论如何这家餐馆不错，奶酪盘很奢华。

这对我而言是一种崭新的生活方式，我从未想过跟克莱尔在一起可能会有这样的生活方式，这种生活方式充满了意想不到的魅力，总之，我想说的是，卡米耶对如何生活有她自己的想法，人们把她放到一个隐没在乡间的美丽的诺曼底小镇，而她马上就知道如何充分利用这个美丽的诺曼底小镇。男人通常不懂如何生活，他们跟生活没有任何真正亲密的接触，他们从来没有感到过真正的惬意，所以他们追逐不同的计划，或多或少雄心勃勃，或多或少壮志凌云，这要看情况，当然通常情况

[1] 一群在1960年代、1970年代和1980年代初流行的法国音乐家、歌手、喜剧演员和电影演员组成的喜剧团体，主要成员包括热拉尔·里纳尔迪、热拉尔·菲利佩利和让·萨鲁斯等。

[2] 又译《傻瓜大闹兵营》，1971年上映的一部法国电影，由“疯狂男孩”热拉尔·里纳尔迪、热拉尔·菲利佩利和让·萨鲁斯主演。

下，他们都会以失败告终，然后得出结论说，简简单单地生活最好，但通常情况下为时已晚。

我很幸福，我还从未如此幸福过，也应该永远都不会再获得那样的幸福了；而我任何时候都没有忘记幸福时光稍纵即逝。卡米耶只是在农林局实习，她一月底免不了就要离开这里，继续她在迈松阿尔福的学业。免不了吗？我本来可以建议她放弃学业，成为家庭主妇，也就是做我的妻子，随着时间的推移当我回想起（我几乎时时刻刻都在回想），我想她会答应的——尤其是发生了母鸡工业养殖场那档子事情之后。可我没有那么做，也许我不能那么做，我脑子里没有提这种建议的设定，那不在我的程序系统之内，我是一个现代人，对我而言就像对我所有的同代人一样，女性的职业生涯是一件首先应该受到尊重的事情，这是绝对的原则，它意味着你超越了野蛮，走出了中世纪。与此同时，我也许不是一个绝对的现代人，因为我可能动过放弃那个原则的念头，即使只是一闪念。但我又一次什么都没做，什么都没说，我让这些事顺其自然，而我其实对回巴黎没有任何信心，巴黎像所有的城市一样是用来孕育孤独的，我们没有足够的时间相聚在一起，而在这所房子里，一个男人和一个女人，独自面对彼此，在几个月时间里，我们一直是彼此世界的全部，回到巴黎后我们还能维持这样的局面吗？我再也不知道了，我现在已经老了，我再也记不得了，但好像我当时已经开始害怕了，好像我在那个时候已经看得很明白了：社会是毁灭爱情的机器。

我现在只保留了两张在克莱西的那段日子拍摄的照片，我猜想我们那时有太多的东西要去体验而没有把时间浪费在自拍上，但也可能是因为当时这种做法不是很普遍，社交媒体就算存在的话，其发展也尚处在萌芽阶段；是的，有可能，在那个时候，人们更多地把精力放在生活上。那两张照片很有可能是在同一天拍摄的，在邻近克莱西的一个森林里；照片令人惊异，因为它们可能是在十一月份拍摄的，照片里的一切——清新而强烈的光、树叶的鲜艳——都让人联想到早春。卡米耶穿着一条短裙和一件配套的牛仔布夹克衫。夹克衫里面是一件在腰间打结的白色短衬衫，上面还有红色水果印花装饰。第一张照片上，她的面庞被灿烂的微笑照亮，脸上洋溢着无比的幸福——今天我告诉自己，说我是她幸福的源泉会显得很荒谬。第二张是色情照片，是我保存下来的唯一一张她的色情照片。她的手袋是亮粉色的，放在她旁边的草地上。她跪在我前面，把我的小弟弟含在她的嘴巴里，她的嘴唇在我的龟头半高的位置合拢。她闭着眼睛，她全神贯注地吮吸着，以至于脸上没有任何表情，她的容颜特别的纯洁，从此我再也没有机会、永远没有机会看到这种形式的馈赠了。

房东去世时，我和卡米耶在一起生活了两个月，而我自己已经在克莱西居住了一年多。房东下葬的那一日天下着雨，一月的诺曼底常常这样，差不多全镇的人都去送葬，几乎是清一色的老人。他活够本了，我跟在送葬的队伍中听到人们这么说，他这辈子没有白活，我记得神甫是从三十公里远的法莱兹赶过来的，随着荒漠化、去基督教化以及所有带“去”字的现象出现，这个可怜的神甫要操办的事务大大增加，他总是到处奔波，但这次是一场简单的葬礼，刚刚去世的死者从未忽视过圣事，一直忠心耿耿，等于一个真正的基督徒刚刚把灵魂交还给了上帝，神甫可以笃信：从今往后他将留在圣父的身边。他那两个在场的孩子当然可以哭泣，因为眼泪作为礼物已经馈赠给了人类，这是必须的，但他们不必感到任何担忧，他们不久之后就会在一个更加美好的世界再度相逢，在那个世界里不再有死亡、痛苦和眼泪。

死者的两个孩子很容易辨认出来，他们比克莱西的那些本地人小三十岁，我当即就感觉到死者的女儿有什么事要跟我说，难以启齿的话，因此我等她在执拗而又寒冷的雨中朝我走过来，这时一铲铲泥土慢慢地撒在坟墓上，可是她直到葬礼仪式结束后，在悼唁者聚集的咖啡馆里才终于把话说出口。是这么回事，因为不得不跟我说，她真的感到很不安，我得搬到别的地方去住了，她父亲的那所房子属于出售换取终身年金的那种性质，荷兰的买主想尽快拿到手，出售了的房子还拿来出租的情况相当少见，除非卖主保留了用益权。这一刻我明白了他们的家庭财务状况已经陷入一团糟，把已经出售的房产拿来出租，这种办法几乎从来没有人使用，主要是因为住客在归还房子时可能会故意刁难，我没事因为我有一份薪水，但他们，他们真的就穷到那个地步了吗？是的，他们已经穷到那个地步，她丈夫刚刚失去了在格兰多治公司的工作，这家公司确实也是举步维艰，说到这里就触及到我工作的核心，我那无能的不可明言的核心。格兰多治公司一九一〇年在利瓦罗成立，第二次世界大战之后开始卡门贝干酪和蓬莱维克干酪的多元化经营，经历过鼎盛时期（是利瓦罗干酪无可争议的龙头企业，诺曼底奶酪三足鼎立，它在另外两种奶酪的生产中位居第二），然后在二〇〇〇年代初进入螺旋式的危机中，这种危机可能越来越严重，直到公司在二〇一六年被全球头号乳制品生产商拉克塔利斯集团收购。

我非常清楚这种情况，但是对前房东的女儿我什么也没说，因为有些时候最好还是闭上嘴巴，毕竟也没什么好炫耀的，我没能成功地帮助她丈夫的企业并最终挽救他的工作，但我还是叫她放心，她无需担心，我会尽快把房子腾出来。

我对她父亲怀有真正的感情，而他本人，我也感觉到他很喜欢我，他时不时地过来，送瓶酒给我，对老人来说，酒是很重要的东西，他们除了酒就什么也没有了。我对他的女儿一下子也产生了好感，她本人深深地爱过她的父亲，这是显而易见的，她的孝心是真诚的，彻底的，无条件的。然而，我们注定不会再见面，我们分别时就坚信我们永远也不会再见面，房产中介会处理余下的事情。在人类的生活中，这一类事情经常发生。

实际上，我一点也不想一个人住在那所我跟卡米耶共同生活过的房子里，也一点都不想到别的地方去住，但我别无选择，必须采取行动，卡米耶的实习真的快要结束了，我们只剩下几周时间，很快就只剩几天了。显然是因为这个，主要是因为这个，差不多只是因为这个，让我决定重返巴黎，但是我不知道怎么会拉不下面子，在跟所有的人甚至是她说到这件事时编造的是别的借口，幸好她并没有完全上当受骗，当我跟她说到我的职业抱负时，她朝我投来一个疑惑的痛苦的眼神，确实让我感到遗憾的是我没有勇气直截了当地对她说："我想回巴黎是因为我爱你，我想和你一起生活。"她一定在想男人有自己的局限性，我是她的第一个男人但我想她很快并且很容易就明白了男人的局限是怎么回事。

这番关于我的职业抱负的说辞并不完全是一个谎言，我能够意识到在农林局我今后发展空间有限，真正的权力在布鲁塞尔，或者至少在与布鲁塞尔有密切关系的中央行政部门，实际上我该去的地方应该是那里，假如我想让人听见我的观点的话。至少那个层次的职位很少，比农林局要少得多，而我差不多需要一年时间才能实现这一目标，而这一年时间我没有勇气在卡昂再找一套新的公寓，阿达乔公寓酒店可以提供一个平庸但可以接受的解决办法——每周住四个晚上，就是在那里我捣毁了我的第一个烟雾报警器。

几乎每个星期五晚上在农林局都有工作酒会，我不可能逃掉，我觉得我从未成功地坐上十七点五十三分的那趟火车。坐十八点五十三分的那趟车的话，我二十点四十六分才能抵达圣拉扎尔火车站，就像我已经说过的那样，我知道什么是幸福，知道构成幸福的东西是什么，我非常清楚那是怎么一回事。每一对情侣都有自己的小惯例，微不足道甚至有些可笑的小惯例，他们不会跟任何人提及。我和卡米耶的小惯例是一边吃晚餐一边开始我们的周末，每个星期五晚上，在火车站正对面的莫拉餐馆。好像我每次都要点蛋黄酱蛾螺和热月龙虾，每次我都觉得好好吃，我从来都不觉得有必要，甚至想都没想过要品尝一下菜单上的其他菜。

在巴黎，我在学院街找到了一套朝院子的漂亮的两居室，离学生时代住的那个单间公寓不到五十米远。可我不能说我和卡米耶的共同生活让我想起了我的学生时代；再也不是那么回事了，我已经不再是大学生，尤其是卡米耶不一样，她身上没有那种轻松，没有我读农学院时的那种满不在乎。说女孩子学习更认真是陈词滥调，确实可能是陈词滥调，但有别的因素，我只比卡米耶大十岁，但无可否认的是，有些事情已经发生了变化，她们这一代人所处的大环境已经不一样了，我从她所有的同学身上都能看出来，不管学的是什么科目：他们学习认真、刻苦用功，非常重视学业成绩，就好像他们已经知道走出校门之后不会有好果子吃一样，知道等待他们的那个世界冷淡而又残酷。有时他们觉得有必要减压，于是一起喝得酩酊大醉，但他们的酩酊大醉本身就跟我经历的那种大不相同：他们猛地把自己灌醉，以最快的速度喝下大量的烧酒，以便尽可能以最快的速度达到那种晕乎乎的状态，他们喝醉的方式完全像《萌芽》[1]时代的那些矿工一样——苦艾酒的卷土重来更加强了这种相似性，其酒精的含量大得惊人，实际上能让人在极短的时间里烂醉如泥。

卡米耶这种在学习上的认真态度，在跟我的关系中也表现出来了。我这么说的意思不是讲她严肃或者故作清高，相反她非常开朗，非常爱笑，在某些方面她甚至特别像个孩子，有时她好想吃健达缤纷乐巧克力[2]，诸如此类的事。可我们是情侣，这是一件严肃的事情，甚至是她一生当中最严肃的事情，每次我从她落到我身上的眼神中读出那种一诺千金的庄重和深沉——我十九岁时可能无法做到的庄重和深沉——我都感到非常震惊，震惊得都喘不过气，毫不夸张。也许她和她那一代的年轻人都有这种特质——我知道她周围的朋友都认为她“幸运

[1] 法国作家左拉记录矿工生活的小说。

[2] 意大利巧克力制造商费列罗出品的一种牛奶榛果威化巧克力。

地找到了心上人”，我们情侣关系中的某种稳定和优裕舒适满足了她身上的深沉需要——我们每个星期五晚上都光临一家一九〇〇年代风格的老餐馆，而不是奥伯坎普夫街区的小吃吧，在我看来这就像是我们试图生活其中的梦想。外面的世界对弱者特别冷酷无情，它几乎从不履行自己的诺言，爱情也许是唯一的、你仍然可以相信的东西。

就像那位诗人[1]所说的那样，何苦让自己卷进那过去的一幕幕呢？我想做梦，而不是哭泣，他随后还补充了这两句，就好像我们可以选择似的，我只需说我们的故事持续了五年多的时间，五年的幸福，这已经相当了不起，我肯定不配享有那么多幸福，而我们这段故事最后以一种极其愚蠢的方式终结，那样的事情本不该发生的，却发生了，而且每天都在上演。上帝是个平庸的编剧，这是我差不多五十年的人生经历让我形成的判断，上帝更经常地是个平庸之辈，在他的创造物中所有的一切都带有“大差不差”和“失败受挫”的印迹，要不就是不折不扣的恶毒，当然有些例外，必定有些例外，幸福的可能性必定存在，哪怕只是个诱饵，好吧，我扯远了，还是回到我那个正题上吧，并不是因为它特别有趣，而是因为这是我的主题。

那些年里，我在事业上取得了一些令人满意的成绩，在一

[1] 指法国诗人拉马丁。诗句引自他的长诗《第一次悔恨》。

些短暂的时刻——尤其是在布鲁塞尔出差期间——我有一种成了重要人物的幻觉。说到重要，可能比我绕着利瓦罗奶酪做那种小丑似的促销时更重要，当法国政府要确定自己在欧洲农业预算上的立场时，我来扮演了一定的角色——可是这种预算，我很快就意识到，虽然是欧洲的第一个预算，法国是第一个受益国，但农民的人数太多，因而无法扭转衰退趋势，我渐渐得出结论，法国农民已经被判处死刑了，因此我对那份工作的热情淡漠了，像其他人一样，我明白世界并不是我能改变的那种东西，其他人可能更雄心勃勃，更积极主动，更聪明能干。

有一次，我到布鲁塞尔出差，就是在那次出差期间我产生了一个灾难性的、和妲姆上床的想法。这个想法可能几乎无论是谁都会有，我想是这样的，那个黑人小女孩长得很迷人，尤其是她的小屁股，总之她长着一个漂亮的黑人小屁股，这就说明了一切，我的勾引方法便是直接从那里受到了启发，那是一个星期四晚上，我们一群相对年轻的欧共体雇员聚在“大中央”喝啤酒，可能有一刻我把她逗笑了，那个时候我很擅长这种事情，反正，我们从酒吧出来去卢森堡广场的一家夜总会继续嗨的时候，我把手放到了她的屁股上，从原则上讲这些过于简单的方法效果不好，但这一次很灵验。

妲姆属于英国代表团（那个时候英国依然属于欧洲，或者假装属于），但她原籍牙买加，我想，抑或是巴巴多斯，总之是来自那些岛屿中的一个，那些岛屿似乎能够生产产量无限的大麻、朗姆酒和漂亮的小屁股黑人女孩，所有那些有助于生活但不能把生活变成美好前景的东西。我应该补充一点：她嘣起来“像个女王”，就像在某些圈子里很奇怪地都会这么说的一样，而且肯定比英国女王要好得多，好吧我不否认我度过了一个愉快的夜晚，甚至非常愉快，但再来一次恰当吗？

趁她来巴黎旅居的机会，我又来了一次，她时不时来巴黎，我完全不知道她来巴黎做什么，肯定不是购物，总是巴黎女人去伦敦购物而不会出现任何反过来的情况，好吧，游客一定都有他们的理由，总之我去圣日耳曼街区她下榻的酒店找她，然后当我陪着她一起走出来，脸上可能带着刚刚获得性高潮的男人那种傻乎乎的表情，手拉手走在布西街上时，与卡米耶狭路相逢，她来这个街区做什么我同样不清楚，我只能说这是一个愚蠢的故事。在她投向我的目光中除了恐惧之外没有别的，那是一丝纯粹的惊骇的目光；然后她转身逃走了，真的是逃之夭夭。我花了几分钟时间来摆脱这个黑人女孩，不过，我几乎可以肯定我没用五分钟就跑回了公寓，卡米耶前脚刚到，我就赶到了。她没有一句责备的话，没有表现出任何愤怒，但比那些更可怕：她开始哭泣。她哭了好几个小时，柔声地哭，她泪流满面，甚至没想到要去擦掉；这是我一生中最糟糕的时刻，这一点没有任何疑问。我的脑子缓慢地、懵懵地转动着，想找到一句类似这样的话：“我们不会为了这点破事就分手吧……”或者：“我对那个女孩没有一点感觉，我喝多了……”（第一次是真的，这第二次显然是假的），但我觉得说什么都不恰当，都不合适。第二天，她继续一边哭一边收拾衣物，而我还在绞尽脑汁寻找一句恰当的话，老实说，随后的两三年时间我依然在寻找一句恰当的话，我甚至可能从来都没停止过寻找。

在那之后，我的生活中没有任何引人瞩目的事情发生——除了我前面说到过的柚子——这下子我又变成孤家寡人了，比以往更加孤独，好吧，我有鹰嘴豆泥，适应了独处之乐，但过节期间更微妙，可能需要一盘海鲜，但这种东西应该分享，一个人独自吃一盘海鲜那也是没得办法的办法，即使是弗朗索瓦丝·萨冈[1]可能也无法描述，那实在是太血腥暴力了。

只剩下泰国了，但我觉得我不大会去那里，很多同事跟我说起过，那都是些可爱的女孩子，但她们毕竟还是有某种职业上的自豪感，而一个勃不起来的顾客她们不是很喜欢，她们会觉得自己有问题，好吧，我不想引发事端。

二〇〇一年十一月，就在我与卡米耶相遇后不久，我平生第一次面对这种圣诞节期间反复出现的、不可避免的悲惨局面——我的父母亲在六月份就去世了，我跟谁过什么节？卡米耶跟她的父母关系很亲，她星期天中午经常回家吃饭，她父母

---

[1] 法国女作家，代表作《你好，忧愁》。

亲住在五十来公里之外的巴尼奥莱德奥恩[1]。我从一开始就感觉到，我对这个话题讳莫如深让卡米耶觉得很惊讶，但她一直克制自己没跟我说，她等着我自己开口。最后我终于说了，那是在圣诞节前的一个星期，我跟她讲了父母亲自杀的事。她听了大为震惊，我马上就意识到了，这件事让她的心灵深处受到了强烈的震撼；一个人在十九岁的时候有些事情是没有机会去想的，实际上那是一些在生活逼着你去想之前你不会去想的事。从此，她建议我和她一起过年尾的那些节日。

上门拜见对方父母亲，那一直是一个微妙的、不舒服的时刻，但从她投向我的目光中，我当即就读到了一个很明显的东西：她的父母亲无论如何都不会质疑她的选择，脑子里甚至都没有闪过质疑的念头；她选择了我，我属于家庭的一份子，就这么简单。

是什么机缘巧合致使达·席尔瓦家族在巴尼奥莱德奥恩定居，这件事一直到最后对我来说都仍然是个谜，同样是个谜的还有：是什么使得若阿金·达·席尔瓦——毕竟刚开始时只是个普通的建筑工人——获得巴尼奥莱德奥恩主要甚至是唯一的烟草专卖和报刊代理的经营权，因为这个专卖代理店开在湖边，地理位置十分优越。属于前几代人的人类生活故事常常提

[1] 法国奥恩省的一个市镇。

供这种类型的配置，在这种配置中，人们可以观察曾经被称为“社会提升”的、几乎是神话般的设置的运行。然后，若阿金·达·席尔瓦一直在那里生活，和他那位同属葡萄牙裔的妻子在一起，从未回眸看后面，他从未梦想过返回他的祖国葡萄牙，他生了两个孩子：先是卡米耶，然后隔了很久又生了凯文。我作为法国人，对这些话题无话可说，但对话却很容易很愉快，若阿金·达·席尔瓦对我的职业很感兴趣，他本人像所有的人一样也是从农村出来的，他自己的父母亲曾在阿连特茹[1]尝试种植什么我记不得了，所以他对于本地的农民日益恶化的困境没有无动于衷，尽管作为一家报刊亭和烟草店的经理，他有时很难不把自己视为一个“享有特权的人”。实际上，尽管工作很繁重，他的工作量还是不到农民的平均工作量；实际上，尽管赚钱不多，他仍然赚得比农民多。谈经济的对话有点像在谈龙卷风或者地震；很快你都不明白自己在说什么，感觉在谈一个隐隐约约的神，然后再给自己倒香槟酒，好吧，是香槟酒，尤其是在过节期间，在卡米耶父母家里住的日子我吃得特别好，通常我都受到非常好的招待，他们都很可爱，但我觉得要是我的父母亲接待卡米耶的话也会很成功，他们会以更资产阶级一点但又不是很过分的方式，他们知道如何让人不感到拘束，我曾经目睹他们这么做过，我们离开的前一晚我梦见

[1] 位于葡萄牙中南部，是葡萄牙七个大区之一。

我的父母亲在桑利斯接待卡米耶，醒来时我差点就跟她说了，后面才想起他们已经去世，对于死亡我总是有点忌讳，这是我的一个性格特点。

无论如何我还是想尝试略微阐明一下这些主题，哪怕只是为了一个细心得不同寻常的读者：我为什么渴望重新见到卡米耶？为什么我觉得自己需要再见到克莱尔？甚至还有第三个女孩，那个吃亚麻籽的厌食症患者，她的名字我一下子想不起来了，但读者要是有我想象的那么细心的话会想起来的，我为什么希望再见到她？

大多数垂死的人（也就是说，除开那些在停车场或者专用房间又快又好地安乐死的人）都会围绕他们的死组织一种仪式；他们希望最后一次见到那些在他们的人生中扮演过角色的人，希望最后一次跟他们说说话，时间可长可短。这对他们而言非常重要，我不止一次观察到，当他们无法在电话中联系上某个人时就显得非常忐忑不安，他们一有可能就想安排见面会，这当然很好理解，他们只剩下为数不多的日子可以支配了，具体多少天还没有通知他们，可是无论如何不会太多，就几天了。临终关怀单位（至少我有机会看见其运作的那些单位是这样，在我这个年纪的人必然看过不少）都会很娴熟很人性地处理这些诉求：他们都是些可敬的人，属于“可敬的小人物”中力量单薄但很勇敢的那一部分人，就是这些可敬的小人物才使得这个社会得以在一个普遍无人性和烂透了的时代保持着运转。

同样，我可能也要尝试——规模更有限但可以作为练习——围绕我的性欲或者说得更具体些围绕我的小弟弟，在它向我宣布准备结束服役的时候，组织一场小型告别仪式；我希望再次见到所有那些敬重过它的女人，那些以自己的方式爱过它的人。而且，在我这种情况，对我的小弟弟和我这一小一大的两次告别仪式，几乎可以合二为一，在我的一生中男性友谊算不了什么，其实我也只有埃梅里克一个朋友。很奇怪，竟然有这种愿望，想做一个总结，在大限到来的时刻让自己相信自己没有枉活一生；抑或恰恰相反，一生虚度，这才是可怕和奇怪的，想想所有那些一辈子乏善可陈、只能在生物和技术（因为骨灰是技术性的，即使当它们注定只能做肥料时，还得估算其钾和氮的含量）的某个统一体中分解、没有任何前程的男人和女人，你都觉得可怕和奇怪，总之所有那些生活过得四平八稳、毫无波澜的人，告别时也不去想下人生，就像告别一段中规中矩的假期却不去想下一个目的地的人，他们只有一种“要是没来过这个世界那就更好”的朦胧的直觉，总之，我在这里说的是大多数男人和女人。

因此，在明显感到无药可救的情况下，我在巴尼奥莱德奥恩湖边的碧玉温泉酒店预订了一个二十四号晚到二十五号的房间，然后我在二十四号早晨上路，二十四号是个礼拜天，大部分人在星期五晚上应该就走了，最迟星期六一大早，高速公路上没什么车，只有那些不可避免的拉脱维亚和保加利亚的重型货车。我旅程中的大部分时间都在完善一个要说给酒店接待员和楼层服务员听的迷你故事：计划的家庭聚会规模太大，所以我的叔叔（聚会在我叔叔家举行但家族中所有的旁系都会来，我会被带去拜见一些已经好几年甚至几十年没见过的亲戚）家没有办法住下所有人，于是我做出牺牲到酒店过夜。我觉得这是一个绝佳的故事，我渐渐地开始信以为真了；要让它显得真实可信，我显然就不能打电话给客房服务要他们送餐，所以在快要抵达目的地之前，我在“阿让坦地区”高速公路服务站买了一些当地特产（利瓦罗干酪，苹果酒，苹果汁和香肠）。

我犯了一个错误，一个天大的错误，去圣拉扎尔火车站的那段经历已经让我痛苦不堪，不过在那里眼前只会浮现卡米耶沿着站台奔跑气喘吁吁地扑到我怀里的画面，而来这边才是最糟糕的，非常糟糕；我还没抵达巴尼奥莱德奥恩，才开始穿越昂旦那国家森林时，所有那一切全都如梦似幻地清晰地展现在我的眼前，我曾经在那个森林里和她一起做过一次远距离徒步，一起走过一段长长的、漫无尽头的、从某种意义上可以视为永恒的路途，那是在十二月的一个下午，我们回来时都喘不过气，满面红光，幸福到了那种我再也无法完全想象的程度，我们在一家“巧克力工坊”停下来，店主让我们吃一种他称之为“巴黎-巴尼奥莱”、奶油多得吓人的蛋糕，还有一些用巧克力做的假卡门贝干酪。

然后，就这样一直继续着，点点滴滴的往事一丝都没有漏掉，我认出了“湖畔珀蒂奈利”酒店（特色菜是马铃薯饼）上面那个突出的、有白红相间凹凸方格纹饰的奇怪小塔，以及边上那座“美好时代”[1]风格的怪房子，用五颜六色的砖块装点全身，我还记得那座横跨湖面的弯弯的小桥，以及卡米耶为了让我看天鹅在水面上滑翔的倩影而拍打在我前臂上的力量，这事发生在十二月三十一号，夕阳西下时分。

说我是在巴尼奥莱德奥恩开始爱上卡米耶是不真实的，我已经说过，我是在卡昂火车站的C站台尽头就开始爱上她了。但是毫无疑问，在巴尼奥莱德奥恩度过的这两个星期，我们之间的关系更深了一层。我父母亲的那种婚姻幸福，我总是发自内心地觉得遥不可及，首先因为他们俩属于那种奇怪的人，不食人间烟火，很难成为现实生活中的榜样，还因为那种夫妻模式，我觉得，从某种意义上讲，已经被摧毁，我这代人已经把它终结了，我这代人无法摧毁、更无法重建任何东西，比起上一辈人，是的，上一辈人肯定有责任，但无论如何，卡米耶的父母亲，他们作为一对普通夫妻，代表了一个可以学会的榜

[1] 指20世纪最初的那几年。

样，一个最接近的、强大的、牢固的榜样。

我就是在这种情况下，开车走完那段把我和烟草报刊亭分隔开的短短的一百米路程的。十二月二十四日，一个星期天的下午，报刊亭显然关门歇业了，但我记得她父母亲就在那上面。那套房子亮着灯，灯火辉煌，我明显地感觉到那是欢乐的灯火。我在那里伫立了一段时间，很难计算有多长时间，实际上可能很短暂但好像一直在无限延伸，已经有一团浓厚的水雾从湖面上升起。天气很有可能开始变冷了，但我只是偶尔才感觉到，而且几乎可以说是表面上的，卡米耶的房间也亮了灯，然后又灭了，我的思绪溶解在朦胧的期待之中，可我意识到卡米耶没有任何理由打开窗户呼吸傍晚的雾气，绝对没有任何理由，而且我也不希望那样，我满足于深入思考我人生的新的形态，另外，带着某种恐惧，我意识到这趟旅行的目的也许不只是为了纪念；这趟旅行可能会以一种我很快就能弄清楚的方式，转向一个可能的未来。我还有几年时间去思考，几年或者几个月，我不是很清楚。

碧玉温泉酒店一上来就给我很糟糕的印象；我在所有可能的选项中（十二月份在巴尼奥莱德奥恩并不缺少选项）选了最糟糕的，在那片迷人的“美好时代”建筑物当中，只有这座酒店的建筑布局破坏了原本和谐的湖畔景观。我没有勇气把我的故事告诉接待员，见到我她只是显露出很诧异的表情，甚至是公然的敌意，我去那里搞什么鬼？别人其实是可以这么质问的；话虽如此，一些落单的客人在圣诞夜住店，这种情况是会出现的，一个前台接待员职业生涯中什么人都会遇到，我只是那些不幸的可怜虫当中的一个。没有盘问我的身份几乎让我松了一口气，当她把房间钥匙递给我时，我只是点了点头。我之前买了两整条香肠，午夜弥撒毫无疑问会在电视上转播，所以我没有什么好过度抱怨的。

实际上，一刻钟之后，我在巴尼奥莱德奥恩就再也没有任何事情好做了；话虽如此，第二天一早就回巴黎又让我觉得很轻率。我已经越过了二十四号这道坎，但我还有三十一号的那道——按阿佐特的说法——更加艰难的坎。

追忆往事会让人深陷其中，一旦深陷其中，你就会被它吞没，再也没有什么能够阻止。在我拜访埃梅里克之后的那几年里，我有过他的一些消息，但这些消息大致可以归类为出生的消息：先是安娜-玛丽，接着是三年后的塞格兰。至于他的农场经营情况是不是健康，他从不跟我透露，这让我猜测农场状况很差，甚至变得更加糟糕了；对于受过一定教育的人来说，没有消息必然意味着是坏消息。也许我，我也属于这一类受过良好教育的不幸者：我跟卡米耶相好后，给埃梅里克发的头几封邮件充满了热情；但对于我们俩的分手，我只字未提；然后我们之间的联系彻底中断了。

农学院校友网站现在可以在互联网上访问了，埃梅里克的生活好像没发生什么改变：他总是做同样的工作，还是同样的地址，同样的电子邮箱，同样的电话号码。可是，我一听到他的声音——疲惫、缓慢、费了老大的劲才说完他想说的句子——我当即就明白他发生了什么变故。我想去他那里的话随时都可以去，今天晚上为什么就不可以呢？他可以轻易安排我住下，住宿的条件有些变化，总之，他会跟我解释的。

在巴尼奥莱德奥恩和康维尔拉罗克之间有一段很慢、非常慢的路程连接奥恩省和芒什省，要经过几条冷清、多雾的省道——我提示一下，我们是在十二月二十五号。我频繁地停下车子，我试着回忆自己怎么会在那里，但不能完全回忆起来。一团团大雾飘浮在牧场上，没有一头奶牛出现。我想，人们也许可以把我的这趟旅行称为富有诗意的旅行，但富有诗意这个词给人一种轻飘、短暂、不爽的印象。我很清楚，我握着我这辆四驱奔驰车的方向盘，汽车平稳地轰隆隆地在这些好开的道路上行驶，空调放出令人惬意的暖气：也是富有一层悲怆的诗意的。

我前一次到访奥隆德城堡还是在十五年以前，从那时起到现在城堡并没有明显的破败；但里面确实是另外一码事，那间从前很温暖的餐厅现在变成了一个阴暗、肮脏、恶臭的陋室，火腿包装纸和沙司肉馅卷盒子丢得满屋都是。“我没有东西吃了……”这是埃梅里克欢迎我时说的第一句话。“我还剩了一根香肠。”我回答道；这就是我跟那个曾经是，从某种意义上说（倒不如说是默认的）现在依然是我最好的朋友重逢时的情景。

“你想喝什么?”他接上话头；相比之下，喝的东西好像很多，我到的时候他正在倒一瓶野牛草[1]，我只要沙布利就可以了。他一边喝一边润滑和组装一把枪的部件，好像是一把突击步枪，我在很多电视连续剧中见过。“是施迈瑟[2] S4，223弹[3]。”他不必要地跟我说道。为了缓和一下气氛，我切了几块香肠。他的身体发生了变化，他的脸部轮廓变厚了，长了酒糟鼻，但最可怕的是他的目光，空洞、无神的目光，你想把他的空虚茫然赶走几秒钟似乎都不可能。我提任何问题似乎都是徒劳，我已经明白了问题的实质，可是必须试着说话，但我们都不想打破沉默，我们有节奏地给自己倒满酒，他喝伏特加，我喝葡萄酒，一边轻轻地摇着脑袋，我们都是筋疲力尽的四十岁人。“我们明天再谈。”埃梅里克终于说道，结束了我的尴尬。

---

[1] 一种波兰生产的伏特加。

[2] 雨果·施迈瑟（1884—1953），德国步兵武器开发商。

[3] 即223口径雷明顿弹，是美国雷明顿公司于1950年代推出的民用猎用步枪子弹。

他驾驶着他那辆日产纳瓦拉皮卡为我开道。我跟着他沿着一条狭窄、崎岖不平的道路走了五公里，道路刚好一个车身宽，带刺的荆棘丛刮着我们的车身。然后，他关掉引擎，下了车，我走到他身边：我们到了一个像是巨大的古罗马式半圆形剧场的草场顶部，草坡缓缓地往下向大海延伸。一轮圆月在远处的海面上照得波浪闪闪发光，但草坡上那些间隔百来米有规律地分布着的度假小屋勉强才能分辨出来。“我总共有二十四间度假小屋，”埃梅里克说道，“最终我们还是没有拿到把城堡改造成精品酒店的拨款，他们觉得有布里奇贝克城堡对于芒什省北部来说已经足够了，于是我们转向了这些度假小屋。经营情况也不是特别糟糕，至少它们是唯一还能给我带来一点收益的东西，在五月份的法定假日我开始有一些客户，有一年七月份甚至住满了。很显然，冬天房子完全是空的——其实也不完全是，很奇怪，现在有一个小屋租出去了，是一个德国人独自一个人租的，我觉得他对鸟类学感兴趣，我时不时地看见他拿着望远镜和长焦镜头出现在草场上，他不会打搅你，我感觉他来这里之后甚至从未跟我说过一句话，路过时他朝我点一下头，就完事了。”

走近一看，度假小屋都是一些长方形的整体，几乎是立方体，覆盖着涂漆的松树板条。屋子里面也是用金黄色的木材装修的，房间相对来说很宽敞：一张双人床，一张长沙发，一张桌子和四把椅子——同样是木质的——还有一间小厨房和一台冰箱。埃梅里克打开电表开关。床的上方，有一台安装在铰接臂挂架上的小电视机。“我还有一间，带有儿童房，一张双层床；还有带两间儿童房的，多了四张床；考虑到西方人的生育观念，我觉得这应该足够了。可惜的是，我没有 wifi……”他遗憾地说。我无所谓地哼了一声。“因此丢失了不少客人，”他强调说，“我碰到很多客人，他们问的第一个问题就是这个，芒什省农村的宽带计划有点拖拉。不过，暖气很不错，”他指着电暖气说道，“这方面我没有听到过任何抱怨，建房子的时候我们注意加了隔热层，这是最关键的一点。”

说到这里他突然不说话了。我感觉他准备要谈塞西尔，我也不说话，我等着。“我们明天再聊，”他用压低的声音说道，“祝你睡个好觉。”

我在床上躺了下来，打开电视机，床很软和，很舒服，房间里的温度上升很快，他说得没错，暖气很好用，只是一个人住有点可惜，人生并不简单。窗户很宽，几乎是一扇玻璃观景窗，可能是为了方便看海景，那一轮圆月继续照耀着海面，我觉得自从我们来到后，海面明显地离我们近了，这可能是涨潮现象，我不知道，对此我一无所知，我小时候是在桑利斯生活，假期在山里度过，后来我跟一个女孩谈恋爱，她父母亲在朱安雷宾[1]有一栋别墅，那是一个小个子越南女孩，她的猫猫可以收缩到令人难以置信的程度，啊不是的，我一生中并非只有不幸，但我对涨潮的经验十分有限，浩荡的水面平静地上升覆盖地面给人一种异样的感觉，电视上正在播放《我们不睡觉》，一档兴奋的脱口秀节目，与海洋的缓慢上升形成奇怪的对比，主持人太多，说话的声音太大，这个节目的音量出奇地高，我关掉了电视但我很快就后悔了，我现在觉得自己错过了真实世界里的什么东西，退出了历史，我错过的可能是至关重要的东西；特邀来的嘉宾无懈可击，我敢肯定，那是些重量级人物。我透过窗户往外看，发现海水还在以一种令人焦虑的方式上涨，接下来的一个小时我们会不会被大水淹没？那样的话，最好还是玩得开心一点。最后，我拉上了窗帘，我重新打开电视机并把声音关掉，我当即就意识到我做的是最好的选择，像这样就挺好的，电视节目里的气氛依然热烈活跃，但听不见他们说话其实可以增加快乐；那些人就像一些大众传媒上的小塑像，有点疯疯癫癫的但能逗人发笑，它们肯定能帮助我找到睡意。

[1] 法国滨海阿尔卑斯省昂蒂布的一个海水浴疗养地。

睡意确实来了，但我睡得很不安稳，一整个晚上噩梦连连，有时是色情梦，但总体上是噩梦，我现在害怕自己的夜晚，害怕让自己的思想不受控制地驰骋，因为我的思想已经意识到我的人生此时正趋向死亡，它总是不失时机地提醒我。在我的梦中，我半躺在黏稠、微白的土坡上，半埋在土里；我脑子里非常清楚，尽管背景没有任何指示，清楚我们是在一个山头不大不小的山区；在我周围，棉絮一般的、同样也是微白的氛围一望无际。我声音微弱地叫唤着，一遍又一遍，坚持不懈，但我的叫声没有任何人听见并作出回应。

早晨九点钟前后，我敲了敲城堡的大门，但没人应门。犹豫了片刻之后，我径直朝牛棚走去，埃梅里克也不在那里。当我沿着坡道往上走时，奶牛好奇地看着我；我把手伸进铁栅栏摸了摸它们的鼻尖，发现那里暖暖的，湿湿的。它们的目光明亮，看上去很强壮，身体很棒；埃梅里克尽管处境很艰难，还是能够尽心照顾他的这些牛，让人感到欣慰。

办公室是开着的，电脑开着。在任务栏上，我认出了那个火狐图标。倒不是说我有那么多理由上网；确切地说我只有一个理由。

就像农学院的校友目录一样，迈松阿尔福的校友录也上线了，我差不多花了五十秒钟才找到卡米耶的信息页。她开业了，她的诊所在法莱兹。那儿离巴尼奥莱德奥恩有三十公里的距离。这么说，我们分手后，她回到了家人身边生活；我早该猜到的。

她的信息栏只有诊所的地址和电话，没有任何个人信息；我把它打印出来，对折了两下后放进短大衣的一个口袋里，并不清楚自己打算用它来做什么，或者更确切地说不知道自己是否有勇气去做，但我完全意识到我的余生需要依靠它。

返回度假小屋的路上，我遇到了那个德国鸟类学家，总之我差点与他碰上。他在离我三十来米远的地方看见我时突然停下，一动不动地站了几秒钟，然后拐进了一条往左边去的小路。他有一个背包，肩上斜挎着一台配了长焦镜头的相机。他快步地走着，我停下来看他往哪里去：他实际上一直走到了坡顶上，那个坡比较陡，然后他沿着坡道走了一公里，再斜着往下朝他的度假屋走去，他的小屋离我的有一百来米远。这样一来，他绕了一刻钟的路，就为了避免跟我说话。

经常跟鸟打交道一定会有我一直没有感受过的某种情趣。

这天是十二月二十六号，商店应该开门了。实际上，在库唐斯[1]的一家武器商店，我购买了一副强大的望远镜，施密特本德牌[2]的，店主是个漂亮的同性恋，他用像中国人一样有点缺陷的发音，热情地向我保证“金（真）的系（是）戏（市）面上最好的，没有哪个能跟它比”：施耐德-克鲁茨纳奇[3]镜头具有特别高的锐度，还有一个高效的光学放大器，即使在黎明时分，即使在黄昏，即使在大雾中，我肯定都可以毫不费劲地实现五十倍的放大。

我把一天余下的时间都用来观察鸟儿在海滩上一跳一跳的机械行走（海水已经后退了好几公里，远远望去勉强可以看到，把位子留给了一片辽阔的灰色沙滩，沙滩上散落着许多不规则的水洼，里面的水呈黑色，景色实际上很阴森）。这个博物学爱好者的下午很有趣，让我约略回想起我的大学时光，过去我对植物特别感兴趣，为什么就不可以是鸟呢？好像有三种类型的鸟：一种是全白的，另一种黑白相间，第三种也是白色但长着大长腿，嘴巴也很长。我不知道它们的名字，不管是学名还是俗名；另外，它们的活动并没有什么秘密可言：嘴巴不停地啄着湿漉漉的沙滩，从事的是跟人类的岸边采贝捞鱼一样的工作。一块旅游信息牌提早告诉我，大潮一退，你很容易就

[1] 法国芒什省的一个市镇。

[2] 一家德国公司，专门生产用于狩猎、运动、执法和军事武器的高端瞄准镜。

[3] 总部位于德国的世界著名光学镜头的专业生产厂家。

能在沙滩上或者水洼里发现大量的蛾螺、滨螺、蛏子、扇贝，有时甚至还有牡蛎或者螃蟹。两个人（更确切地说——我的望远镜放大后向我显示——是两个身材矮胖的五十来岁的女人）也回到沙滩上，带着抓钩和水桶，跟鸟儿争夺它们的口粮。

晚上七点钟，我再次敲了敲城堡的门；这一次埃梅里克在家，他看样子不仅喝醉了，而且有点精神恍惚。“你又抽上大麻了?”我问道。“是的，我在圣洛[1]认识了一个毒品贩子。”他一边证实一边从冰柜里拿出一瓶伏特加；至于我，我更想继续喝沙布利葡萄酒。这一次他没有装配他那支突击步枪了，而是拿出了一幅祖先的肖像，靠着放在一张扶手椅上；那是一个矮胖的家伙，方脸，脸上的胡子剃得光溜溜的，目露凶光，全神贯注，穿着金属盔甲。他一只手拄着一把巨大的、几乎齐胸的双刃剑，另一只手拎着一把斧头；总体上看，他给人一种孔武有力和异常粗暴的印象。“罗贝尔·德·阿库尔，又名强……”埃梅里克解释说，“他是阿库尔家族的第六代，因此远在征服者威廉[2]之后。他曾经跟随狮心王[3]参加第三次十

[1] 位于法国下诺曼底大区，是芒什省的首府。

[2] 即威廉一世（1028—1087），是第一位诺曼底王朝英格兰国王，他从 1066 年开始统治英格兰，直到 1087 年死亡为止。在征服英格兰之前，他是诺曼底公爵，而阿库尔家族也是诺曼底的老牌贵族世家。

[3] 即理查一世（1157—1199），中世纪著名的英格兰国王以及十字军名将。因其在战争中总是一马当先，犹如狮子般勇猛，因此得到“狮心王”的称号。

字军东征。”我暗忖，有祖源，还是挺不赖的。

“塞西尔两年前就走了，”他语调不变地继续说道。好了，准备和盘托出了，他终于要转到这个话题上了，我心想。“从某种意义上说，是我的错，我让她工作得太辛苦了，农场经营已经压得她喘不过气，加上度假小屋她都要疯了，我本该善待她，尽量照顾一下她。自从我们来这里定居，我们就没有休过一天假。女人，是需要假期的……”他说得比较含混，就好像在谈论一个与他密切相关但又不熟悉的物种。“而且，你也看见了，我们在什么地方，文化娱乐，女人嘛，是需要文化娱乐的……”他做了一个含糊的手势，就好像为了避免具体说明他想表达的意思。他本可以补充说，从购物的角度看，这里不是巴比伦，而时装周也不会搬到康维尔拉罗克。与此同时，我心想，她爱嫁谁就嫁谁好了，臭婊子。

“或者给她买东西，你知道的，比较漂亮的东西……”他又吸了一口大麻烟卷，这件事在我看来他说得有点离题了。他本可以更中肯地补充说，他们不再上床了，那才是问题的核心，女人没有人们声称的那样容易被金钱收买，就珠宝而言你时不时地给她们买一些非洲的小饰物就行了，但是如果你不再干她们，如果你连干她们的欲望都没有，这时她们就开始担心了，这一点埃梅里克是知道的，有性的话一切都可以解决，没有性的话再也没有任何东西能够解决，但我知道他无论如何都不会说出口，连我都不会说，尤其是不要跟我说，跟一个女人他可能会说，可是说实在话把它说出来可能也没多大意义，甚至可能适得其反，用刀子去剜伤口不是个明智的选择，显然，我前一天就明白他妻子已经离开他了，这一天我有时间准备反击，制订一个积极的计划，但现在还不是和盘托出的时候，我又点了一支烟。

“我应该说一下，她是跟一个男的一起走的，”他沉默了很长一段时间后补充道。说到那个“男的”，他发出一声痛苦的不由自主的呻吟。对此我不知道如何作答，这是难言之隐，对一个男人来说这是奇耻大辱，我也只能发出一声同样痛苦的呻吟来回应。“那男的是个钢琴师，”他继续说道，“著名的钢琴师，在世界各地举办音乐会，还录了很多唱片。他来我们这里小憩，短暂休憩，然后把我妻子拐跑了……”

又出现一阵沉默，但我有很多办法来填补它，比方说再倒一杯沙布利葡萄酒，把手指关节弄得卡啦卡啦响。“我真是个傻瓜，我没有留意到……”埃梅里克最后终于说道，声音低得令人感到不安。“我们这城堡里有一架非常好的钢琴，一架贝森朵夫[1]小三角钢琴，是我的一位祖母留下来的，她在第二帝国时期开有沙龙，不过我们家族从来就不是正儿八经的艺术

[1] 创建于 1828 年的奥地利顶级钢琴品牌。

赞助人，从来都不像诺阿耶家族[1]，但我那位祖母毕竟还是开了个沙龙，好像柏辽兹[2]就弹过这架钢琴，总之我建议那个男的假如想弹的话可以弹一下，当然需要重新调音，后来他在城堡里待的时间越来越长，现在好啦，他们俩住到伦敦去了，但他们经常出差，他在世界各地开音乐会，在韩国，日本……”

“那你女儿呢？”我觉得最好还是忘了贝森朵夫的事，我猜他女儿的事也不会多么激动人心，但贝森朵夫那档子事可以把人杀了，不是危言耸听，它可以直接让你不想活，绝对必须把它从你的脑子里赶走，女儿的话题肯定有可能打开一个出口。

“很显然我有抚养权，但实际上她们都在伦敦，我已经两年没看到她们了；你想想，我带着一个五岁一个七岁的两个小女孩在这里能做什么？”

我扫了一眼餐厅，满地都是被开膛破肚的卡苏莱什锦砂锅[3]和肉馅卷罐头盒，一个破成碎片的瓷餐具从被推倒的橱柜里掉了出来（可能是埃梅里克本人喝醉酒后发酒疯时推倒的）；其实，也不能说埃梅里克不对，令人惊讶的是男人让自己沉沦的速度有多么快。我前一天注意到埃梅里克的衣服实在

[1] 法国的贵族世家，其中的夏尔·德·诺阿耶（1891—1981）是个非常慷慨的文学艺术赞助者。

[2] 埃克托尔·柏辽兹（1803—1869），法国作曲家、指挥家、音乐评论家。

[3] 法国朗格多克地区的一道美食，发明于英法百年战争时期。

是很脏，甚至还散发出一股臭味；在农学院读书的那些年，他都是在每个周末把衣服拿回家给他妈妈洗，虽然我也那么干，但我毕竟还是学会了使用放在学生公寓地下室里供学生用的洗衣机，我在那里洗过两三次，他却从来没有，我猜他甚至可能想都没想过那里还有洗衣机。也许最好还是不提两个女儿的事，而是关注最本质的东西，不说了，女儿嘛，他还可以再生别的。

他又给自己倒了一大杯伏特加，然后一口喝光，适度地总结道："我的人生已经完蛋了。"这时我的脑子里好像响起了咔嗒声，我掩饰住一个窃笑，因为我从一开始就知道他会说这句话，在那几次打断他叙述的沉默中，我有时间充分思考我的回答，我的反击，我下午观察海鸟期间暗中制订的那个有实效的计划。

"你的根本错误，"我愉快地发起进攻，"是跟你自己那个社会阶层里的女人结婚。所有那些女子，那些罗安-夏波家族[1]，克莱蒙-托奈尔家族[2]，到今天实际上还剩下什么呢？只剩下一些为了在某个文化周刊或者另类时装设计师那里得到一份实习工作便什么事都愿意做的小娼妇（这件事我误打误撞地说中了，因为塞西尔就属于福西尼-鲁鑫热家族，很显然来自

[1] 始于 1645 年的法国贵族世家。
[2] 始于 11 世纪的法国贵族世家。

同一个阶层，同一个贵族阶层）。总之，绝对不是农民的妻子。而你有数百数千数百万的女孩（我有点发火了）可以选择，对她们而言你代表了完美的理想男性。你找一个摩尔多瓦女孩，或者换个角度找一个喀麦隆女孩或者马达加斯加女孩，迫不得已时找个老挝女孩：这些女孩子都不是很有钱，甚至干脆就是穷人，来自一个绝对的乡下人阶层，她们从未见识过另外的世界，甚至都不知道它们的存在。这样你就达到目的了，你正值年富力强的时候，身体状况也不错，一个四十岁的英俊强壮的爷们，而且你拥有全省一半的牧场（这话我说得有点夸张，可这是个招数）。这些牧场显然也不能给你带来什么，可是这种事她们是猜不到的，其实她们永远都弄不明白，因为在她们的脑子里，财富就是土地，是土地和家畜群，而且我可以向你保证她们不会撂挑子，她们会含辛茹苦地完成手上的活计，她们永远也不会放弃，她们早晨五点钟就起床挤奶。而且，她们都很年轻，比你那些贵族娼妇要性感得多，她们干起来可以让你爽四十倍。你只需稍稍禁一下伏特加，因为那会让她们想起她们原来的社会阶层，尤其是如果她是从东欧国家过来的女孩，而且禁一下伏特加对你没有坏处。她们会在早晨五点钟就起床挤奶。”我兴致勃勃地说道，越来越坚信自己描绘出的愿景，我甚至已经看到那个摩尔多瓦女孩了，“然后，她们会用口活把你叫醒，而且早餐已经准备好了！……”

我瞥了一眼埃梅里克，我相信他到目前为止一直在听我说话，但是他开始打瞌睡了，他一定在我来之前就开始喝酒了，可能在下午刚开始的时候。“你父亲可能会同意我的……”我总结道，我已经有点理屈词穷了；在这一点上我没那么肯定，我跟埃梅里克的父亲不熟，只见过他一次，他给我的感觉是个正派的人但有点呆板，一七九四年以来在法国发生的社会变革可能或多或少被他遗忘了。从历史上看，我知道我没错，贵族在发现家族没落的确凿迹象后，会毫不犹豫地去找洗烫女工或者洗涤缝补女工来更新后代的基因，只是如今要到更远的地方去寻找罢了。可是从埃梅里克现在的状态来看，他还具备常识吗？然后，我有一个更普遍更生物学方面的疑问：费那么大的劲去拯救一个被打败的老男人有什么意义呢？我们差不多处在同一个境况，我们的命运不同，但结局没什么两样。

此刻他真的睡着了。也许我没有白费口舌，也许那个摩尔多瓦女孩会溜进他的梦乡。他直挺挺地坐在长沙发上，睁着眼睛呼呼大睡。

我知道第二天甚至可能接下来的那几天都不会再见到埃梅里克，他会为自己的坦白感到后悔，他会在三十一号回来，因为三十一号晚上你什么事情也做不了，反正这种事我已经遇到过好几次了，但我跟他不一样，我对交际应酬常常无动于衷。我还要独自一人待上四天，马上就感觉到仅仅靠那些鸟是不够的，不管是电视还是那些鸟，不管它们是合在一起还是分开，都可能不够。就在这时我想到了那个德国人，从二十七号早晨起，我就把我那副施密特本德望远镜瞄准了那个德国人，其实我很愿意当警察，混入到别人的生活中，深入他们的秘密。对那个德国人，我并不期待有什么引人入胜的事发生，但我错了。下午五点钟左右，一个小女孩敲他房门；总之是个小女孩，一个十来岁、留着淡褐色头发的小女孩，长着一张娃娃脸，但个头比她那个年龄的孩子要高。她是骑单车来的，应该就住在附近。当然，我马上就怀疑这是一起恋童癖：一个十岁的女孩能有什么理由去敲一个四十岁的厌恶人类、阴险可怕的人，而且还是个德国人的门？难道是让他给她朗诵席勒的诗作？但更有可能是为了让她看他的鸡巴。而且那个人完全长着一副恋童癖的模样，四十岁，有学问，离群索居，不懂如何跟别人交际，跟女人更不能，我心里是这么想的，然后才意识到别人有可能也是这么想我的，他们有可能用一模一样的语句来描述我，这让我很恼火，为了让自己平静下来，我把望远镜对准那间小屋的窗户，但窗帘拉上了，这天晚上我没能发现更多的情况，只知道小女孩差不多两个小时之后才出来，在骑上自行车之前查看了手机上的信息。

第二天，她差不多在同一时间回来，但这一次德国人忘记拉窗帘，让我有机会看到安装在三脚架上的摄像机：我的怀疑得到了证实。很可惜，女孩一到，他就发现窗帘是开着的，便径直朝窗户走来，让我看不到房里的情况了。我这副望远镜性能卓越，我清清楚楚地看到了他脸上的表情，他处在极度兴奋的状态，我甚至感觉到他当时流着口水；我可以肯定的是，他那边，他对我的监视没产生丝毫的怀疑。不到两个小时之后，那女孩像前一天一样离开了。

第三天，同样的剧情仍在重复上演，只是我短暂地觉得看见了那个女孩从远景中经过，穿着 T 恤衫，光着屁股；但那一幕模糊不清而且稍纵即逝，我一直聚焦那个家伙的脸，这种不确定实在让人恼火。

三十号上午终于出现了一个机会。十点钟左右，我看见他准备离开，在他的四驱车（是一辆珍藏版的路虎卫士，可能是一九五三年或之类的款式，那白痴还不只是一个厌恶人类的家伙，可能还是个恋童癖，但同样还是个最恶劣的冒充高雅的人，他为什么就不能像所有的人、像我一样满足于开一辆奔驰四驱呢？他要为此付出代价，他要为此付出高昂的代价），总而言之这个恋童癖（我之前没有注意到，但他确实长着一副德国大学教授的脑瓜，一个请病假或者更有可能是科研假的德国大学老师，他可能要观察阿格海角[1]附近的柯坦登半岛西北部地区的北极燕鸥），总而言之他在他的路虎卫士后备厢里放了一个冰柜，柜子里一定装了几瓶特别的巴伐利亚啤酒，以及一个可能装了三明治的塑料袋，足够他吃一个上午，他可能赶在每天下午五点钟的例行约会之前回来，是采取行动、揭开他的真面目的时候了。

我仍旧等了一个小时，确定他不会回来，然后闲荡着，平静地朝他的度假小屋走去。我带了应急工具箱，这工具箱一直放在我的奔驰车后备厢里，但他的房门压根就没关，这种对别人的信任真的令人吃惊，当人们到达芒什省后，就觉得自己进入了一个雾蒙蒙的、安宁的、远离惯常的人类利害关系、从某种意义上说远离邪恶的区域，反正这就是他们对芒什的印象。

[1] 法国诺曼底柯坦登半岛顶端的海角。

不过，还是要重新启动电脑，他一定是担心睡眠模式耗电，他可能有生态信仰，但不用输密码，这个就彻底让人瞠目结舌了，如今所有人都设密码，甚至六岁孩子用的平板都有密码，这家伙是哪一路神仙啊？

他的文件按年月归类，在十二月份的文件夹里，只有一个视频，标题是“娜塔莉”。我从未看过恋童癖视频，我知道它们存在但仅此而已，我当即就感觉到拍摄过程的不专业会让我难以忍受，从最初的几秒钟开始他就不小心地将摄像机镜头对准了浴室的地砖，然后才往上移向那个正在化妆的女孩子的脸，她在嘴唇上抹上一层厚厚的口红，非常厚，都溢到外面了，然后在眼睑上涂蓝色眼影，但也没涂好，弄出了污块，可是鸟类学家好像非常喜欢，我听见他喃喃地说：“好……好……”这是到目前为止这部影片有点令人恶心的地方。然后，他尝试了拉镜头，好吧，说得更准确些是他往后退，只见那个女孩站在浴室的镜子前面，身上除了那条小小的牛仔布运动短裤外，都是光着的，就是她来时穿的那条。她几乎没有乳房，好吧，只能看见一个小肿块，一个承诺。他说了几句话，我没听懂，她立即脱下短裤，在浴室里的小圆凳上坐下，然后她叉开腿，开始把中指放在猫猫上，她长着一个小猫猫，已经成形但完全没有毛，我猜这个时候一个恋童癖应该真的开始兴奋了，实际上我听见他的呼吸越来越急促，摄像机有点抖动。

突然镜头换了，那个女孩出现在客厅里。她已经穿上了一条苏格兰花呢迷你裙，正在穿网状的长筒袜，并把它们固定在吊袜腰带上——所有这些对她而言都有点大，应该是成人的衣服，特小号的，好吧，还行但比较勉强。然后她在胸前绑了一件小胸衣，同样是苏格兰花呢料的，我觉得她这么做是对的，即使没有乳房，也让人觉得有。

然后是一个有点混乱的片段，这期间他找了一盒磁带放进录音机里，我不知道现在还有这玩意儿，好吧，这个也像那辆路虎卫士，属于复古风。那女孩静静地等着，胳膊晃来晃去。这首歌开始的时候我很难听出来是什么歌，好像一九七〇年代末或者一九八〇年代初的迪斯科之类的东西，也许是科罗拉乐队[1]的，但那个女孩子反应迅速，她马上就开始旋转和跳舞，就是在这个时候我开始真的感到恶心，不是因为内容，而是拍摄，德国人一定是蹲在地上对她进行仰拍，他一定像个老蛤蟆一样在她周围跳来跳去。那女孩跳得真的充满激情，被节奏带着，时不时地让小裙子转起来，使鸟类学家有非常好的角度欣赏到她的小屁股；有时候，她面对镜头一动不动，叉开双腿，放一两根手指进去，然后把手指插进嘴巴，久久地嘛着，无论如何，他越来越兴奋，摄像机的镜头真的越来越混乱了，我开始有点烦了，这时他平静了下来，他把摄像机安在三脚架上，

[1] 意大利的欧舞劲旅乐队。

坐回到长沙发上。小女孩继续跟着音乐旋转了一段时间，德国人则充满爱慕地看着她，他已经高潮了，但显然是心理上，还剩下生理层面的，我猜想他已经开始撸自己了。

磁带突然停止了，发出一声清脆的咔嗒声。小女孩行了一个小小的屈膝礼，咧嘴嘲讽地微笑了一下，然后走到那个德国人身边，在他的两腿之间跪下——他褪下了裤子但没有脱掉。他没有动三脚架上的摄像机，所以差不多什么都看不见——跟所有的，包括业余的色情录像的惯例相反。尽管年纪小，那个小女孩好像很胜任自己的任务，鸟类学家时不时地发出一声满意的嘀咕声，不断地说着一些类似“我的爱”之类的话，总之，他好像非常珍爱这个女孩，一个如此冷漠的家伙会这样，叫我真的不敢相信。

我看到这里，视频快要放完了，我觉得射精不会要很久了，突然，我听见砾石小路上传来的脚步声。我一跃而起，随即意识到没有其他出口，没有任何办法能够避免与他正面交锋，而且这场交锋很有可能是致命的，他会把我杀死，然后再侥幸逃脱，他没有太多的机会，但他有侥幸心理。他走进房间时，吓了一大跳，人几乎僵住了，他的整个身体都在颤抖，有一刻我希望他晕倒，可他最终没有倒，他稳稳地站在那里，他的脸涨得通红。“我不会去告发你的！”我吼道，我感觉必须吼出来，感觉一声大吼才能让我抽身而出，但我马上就明白他可能听不懂“告发”这个词的意思，我开始吼得更大声了：“我不会讲出去的！我不会跟任何人说的！”然后我又重新开始吼了好几遍：“我不会讲出去的！我不会跟任何人说的！”一边吼一边开始向大门靠近。我一边吼一边举起双臂，举在前面，以示无辜；他应该没有任何实施身体暴力的习惯，这是我的希望，我唯一的机会。

我继续缓缓地往前走，用更低的声音和一种我希望萦绕不去的节奏重复说道：“我不会讲出去的！我不会跟任何人说的！”当我走到离他不到一米远的地方，我不知道是不是进了他的私人领域，只见他猛地往后面一闪，为我让出了出门的通道，我朝门口冲过去，继续在路上奔跑着，不到一分钟时间我就把自己锁进了度假小屋。

我给自己倒了一大杯香梨酒，很快恢复了理智：处境危险的人是他，而不是我；是他面临三十年不能减刑的监禁，而不是我；他不会磨叽太久。实际上，不到五分钟之后，我看见他——这副望远镜确实很棒——把行李放进路虎卫士的后备厢里，坐上驾驶席，然后消失在未知的命运之中。

三十一号早晨，我几乎心情平静地从床上爬了起来，目光安详地环视着那一片风景如画的度假小屋，眼下我是唯一的住客了；要是那个鸟类学家驾驶技术娴熟的话，此刻应该到美因茨或者科布伦茨[1]附近了，他一定很开心，是那种死里逃生、只需面对普通烦恼时的短暂的开心。我把注意力集中到那个德国人身上的同时，并没有忽视那些岸边采贝捞鱼的人，整个星期他们都是成群结队络绎而来，我们的确是在放假期间。我在圣尼古拉-勒-布雷阿[2]的U超市购买了一本由西部法国出版社出版的精品小指南，它向我揭示了岸边采捞现象波及范围之广，以及某些动物种类的存在，譬如铠甲虾、北极贝、不等蛤、唱片蛤，更不要提射线斧蛤，可以用切细的香芹、大蒜拌油和醋制成的调料放在平底锅里一起煮。我敢肯定，那边有个

[1] 美因茨和科布伦茨均为德国城市。
[2] 法国芒什省的一个市镇。

社交宴饮聚会，我以前在法国电视一台上看过他们介绍这种过节似的生活方式，电视二台播放的要少一些，人们按家庭、有时是成双成对的朋友相聚在一起，然后他们在火炭上烤竹蛏或者蛤蜊，边吃边有节制地喝着麝香葡萄酒，在那里我们面对的是一个更高的文明阶段，而在岸边捕点鱼就能满足野蛮的食欲。这种捕鱼方式并非没有风险，那本指南直截了当地提醒我：龙騰可以让人遭受剧烈的疼痛，那是最剧毒的鱼；不等蛤很容易捉到，但唱片蛤就需要耐心和敏捷的身手；捉鲍鱼没有长柄钩想都不要想；要知道的是，没有任何痕迹能让你找到文蛤。这个先进的文明阶段我还没有达到，德国恋童癖就更达不到了，那个恋童癖这时候应该到德累斯顿附近了，甚或已经到了波兰，在那里引渡变得更加困难。像每天一样，那个小女孩在十七点钟前后把她的单车停在鸟类学家房子的门口。她敲了很久的门，然后走到窗户边透过窗帘往里瞧；然后她返回到门口，又敲了很久才放弃。她的表情很难破译，看上去并不真的难过（还没到时候?)，不如说是吃惊和生气。这时我寻思那个鸟类学家是否付过钱给她，这没有办法知道，但依我看答案可能是肯定的。

大约在晚上七点钟左右，我径直朝城堡走去，是时候把这一年做个了断了。埃梅里克不在城堡，但他做了一些准备工作，餐厅的桌子上摆好了猪肉食品，有维尔[1]的香肠和手工

[1] 法国卡尔瓦多斯省一个市镇。

做的猪血香肠，另外一些肉食更多是从意大利进口来的，另外还有奶酪，至于喝的东西总会有的，这一点我无需任何担心。

到了夜晚，牛棚成了一个安静的地方，三百头奶牛群发出由叹气、低哞和在麦秆——因为有麦秆——中来回移动声组成的柔和的声音，埃梅里克使用麦秆，拒绝用更方便的格子盖板，坚持生产厩肥，用厩肥来覆盖他的田地，他的目标是真正按旧时的劳动方式来劳作。有一刻，我想到从财务的角度看他是没救了，不禁悲从中来，然后又有别的事情，奶牛轻柔的哞哞声，厩肥一点都不令人讨厌的气味，所有这一切让我刹那之间觉得自己在这个世界上没有一席之地，尽管我们无须说得那么夸张，但我觉得自己无论如何都只是动物群里的有机的连续性的一环。

埃梅里克用作办公室的那个小破房间亮了灯，他坐在电脑后面，头上戴着一副耳机，被屏幕上的内容吸引住了，到最后一秒钟才注意到我。他忽地站起来，做了一个荒谬的保护动作，仿佛试图不让我看到屏幕上的画面，而我却无论如何都不可能看到。“别担心，不用着急，别担心，我回城堡……”我做了一个含糊的手势（我可能无意识地试图模仿神探可伦坡[1]，神探可伦坡对我那一代年轻人产生过巨大的影响），然后往回走。我一边说话一边举起双臂，就像前一天晚上对付那

[1]《神探可伦坡》是著名的美国经典电视电影系列，由彼得·福克主演。

个德国恋童癖一样，但很可惜，这一次面对的不是恋童癖，但比恋童癖还要糟糕，我敢肯定，他在这一年的最后一天一心想要通过Skype跟伦敦那边打网络电话，肯定不会跟塞西尔通话，但千真万确想跟两个女儿说话，他一定每周通过Skype和他的女儿至少通话一次。“你好吗，爸爸?”我知道是这样，就像我也在场一样，我很清楚小女孩们的态度，一个古典钢琴师能给她们一副威风凛凛的父亲形象吗?很显然绝对不能（拉赫玛尼诺夫[1]也许可以?），只不过是个伦敦基佬而已，而她们的爸爸却是跟成年奶牛打交道的，再怎么说也是身形庞大的哺乳动物，至少五百公斤呢。而他，他能跟自己的两个女儿说些什么呢，很显然只有一些蠢话，他会跟她们说他挺好的，这蠢货好什么好，事实上他一点都不好，因为她们不在身边他都快死了，从更普遍的意义上说是因为他缺少爱。因此，从各种可能性来分析，他完蛋了，我重新穿过院子的时候心里想道，他可能永远也摆脱不了这个破事，可能会为此痛苦直到生命结束的那一天，我说得天花乱坠的那番关于摩尔多瓦女郎的话语可能毫无意义。我心情沮丧，我给自己倒了一大杯伏特加，懒得等他了，一边大口吃着一截截手工猪血香肠，我心想，显而易见，一个人对别人的生活是爱莫能助的，不管是友谊，还是同

[1] 谢尔盖·瓦西里耶维奇·拉赫玛尼诺夫（1873—1943），出生于俄国的美国作曲家、指挥家及钢琴演奏家。

情，还是心理学，还是逢凶化吉的本领都没有用，人们自己为自己制造不幸的机械装置，他们给它上紧发条，机械装置继续运转，不可抗拒地运转，当毛病出现时，会出现不顺畅和卡顿，但它会继续运转，一直到头，到最后一秒钟。

埃梅里克一刻钟之后才到，他装出一副轻松的样子，仿佛为了让我忘记先前发生的那一幕，但这更加印证了我的想法，以及我的无能为力。我却没有完全平静下来，没有完全顺从，我一开口就直奔最能让他受伤的话题。

“你要离婚吗?”我非常平静地问，语气几乎很冷淡。

他一屁股跌坐在沙发上，我给他倒了一大杯伏特加，他至少花了三分钟才把嘴唇凑到杯口，有一刻我甚至觉得他准备开始哭了，哭起来会很尴尬。他要跟我说的没有任何新意，人们不仅互相折磨，而且完全缺乏新意地相互折磨。看见一个自己爱过的人，一个跟你一起过夜一起醒来，有可能一起生病，一起为孩子的健康操心的人才几天工夫就变成吸血鬼，变成一个贪得无厌的哈尔比亚[1]，显然是很沉痛的事情；这是一种沉痛的经历，你永远也不会彻彻底底地从那里走出来，但从某种意义上讲它可能对身心有益，离婚也许是结束爱情的唯一有效的方式（显然你要把爱情的终结看成是一件可能对身心有益的

[1] 希腊神话中司暴风的有翅女怪，转指贪婪、凶恶的妇人。

事情），就我本人而言，假如我娶了卡米耶然后离婚，也许我会成功地做到不再爱她——恰好就是在这个时刻，在听埃梅里克讲他的故事的时候，我第一次没有任何提防、伪装，也没有任何程度的保留，让自己意识到这个沉痛、残忍、致命的明摆着的事实——我依然爱着卡米耶。很显然，这个除夕夜一开始就非常不顺。

埃梅里克的情况就更加糟糕，即使他停止对塞西尔的爱，那对他也没有任何帮助，他有两个女儿，那是十足的陷阱。在经济方面，他的故事虽然与离婚案件中常见的情况别无二致，但也有一些特别令人担忧的方面。夫妻共同财产只算结婚后的共同财产，这挺好，这是常用的夫妻财产制，但是婚后获得的共同财产，在他这种情况，绝对是不可以忽视的。首先有农场，新建的牛棚，农业机械（农业属于一种重工业，它投入巨大的成本却只能获得微薄的收入或者根本没有收入，在埃梅里克的情况中甚至是负收入）：资产的一半属于塞西尔吗？他的父亲克服了对法律手腕、律师团成员以及可能更经常的对法律的厌恶，决定为他聘请一名律师，是赛马俱乐部的一名熟人推荐给他的。顾问律师的最初结论相对令人放心，至少就农场而言是这样：土地仍然属于埃梅里克的父亲，他进行的所有改造，新的牛棚，机械，同样也可以这么算；从法律上来说，埃梅里克只是一种财产代管人的观点有可能获得支持。至于那些度假小屋则另当别论：酒店业务和所有的建筑都在他的名下，唯有土地依然是他父亲的财产。要是塞西尔执意要求平分度假小屋的资产，他们可能没有别的选择，只能将酒店业务变卖来偿还债务，等着一个买主出现，那可能需要时间，可能需要好几年。总之，埃梅里克用一种混合了绝望和厌恶的语气做了总结，在离婚时，随着离婚程序的启动，各种交易、协商、律师和公证人的建议与反建议相继而来，这种绝望和厌恶的混合最后终将成为你长久的精神状态，总之这场离婚会旷日持久。

“另外，对我父亲而言，他是不可能将临海的地块出售的，就是建了度假小屋的那些地块，他永远也不会做那样的决定……”他补充道，“几年来他一直在克制着不让自己发火，每一次我被迫卖掉一块地来维持收支平衡时，我都知道他很痛苦，那简直是在剜他的肉，你要知道，对于一个传统的贵族——他就是一个传统贵族，确确实实——来说，最重要的，是把家族产业传给子孙后代，如果可能的话还要将它扩大一点，但至少不能减少，可从一开始这就是我所做的事情，我把家族产业减少了，但我没有其他轻易摆脱困境的办法，所以他一定烦透了，他可能希望我放弃，上一次他直言不讳地对我说：‘阿库尔家族的志向从来就不是做农民……’他这么跟我说，也许是真的，但我们家族的志向也不是做旅馆老板，可很奇怪他很喜欢塞西尔的计划，精品酒店计划，但可能只是那项计划可以帮他修复城堡，相反对于度假小屋，他压根就不在乎，要是明天有人用反坦克火箭筒把它们统统炸掉，他都会觉得无所谓。最叫人受不了的是，我父亲那个人一辈子几乎没做过什么有用的事——他满足于参加一些婚礼、葬礼、围猎，时不时到赛马俱乐部喝一杯，我想他也有过几个情妇，但没做过任何过分的事情——他把阿库尔家族的遗产完好无损地保留了下来。我呢，我试着筹划一些事情，累得半死不活，我每天五点钟起床，我每天晚上都在算账——到头来的结果却是：我把这个家族搞穷了……”

他已经讲了很久，这一次他真正彻底地把他自己的事情跟我交了底，我猜想很快就要到午夜时分了，我建议他放点音乐，这是很长一段时间以来唯一该做的事情，在我们这种情况下唯一可能做的事情，他感激地表示同意。现在我不怎么想得起他放的是什么，因为我当时可能已经完全喝醉了，烂醉而且绝望，再次想到卡米耶，一下子把我打回了原形，在这之前我还觉得自己是个坚强的爷们，睿智，还懂得安慰别人，然后顷刻之间我就只是一个彻底完蛋、毫无价值的废物了。不过，我相信他放的是最好的音乐，他最珍爱的音乐。我唯一能确切回想起的是，那是一张以《时代的孩子》[1]命名的唱片，是一九七〇年在杜伊斯堡[2]制作的盗版，他的杰士号角皇音响的

[1] 英国深紫摇滚乐队 1970 年演唱的一首歌曲。

[2] 德国城市，位于鲁尔区西部的下莱茵。

音质真的非常卓越。从美学观点来看，那也许是我一生最美好的时光，我要在美还是能派上一点用场的情况下特意强调这一点，总之我们必定把它反复放了三四十遍，每一遍都听得心醉神迷，在琼·洛德[1]弹出的沉着冷静键盘音色的映衬下，伊恩·吉兰[2]用飞翔的声音从吟哦到歌唱，然后从歌唱到嘶吼，然后又回到吟哦，紧随而来的是伊恩·派斯[3]那壮丽的独奏华彩乐段，无可否认，有琼·洛德用一贯的特效和雄浑为他衬垫，可是伊恩·派斯的独奏华彩乐段依然气势磅礴，那可能是摇滚音乐史上最美的华彩乐段，然后吉兰回来了，牺牲的部分十分完美，伊恩·吉兰再次飞翔，从吟哦到歌唱，然后从歌唱到纯粹的嘶吼，可惜的是，这一段很快就结束了，只能把唱针重新放到开始的地方，我们也许可以永远像这样生活下去，永远，我不知道，这可能是个梦幻，却是一个美丽的梦幻。我记得，我和埃梅里克一起去体育馆听过深紫乐队的演唱会，那是一场很精彩的音乐会，但无论如何还是比不上杜伊斯堡的那一场。我们已经老了，那样的时刻如今变得稀少了，但是所有那一切会在我们临终之时回来，在他的临终之时就像在我的临终之时一样，我的情况是会有卡米耶，可能还有凯特。我不知道

---

[1] 强纳森·道格拉斯·洛德（1941—2012），昵称琼·洛德，生于英国英格兰莱斯特，著名作曲家、钢琴家、电子琴演奏家，曾任深紫乐队与白蛇乐队的键盘手。

[2] 伊恩·吉兰（1945—　），深紫乐队的摇滚歌手。

[3] 伊恩·派斯（1948—　），深紫乐队的打击乐器演奏者。

自己是怎么回去的，我记得自己抓了一截手工做的猪血香肠，我开着我那辆四驱车，久久地嚼着香肠，但没有真正嚼出它的味道来。

一月一号早晨，像世界上所有的早晨一样，来到了我们成问题的生活之中。我也起来了，对这个早晨做了稍许的关注，这个早晨有雾，但不是特别大，是一个普通的轻雾的早晨；祝贺新年的节目在主要娱乐频道继续进行，但那些歌手我一个都不认识，我好像觉得拉丁美洲的超级美女把地盘让给了相关的凯尔特女郎，但我对生活的这一方面只有一个次要的、大概的、大致乐观的看法：假如这是公众的兴趣决定的，那么，从某种意义上来说，这是好事。大约在下午四点钟，我径直朝城堡走去。埃梅里克恢复了平常的状态，也就是说忧郁、固执和绝望的状态；他有点无意识地拆卸和重装他那把施迈瑟突击步枪。这时，我跟他说我很想学习射击。

“哪方面的射击？自卫，还是运动射击？”见我谈到了一个具体的、技术性的、轻松话题，尤其是我没有回到前一晚的谈话时，他看上去显得很高兴。

“我觉得，两者兼而有之……”实际上，在我与鸟类学家狭路相逢时，我觉得有把手枪心里会更踏实一些；但是，在精确射击方面也有什么原因长久以来吸引着我。

“防御性武器的话，我可以给你一把短筒的史密斯威森[1]——没有长筒那么精确，但更方便携带。规格为357马格南[2]，在十米远的地方让对方致命没有任何问题，而且使用起来超级简单，我用五分钟就能跟你解释清楚。至于运动射击……”他的声音变得更加洪亮，我从中感觉到一种颤抖的激情，这种激情我已经很多年没在他身上感受到，实际上从我们二十岁之后就没感受过，“运动射击，我真的热爱过，你知道，我干过好几年。那真的棒极了，当你瞄准靶子的时候，你什么都不会再想，你会忘记一切烦恼。在我搬到这里最初的那几年，非常艰苦，比我想象的要艰苦得多，我觉得要不是可以打打枪，我可能忍受不下去。现在，很显然……”他把右手抬平，实际上不一会儿那只手就开始哆嗦，很轻微但无可置疑。“伏特加……绝对不相容，必须选择。”他有选择吗？有没有人有选择？对此我充满怀疑。

“对于运动射击，我确实有过一把我喜欢过的武器，一把斯太尔-曼利彻尔[3]，HS50型，你要是想用的话我可以把它借

[1] 美国最大的手枪军械制造商，由美国人贺拉斯·史密斯与丹尼尔·威森于1855年创办。

[2] 史密斯威森1934年推出的一种左轮手枪的子弹规格。

[3] 奥地利武器制造商。

给你，但是我得检查一下，得彻底拆洗，我已经三年没用过，我今晚就弄一下。”

他朝他的武器柜走过去的时候身体有轻微的摇晃，武器柜有三扇推拉门，门后有二十来件武器——有步枪、卡宾枪和几把手枪——以及数十盒堆放在一起的子弹。那把斯太尔-曼利彻尔让我大吃一惊，它一点也不像卡宾枪，而是一把普通的深灰色的铁铳，抽象得不得了。“当然，还有些部件，需要重新组装……但我向你保证，枪管加工的精确才是最重要的……”他把枪管拿到灯光下，让我欣赏；是的，就是一把短铳，无疑是一把完美的短铳，我准备同意。“好的，我会把它弄一下……”他没有过多强调就下结论道，“我明天把它带给你。”

果然，第二天早上才八点钟，他的皮卡就停在了我的度假小屋前面，他真的处在一种不同寻常的兴奋状态。那把史密斯威森大家都懂不必多讲，用起来莫名的简单。而那把斯太尔-曼利彻尔就是另外一回事了，他从后备厢里拿出一个硬聚碳酸酯保护匣，将它小心翼翼地放在桌子上。四个深灰色的钢部件严丝合缝地平卧在匣子里面的泡沫凹槽之中，这些部件全都极度精密，没有一个部件能让人直接联想到一件武器。他让我安装和拆卸了好几次：除了枪管之外，还有一个枪托、一个弹夹和一个三角支架；几个部件全部组装起来之后依然不像一把通常意义上的卡宾枪，但更像一种金属蜘蛛，一只致命的蜘蛛，没有一样审美装饰，没有一点金属被浪费，我开始理解他的狂热激情了，我觉得我从未见过这样的、给人如此完美印象的科技工艺品。最后，他在这个金属组件的顶端加了一个瞄准镜。“这是施华洛世奇[1] DS5，”他解释道，“在运动射击圈常常被人诟病，在竞技中甚至明令禁止使用，你要知道子弹的轨迹不是直线，它必然是抛物线，运动射击机构认为这属于比赛的一部分，竞赛者考虑到抛物线偏差，习惯瞄准比靶心高一点的位置是很正常的。施华洛世奇有一个内置的激光测距仪，它能估算你和靶子间的距离，并主动纠偏，所以你就不用考虑抛物线偏差的事，只需瞄准靶心即可，正好瞄准靶心。运动射击圈的那些人都是些食古不化的人，他们很喜欢毫无意义地让简单事情复杂化，就因为这个我很快就放弃了比赛。总之，我找人定做了一个枪箱，为施华洛世奇预留了一个位置。但最重要的还是武器本身。我们把它拿出去试一下……”

他从房间的衣柜里拿出一条毯子。“我们将直接从俯卧射击姿势开始，那是最佳的射击姿势，能让你进行最精准的射击。但你趴在地上时要保持舒适，不能让自己受地上的寒气和潮气的影响，否则你可能会发抖。”

我们在向大海倾斜的斜坡顶部停下，他把毯子铺在草地上，向我指了指一百来米远的地方一条埋在沙子里的小船。“你看

---

[1] 奥地利光学器材及精确切割仿水晶制造商。

到船身上涂漆的那个号牌吗，那个 BOZ－43？你试一下，射一颗子弹到那个 O 的中心。那个 O 直径差不多有二十厘米；用斯太尔-曼利彻尔的话，一个优秀的射击手在一千五百米远的地方毫不费劲就能做到；不过，你还是从这里开始。”

我在毯子上趴下。“摆好姿势，不要心急……摆好后就没有任何理由动了；没有任何理由，除了呼吸……”

我没费太大的劲就做到了；枪托抵肩的那一面呈弧形，很光滑，很容易就安放到了我的肩窝里。

“有些信禅的家伙会告诉你，最重要的是与你的靶子融为一体。我不相信，那纯粹是瞎扯，而且日本人在运动射击方面都非常差劲，他们从未赢得过国际赛事。从另一方面讲，精准射击的确很像瑜伽：你试着和你自己的呼吸融为一体。你要慢慢呼吸，越来越慢，尽可能缓慢深入地呼吸。然后，当你准备好了，就瞄准你的目标中心。”

我照他说的做了。“很好，能行吗？”我点了点头。“那么现在你要知道的是，你不要追求绝对的一动不动，那根本就不可能做到。你一定会动的，因为你要呼吸。但你要做到的，是非常缓慢的移动，由你的呼吸来控制，围绕靶心匀速地来回移动。一旦你做到了，一旦你掌握了这个运动的要领，你只需在移动到靶心的时候扣动扳机就行了。只要轻轻一扣，无须更大的力，它已经调得非常灵敏了。HS50 是单发型；你想再射击的话，必须重新装子弹；就因为这个，狙击手在真正打仗时不怎么使用它，他们首先想要的是效率，他们上战场就为了杀人；我呢，就我个人而言，我觉得只有一次机会挺好的。”

我短暂地闭了一下眼睛，免得去想只有一次机会对个人会造成什么影响，然后我重新睁开眼睛；进展顺利，就像他先前跟我说过的那样，BOZ 三个字母在我的瞄准器中来回移动，我在我觉得合适的时候扣动了扳机，一个微弱的声音，轻微的啪的一声。这种经历确实妙不可言，我刚刚在时间之外，在一个纯弹道空间中度过了几分钟。我重新直起身子，看见埃梅里克用望远镜对准了那条小船。

“不错，真的不错……”他转身对我说道，“你没打中靶心，但你把子弹射进了 O 的油漆上，总之，你离目标相差十厘米。第一次射击，在一百米远的地方，要我说这种成绩已经非常棒了。”

临走之前，他建议我多花时间训练射击固定目标，然后再过渡到“活动目标”。那几个号牌字母太完美了，能让你明确地找到自己的目标。他说那条小船，我可以随便打，打烂了都没有关系，当我表示异议时，他回答说，他认识船主（附带说一句那是个十足的白痴），那条船很有可能永远也不会出海了。他给我留了十盒子弹，每盒有五十发。

接下来的那几个星期里，我每天早晨至少练习两个小时。我不能说“我忘记了所有的烦恼”，那把话说得太过头了，但是我每天早晨确实经历了一段平静的、相对安宁的时期。再加上卡普托利克斯的帮助，这是不能否认的，我每天的酒精剂量也一直保持节制；而且令人欣慰的是，卡普托利克斯，我用的是十五毫克的剂量，略低于最大剂量。没有了欲望和生活的理由（这两个术语能等同吗？这是个很难回答的问题，对此我没有比较成熟的看法），我把自己的绝望保持在一个可以接受的水平，你可以一边绝望一边生活，事实上大多数人都这样生活，他们时不时还是会问自己是否有可能出现一线希望，在做出否定的回答之前，至少他们问了自己这个问题。然后，他们一直坚持着，这可是一幅感人的景象。

在射击方面我进步得非常快，快得连我自己都非常吃惊；不到两个星期，我不仅成功地把子弹射进了那个 O 的中心，而且还打进了字母 B 那两个闭环里面，然后还有数字 4 的那个三角形里面；这时，我想到了“移动目标”。海滩上不乏这种目标，最显而易见的，是那些海鸟。

我这辈子还从未杀过一只动物，这种情况没出现过，但原则上，我并不反对那么做。工业养殖越是让我反感，我对狩猎越是没有任何原则性的反对，狩猎让动物生活在自然环境中，让它们自由地奔跑和飞翔，直到被食物链中更高级的捕食者杀死。这把斯太尔-曼利彻尔 HS50 把我变成了食物链当中一个非常高端的捕食者，这是没有任何疑问的；只不过我从未把枪对准一只动物。

一天上午，刚过十点钟，我就下定了决心。我舒舒服服地在斜坡顶的毯子上趴好，天气凉爽宜人，目标有的是。

我长时间瞄准一只鸟，那既不是小海鸥，也不是大海鸥，绝不是那种很有名的鸟，只是一只不起眼的小鸟，长着两条长腿，我在海滩上已经见过很多次，从某种意义上说它属于海滩上的无产阶级，其实就是一只愚蠢的鸟，露着不怀好意的眼神，一个小小的、在两条长腿上移动的杀戮机器，它那机械的可预见的步伐在它发现一个猎物之时才会停止。打爆它的脑袋，我就可以挽救大量的腹足类软体动物，以及大量的头足动物，总之我在食物链中引入一点小小的变化，而我本人对此并无兴趣，这种凶恶的小鸟恐怕是不可以食用的。我只需要记住我是人类，是主宰，世界是由一个公正的上帝为了我的方便而创造的。

对峙持续了好几分钟，至少三分钟，更可能有五分钟或者十分钟，然后我的手开始颤抖，我明白自己是不可能扣动扳机了，我显然只是一个懦夫，一个可悲的毫无价值的懦夫，而且还老气横秋。“没有杀戮的勇气焉能有生活下去的勇气”，这句话在我的脑海里不住地循环，但只循环出了一缕缕痛苦。我返回度假小屋，搬出十二个空酒瓶，将它们随意地摆放在斜坡边上，然后用不到两分钟的时间把它们打得粉碎。

刚把所有那些瓶子打碎，我就发现我库存的子弹已经用完了。我已经两个星期没见到埃梅里克，但我看见他新年一开始就接待了很多来访——很频繁，一些四驱或者皮卡停在城堡的院子里，我看见他陪着一些与他同龄的人走回到汽车边，他们都和他一样穿着工作服——可能是当地的农户。

在我到达城堡前面的时候，他正和一个五十来岁的家伙一起出来，两天前我见过这家伙——他长着一副苍白、聪明和愁眉不展的脸；他们俩都穿着深色外套，系着与外套不搭配的海军蓝领带；我当即就确信是埃梅里克借了一条领带给另外那个家伙。他在介绍我时，说我是他的“一个朋友，租了一间度假小屋”，却没提及我从前在农业部工作过，对此我非常感激。那人叫弗朗克，是“芒什省联合会负责人”，他补充说道。我等了几秒钟他才明确说是“农民联合会”。他疑惑地摇了摇头，然后补充说道：“我时不时地想，我们是不是不该加入乡村合作社。我不知道，我不确定，现在我对什么都不确定……”

“我们要去参加一场葬礼……”埃梅里克补充说道，“我们在卡特雷有个伙计两天前开枪自杀了。”

“这是开年以来第三起……”弗朗克补充道。他计划两天后，星期日下午，在卡特雷组织一次联合会会议；假如我想去的话，会非常受欢迎。“我们无论如何得做点什么，我们不能接受奶价再次下调，假如我们就这么让它通过了，我们全都会完蛋，直到最后一个，最好尽快加以阻止。”在登上弗朗克的皮卡之前，埃梅里克投给我一个歉疚的眼神；我从未跟他提及我个人的感情生活，我对卡米耶的事只字未提，我此刻意识到了这一点，但是通常而言，没有必要说那么多，很多事情可以不言自明，他一定已经料到了我此刻的境况也不是很好，奶牛养殖户的命运很难唤起我对他们的深切同情。

晚上七点钟前后我回到城堡，埃梅里克已经喝掉半瓶伏特加了。葬礼上的情况可想而知；自杀者没有成家，他一直没有找到合适的女人结婚，他父亲已经去世了，母亲差不多已经老年痴呆了，她只是一股劲地哭，一遍又一遍地说时代变了。“跟弗朗克，我不得不跟他做了一番解释……”他歉疚地说，“我不得不向他承认说你对农业利害关系是了解一些的，但他没有怨恨你，你不能这样想，他很清楚公务员没有太多的回旋余地……”

我并非公务员，但这并没有让我的回旋余地得以增加，我想改喝伏特加，何必承受更多的痛苦呢？不过有样东西把我拦住了，我要埃梅里克开一瓶白葡萄酒。他同意了，在给我倒酒之前出乎意料地闻了一下它，就好像想起了一段幸福的时光。“星期天你去吗？”他几乎是用一种很轻松的语气问我，就好像在说一场气氛愉快的朋友聚会。我不知道，但我回答说“是的，可能吧”，可是，这场会议能整出个什么结果吗？是否要决定采取什么行动？依他之见是的，很有可能，养殖户确实怒不可遏了，至少他们会停止向合作社和牛奶厂运送牛奶。只是万一出现这种情况，万一两三天之后装满牛奶的槽罐卡车从波兰或者爱尔兰开过来时，他们该怎么办？用步枪堵住公路吗？就算到了那个地步，万一槽罐卡车在共和国保安部队的保护下又开回来了，他们又该怎么应对？开火吗？

“象征性行动”这个想法从我的脑海中一闪而过，但我在把话说完之前就已经觉得羞愧难当了。“把几百升牛奶倒在卡昂政府大楼前的广场上……”埃梅里克补充道，“很显然我们可以那么做，但那么做大众传媒的报道只会保留一天，不会更久，实际上我觉得我不想那么做。二〇〇九年我曾经跟一些人把几卡车的牛奶倒进圣米歇尔山海湾；那次倒奶给我留下很恶劣的回忆。每天早晨起来挤奶，装进槽罐卡车，然后把它们像一文不值的东西一样倒掉……我想我更愿意拿出枪来。”

离开之前，我又从他那里要了几箱子弹；我不会想到事情会朝武装对峙的地步发展，反正我什么都不会想到，但他们的精神状态中有什么令人不安的东西，一般来说什么事情也不会发生，但有时事情就发生了，在你还没有真正做好心理准备的时候就发生了。反正吧，练习一下射击对我不会有什么害处。

联合会的会议在卡特雷的“终点站广场”边一家非常大的酒馆里举行，我觉得广场取这个名字是因为正对面的那座旧火车站，车站已经改变用途，有一部分已经被杂草侵入。餐饮方面，卡特雷主要供应的是披萨。我到得太晚了，已经错过了发言环节，但依然有一百个左右的农民围坐在桌边，大部分人都在喝啤酒或者白葡萄酒。他们不怎么说话——开会的气氛一点都不欢快——当我朝埃梅里克的那张桌子走过去时还朝我投来不信任的目光。与埃梅里克同桌的还有弗朗克和另外三个家伙，那三个人脸上也是一样的理智和悲伤，给人的印象是都接受过教育，至少学过农学，总之可能是另外一些联合会干部，他们也一样不怎么说话，应该说这一次奶价的下调幅度太大（我当时在《自由芒什周刊》上了解到了一些情况），是对奶农的一次致命的打击，我甚至都看不到他们如何去设想可能的谈判基础。

“打扰你们了……”我试着用一种轻松的语气说道。埃梅里克不安地看了我一眼。

“没有，没有……”弗朗克回答道，他显得更加疲惫，比上一次更加垂头丧气。

“你们决定采取行动了吗?”我不知道是什么促使我问的这个问题，我甚至都不想知道答案。

“我们正在研究，正在研究……”弗朗克朝我投来异样的目光，从下往上扫视着我，有点敌视，但更多的是异乎寻常的悲伤，甚至很绝望，他跟我说话，就好像是在深渊的另一头，这时我开始真的觉得很尴尬，我在他们中间没有任何事情可做，我跟他们不是一边的，我也不会跟他们站在一边，我跟他们过的不是一样的生活，我的生活跟他们同样一点也不出彩但那不是同一回事，多说无益。我很快就告辞了，我待了不超过五分钟，但我觉得出来之后我已经明白这一次事情可能真的会往糟糕的方向发展。

接下来的那两天，我一直幽居在度假小屋里，把最后剩下的那些采购来的食物都吃完了，在不同的电视频道之间换来换去；有两次，我试图自慰。星期三早上，风景被一片一望无际的大雾笼罩，度假小屋十米开外的地方就什么也看不见；可我还得出去弄吃的，至少去班维尔-卡特雷的家乐福超市采购一些食品。那差不多需要半个小时，得非常小心翼翼地驾驶，时速不超过四十公里；时不时地，一些隐隐约约的淡黄色光晕提示另外一辆汽车的存在。通常情况下，卡特雷呈现在我们眼前的是一个风光旖旎的小型海滨浴场的景象，那里还有游船港、出售帆船设备的商店、供应海湾龙虾的风味餐馆；今天它却像一座幽灵城市，被迷雾笼罩，在去超市的途中我没遇见一辆车，甚至连一个行人都没碰到；通道上几乎没有人的家乐福超市就像最后一个有人类活动的文明遗址；我在那里采购了一些奶酪、猪肉食品和红酒，心里有一种疯狂而又执着的、我要遭受围城的感觉。

这一天余下的时间我都在海岸边的公路上行走，在一片絮了棉花一样的死寂中，从一团迷雾走进另一团迷雾，但自始至终都看不清下面的海洋；我的人生就像这片风景一样没有定形，朦胧不清。

第二天早上，从城堡门前经过时，我看见埃梅里克正在给一小群人分发武器，有十来号人，都穿着派克大衣和猎装。然后他们上了各自的汽车，朝瓦罗涅[1]方向进发。

五点钟左右我再次从那里经过的时候，看见埃梅里克的皮卡停在院子里，我径直朝餐厅走去：他和弗朗克还有另外一个家伙一起坐在那里，那是一个长着红棕色头发的巨人，看上去不那么容易相处的那种，他们向我介绍说他的名字叫巴纳贝。从表面上看，他们刚刚回来，武器放在触手可及的地方，已经

[1] 法国芒什省的一个市镇。

给自己倒上了伏特加，但还没有脱掉大衣——我发现餐厅里冷得要命，埃梅里克似乎放弃给那里供暖了，我也不确定他睡觉时是否脱衣服，他似乎正在放弃许多事情。

“今天上午，我们拦截了从勒阿弗尔港开来的运牛奶的槽罐卡车……是爱尔兰和巴西的牛奶。他们没料到面对的是一帮拿了武器的家伙，他们就乖乖地离开了。只是，几乎可以肯定，他们随后就去了警察总队。明天他们跟一帮共和国保安队一起来的时候，怎么办？我们跟原来没什么两样；我们已经到了危险的边缘。”

“我们必须坚持，他们不敢朝我们开枪，他们不可能那么做。”红头发巨人辩驳道。

“是的，他们不会先开火……”弗朗克说道，“但是他们会控告我们，会企图解除我们的武装，对抗不可避免。问题是，要明确，我们要不要开枪。无论如何，要是我们抵抗，我们明天晚上就要在圣洛的警察总队里过夜。但要是有死伤的话，事情的性质就变了。”

我充满疑惑地看了埃梅里克一眼，他一言不发，杯子在手里转着圈；他看上去很固执，很忧郁，他避开我的目光，这时我告诉自己我真的必须干预了，或者试着干预一下，如果还有可能的话。“听着！”我终于大声说道，但我并不知道接下来我想说什么。

“什么？……”这一次他抬起头来，直视着我的眼睛——他那率直的真诚的目光跟我们二十岁时他流露出的、让我一下子就喜欢上他的目光一模一样。“告诉我，弗洛朗……”他柔声地往下说道，“告诉我你是怎么想的，我要听听你的高见。我们是不是真的完蛋了，我们还可不可以试着做点什么？我应不应该试着做点什么？还是像我父亲那样，卖掉农场，到赛马俱乐部重新注册，像他那样平平静静地过完一生？告诉我你是怎么想的。”

我们从一开始就应该谈到这个问题的；从二十多年前我第一次登门拜访时起，那时他刚刚像个农民一样安顿下来，而我则更平庸地开始了一个管理人员的职业生涯，我们把这场对话推迟了二十多年，现在是时候了，另外两个突然之间沉默不语了；现在到我们俩了，他和我。

埃梅里克在那里等着，他的目光率直而又单纯，直视着我，我开始说话了，甚至都没完全意识到自己在说什么，我感觉自己在一个斜坡上往下滑，感到头晕目眩，有点恶心，就像每次准备把真话和盘托出时一样，而这种情况在一生中并不经常发生。“你知道，”我说道，“隔三差五就有一家工厂关闭，一个生产单位开始离岸外包，假设有七十个工人被解雇，BFM[1]资讯台就能看到一条新闻报道，有一支罢工纠察队，他们焚烧轮胎，一两个当地的政客就会露面，总之，会制造出一个新闻

[1] 法国一家连续滚动播放新闻的电视台。

题材，有趣的题材，有强烈视觉冲击力的画面，无论是钢铁厂还是针织用品业都是一码事，他们能制造出画面来。而在这里，你们每年有数百号农户破产失业。”

“或者开枪自杀……”弗朗克审慎地插了一句，然后他摆了摆手，就好像为自己失言感到抱歉一样，说完他的脸重新阴云密布，令人捉摸不透。

“或者开枪自杀，”我接过他的话，“五十年来，法国农民的人数急剧下降，但仍然下降得不够。必须再减掉一半或者三分之二才能达到欧洲标准，达到丹麦或者荷兰的标准——好吧，我说这些，是因为你们提到乳制品；水果嘛，可能要对比摩洛哥或者西班牙。现在有六万多奶牛养殖户；十五年后，依我之见，将只剩下两万。总之，眼下在法国农业领域发生的事情，是一个巨大的社会计划[1]，是正在实施的最庞大的社会计划，但这是一个隐秘的看不见的社会计划，在这个计划中人们一个接一个消失在各自的角落里，永远不会为BFM资讯台提供新闻题材。”

埃梅里克满意地摇了摇头，这让我很难受，因为我明白此刻他对我没有任何别的期待，只等着我对农民的灾难做出客观如实的确认，我没有任何建议，压根儿没有任何建议可以提供

[1] 原文plan social，为就业保障计划（Plan de sauvegarde de l'emploi）的旧称，现常常被媒体用来代指“集体解雇”。

给他，有的只是我那些荒唐愚蠢的、对摩尔多瓦女郎的幻想——最糟糕的是，我连那个都没讲完。

“一旦他们把农民的数量砍掉了三分之二，”我继续说道，这一次我感觉戳中了自己一败涂地的职业生涯的要害，我说出来的每一句话都是在自毁。假如我取得了一点个人成就，假如我成功地让一个女人或者至少让一只动物过上幸福生活那也可以呀，但我连这个都没有做到，“就算达到了欧洲标准，我们仍然不会赢，甚至离溃不成军不远了，因为到那时真的就是在跟全球市场打交道了，全球生产大战，我们是打不赢的。”

“那您认为永远都不会采取保护措施吗？您觉得那绝对不可能吗？”弗朗克的语气格外的冷漠、心不在焉，仿佛是在打听当地有什么奇怪的迷信行为。

“绝对不可能，”我直言不讳地说道，“意识形态的锁链坚不可摧。”回想我从前的职业，我多年的职业生涯，我意识到自己实际上面对的是一些很奇怪的迷信社会等级的人。我的那些对话者并不为他们的利益而战，甚至也不为他们应该捍卫的利益而战，你要是那么想那就大错特错了：他们为一些理念而战；好几年时间里，我面对的都是些随时准备为贸易自由而赴汤蹈火的人。

“所以，嗯，”我再次望向埃梅里克，“在我看来，完蛋了，真的完蛋了，所以我建议你做的，是自扫门前雪，塞西尔是个臭婊子，就让她跟那个钢琴师苟合在一起吧，忘掉你的女儿，把家搬到别的地方，卖掉农场，把这一切全都忘了，假如你马上采取行动，你还有一线开始新生活的小希望。”

这一次我说得很清楚了，很难更清楚了，而且我只用了几分钟。在起身告辞时，埃梅里克朝我投来一个异样的眼神，我觉得从那个眼神中看到几分兴奋——但也许更有可能是几分疯狂。

第二天，我在BFM资讯台追踪了这场冲突的进展——一段简短的新闻报道。他们最终决定毫无抵抗地解除封锁，让从勒阿弗尔港开来的运牛奶的槽罐车通过，开往梅奥蒂[1]和瓦罗涅的奶厂。弗朗克接受了差不多一分钟的采访，他用我觉得非常清晰的言简意赅令人信服的话语，用了一些数据，讲明了诺曼底养殖户的处境已经难以为继。他总结说，这场战斗才刚刚开始，农民联合会跟乡村合作社联合起来，号召下周日采取更大规模的行动。在整个采访期间，埃梅里克一直站在他身边，但他一言不发，只是不由自主地拨弄着他那把突击步枪的撞针。我从这则报道里看到的是一种可能是暂时的反常的乐观状态：弗朗克的讲话如此明确如此温和如此清晰——一分钟的采访，我觉得不可能做得更好——以至于我看不出怎么会有人拒

[1] 法国芒什省的一个市镇。

绝对他们的诉求做出回应，怎么会有人拒绝当面协商解决。然后，我关掉了电视机，我透过房间的窗户往外看——刚过六点钟，缭绕的雾霭随着夜幕降临而逐渐消退——我想起我自己也一样，差不多十五年时间，我总是在报告中据理力争，捍卫当地农民的观点，我总是拿出真实的数据，提出合理的保护措施，建议开辟从经济学的角度看可行的分销渠道，但我只是个农学家，只是个技术员，到头来他们总认为我是错的，事情总是在最后一刻翻转，转向自由贸易的胜利，转向劳动生产力竞赛。然后，我新开了一瓶葡萄酒，此刻夜幕把大地上的一切全都笼罩了，夜无尽头[1]，我何德何能啊，居然觉得自己能够改变世界发展的进程？

[1] 美国女作家桑德拉·布朗的一部小说的名字。

组织者号召诺曼底的奶农周日中午到蓬莱维克中心集结。我从 BFM 资讯台上看到这条消息时，一开始还以为这是一个象征性的选择，旨在确保媒体对抗议活动进行充分的报道——名叫蓬莱维克奶酪的这东西在法国几乎家喻户晓，甚至在国外也是尽人皆知。实际上，正如事件的后续发展所显示的那样，蓬莱维克之所以被选中，恰恰是因为它位于来自多维尔的一三二号高速公路支线与卡昂到巴黎的十三号高速公路的交叉口。

清晨，当我起床时，西风已经把大雾彻底驱散，海面上水波荡漾，波光粼粼，一望无际。天空一碧如洗，呈现出梯度变化的纯净的浅色；我好像第一次分辨出了天边一座岛屿的海岸线。我用望远镜进行确认：是的，那么远都能看见，确实很惊人，我确确实实看到了嫩绿色的微微凸起的部分，那应该是泽西岛[1]的

[1] 英国皇家属地，是拉芒什海峡靠近法国海岸线的海峡群岛里面积与人口数都最大的一座。

东海岸。

在这样的天气里，任何悲剧性的事情好像都不会发生，我真的再也不想面对农民的不满了；坐在我的四驱车方向盘后面，我多多少少还想去弗拉曼维尔[1]的海边峭壁上兜兜风，也许可以一直开到若布尔[2]海岬；在这样的日子里，我肯定可以看见奥尔德尼岛[3]海岸；有个瞬间，我又想到了那个鸟类学家；也许他绝望的寻觅已经把他带到更天遥地远的地方，到达更加黑暗的区域，也许此刻他正蹲在马尼拉的一所牢房里，已经被其他的囚犯好好伺候了一番，他那肿胀的血淋淋的躯体爬满了蟑螂，他那被打碎了牙齿的嘴巴已经合不上，无法阻止各种虫子爬进去钻入喉咙。这幅令人不快的画面是上午的进程中的第一个障碍。第二个障碍出现在我从埃梅里克储放他的农业机械的库房前面经过的时候，我看见他在那里走来走去，把手提燃料油桶堆放在他那辆皮卡的车斗上。干吗装那么多桶油？这不是个好兆头。我把车子熄火，犹豫了一下，我要不要过去跟他谈谈？可我跟他说什么好呢？上一次晚餐时说了那么多，我还能有更多的话跟他说吗？人们从来都听不进别人给出的建议，他们征求别人的建议时就为了彻底明确自己不会去遵循它们，并且通过外面的声音证实他们已经陷入了毁灭和

---

[1] 法国芒什省的一个市镇。
[2] 法国芒什省的一个市镇。
[3] 拉芒什海峡中的一个小岛，属英国根西行政区管辖。

死亡的漩涡，别人给他们提出的建议为他们扮演的恰恰是悲剧和声的角色，向这位英雄证实他选择了一条毁灭和混沌之路。

然而，这是一个如此美好的早上，我甚至都不敢完全相信，然后，短暂的犹豫之后，我重新启动汽车，朝弗拉曼维尔方向出发。

可惜我在峭壁上的兜风失败了。阳光从未如此明媚，空气从未如此清新怡人，牧场的绿色从未如此苍翠，太阳在几乎平滑如砥的海面的涟漪上的闪光从未如此璀璨夺目；但我觉得，我也从未感到过如此悲哀。我继续驱车一直来到若布尔海岬，心情变得更加糟糕，凯特的样子可能不可避免地会回到我眼前，天空蓝得更加深邃，阳光更加晶莹澄净，此刻是北国的阳光，我又看到她在什未林城堡的花园里回眸看我的目光，她的目光宽厚而又温柔，已经原谅了我，然后其他一些更久远的日子里的往事也在我的脑海里重现，有一次我们一起在森讷堡[1]的沙丘上散步，没错，她的父母亲住在森讷堡，那天早上的阳光确实跟现在一模一样——我在我的奔驰 G350 方向盘后面躲藏了几分钟，我闭上双眼，一阵阵奇怪的轻微的震动穿过我的全身，但我没有哭，大概已经没有眼泪了。

上午十一点钟前后，我转到了蓬莱维克方向。进入该镇前的两公里的省道已经被停放在道路中间的拖拉机给堵住了。拖

[1] 丹麦的一个自治市，包括日德兰半岛东南部和阿尔斯岛，属南丹麦大区。

拉机排起的长龙一直堵到了市中心，数以百计，没有执法人员在场有点让人感到惊讶，话虽如此，农民们在他们的拖拉机旁边野炊、喝啤酒，他们看上去显得很平静。我打埃梅里克的手机，没人接听，然后我继续走了几分钟才明白：在这么庞大的人群中，我没有任何机会找到他。我回到车上，掉头往奥格地区皮耶尔雷菲特[1]方向，然后再朝偏斜方向，行驶到一个可以俯瞰高速公路交会点的山丘上。我把车子停下才过了两分钟，事态就升级了。一个由十多辆皮卡组成的小车队——我认出了埃梅里克的那辆日产纳瓦拉——正缓慢地从进入A13号高速公路的匝道上下来。高速公路上最后面有一辆车开得有点歪歪扭扭，它拼命地摁着喇叭，总算在他们堵住通往巴黎的入口之前过去了。他们选择的位置非常有利，就在一条至少两公里长的直路后面，能见度特别好，别的汽车有充足的时间刹车。下午才开始，交通依然很畅通，但堵起来也相当快，还能听到几声喇叭声，然后越来越零落，最后都安静下来了。

这支特遣队由二十来个农民组成；其中有八个人坐在各自皮卡的车斗上，用枪瞄准公路上那些开车的人，和头几辆汽车有五十来米的间隔。埃梅里克在中间，手上端着那支施迈瑟突击步枪。他无拘无束，轻松自然，漫不经心地点了一支好像是大麻烟卷——说实在话，我从未见过他抽别的。弗朗克在他右

[1] 法国卡尔瓦多斯省一个市镇。

边，我觉得他更加紧张，他的两只手紧紧握着的好像是一把普通的猎枪。其他的农民开始卸皮卡上的油箱，然后拿到后面五十米远的地方，分散放在整条宽敞的高速公路上。

他们差不多布置完毕了，就在这时天边出现了共和国保安部队的第一辆装甲车。他们介入速度缓慢一定会引发众多争议；我亲眼目睹了所发生的事情，可以说真的很难开辟出一条道路来，他们疯狂地拉响警报器也是徒劳，那些开车的人（大部分人刹车不及时，很多汽车在行车道上撞到了一起）没有任何办法挪车；他们也许不得不离开装甲车，步行前进，这是唯一可以做的决定，在我看来，这是唯一可以适当地谴责小分队队长的地方。

与此同时，就在他们抵达对峙地点附近时，两台农业机械从匝道上下来；那是两个庞然大物，一台联合收割机和一台玉米吸扬机，几乎跟匝道一样宽，司机高高地坐在离地面四米高的地方。两台机器终于笨重地停在了那里，停在了油桶之间，然后司机从座位上跳下来，回到他们的同伴中间；现在我明白他们准备做什么了，我很难相信。为了得到这些农业机械，他们一定联系过农业机械使用合作社，很有可能是卡尔瓦多斯的那个合作社；我想起了农业机械使用合作社的地址，离农林局只有数十米远，那个女接待员（一个不幸的离了婚的老女人，从来没有彻底成功地放弃性幻想，导致很多令人伤心的插曲发生）的样子甚至短暂地掠过我的脑海。要让别人把一台玉米吸扬机和一台联合收割机借给他们（而且他们能编出什么新花样呢？现在又不是吸扬青贮料的季节，更不是收割季），他们至少得提供身份证件，否则根本不可能借出来，这些机械价值数十万欧元，他们要负刑事责任，他们现在已经没有退路了，不可能了，他们已经把自己逼进了一条绝路，一条通向自杀的捷径吗，兄弟？

接下来，一切以一种惊人的速度接二连三地发生，就像一组排练了很久的镜头，无懈可击；那两名司机刚回到他们中间，一个长着红棕色头发的身材魁梧的家伙（我觉得自己认出了那是巴纳贝，不久前在埃梅里克家里见过）从皮卡的后厢里拿出一个火箭筒，从容不迫地装上弹药。

有两枚火箭弹朝那两台农业机械的油箱方向飞去。瞬间就燃烧起来了，两束巨大的火光冲上天空然后交汇在一起，一团巨大的世界末日般的黑色烟雾在那里重合，我从未想到过农用燃料油能产生这么黑的烟雾。大多数照片拍摄的也正是这几秒钟时间发生的景象，然后被刊登在全世界的报刊上——尤其是埃梅里克的照片登上了从《晚邮报》[1]到《纽约时报》等许许多多报纸的头版头条。他英俊极了，他脸部的虚胖好像神秘地消失了，尤其是他显得很平静，几乎很开心，他那一头长长

[1] 在米兰出版的意大利日报，是意大利最著名的全国性日报，也是意大利最早创办的日报之一。

的金发在那一刻刮起来的风中飘荡；一支大麻烟卷一直叼在他的嘴角，他握着那把施迈瑟突击步枪半直立着，枪托贴着他的髋部；背景抽象而又绝对暴力，一根火柱在黑烟背景中扭动着；但这一刻，埃梅里克显得很幸福，总之几乎很幸福，至少他看起来是这样的，他的目光尤其是他无拘无束的姿势显示出一种难以置信的肆无忌惮，他成了反抗的永恒形象之一，正是因为这一点，他的这个形象才被世界各地的日报纷纷转发。因此——我肯定是为数不多的理解他的人中的一个——他是那个我一直认识的埃梅里克，一个善良的家伙，善良到了骨子里，甚至是菩萨心肠，他只是想过得开心一点，他怀揣着一个建立在合理的高质量生产基础上的乡村梦想，也建立在塞西尔的基础上，但塞西尔被证实是个臭婊子，迷恋上了和一个汲汲于名利的钢琴师一起在伦敦生活，而欧盟也是一个臭婊子，它取消牛奶生产配额政策，埃梅里克肯定没料到事情会以这种方式收场。

尽管如此，我还是不明白，我仍然不明白事情会以这种方式收场，各种可以接受的生活组态仍然可以作为选项，我并不觉得我说的那个摩尔多瓦女郎的故事是天方夜谭，那甚至可以与赛马俱乐部兼容，摩尔多瓦肯定也有贵族，贵族几乎无处不在，总之，我们肯定可以自己动手安装一个程序，尽管如此，埃梅里克还是在一个时刻举起了武器，明确地保持着射击的姿势，并且朝着共和国保安部队的防线推进。

保安部队及时地重新组建了一个相当好的战斗编队；就在这时第二辆装甲车赶到了，粗暴地驱逐了几名记者，他们当然提出了抗议，但在士兵用枪托猛击脑袋的简单威胁动作面前屈服了，士兵甚至都没有必要拿出武器，与一些懦夫打交道毕竟更容易一些，总之记者们撤到了后方（相关记者已经在推特上抗议对新闻自由的侵犯，但这不是共和国保安部队的工作，有专门的发言人负责）。

尽管如此，共和国保安部队的防线就在那里，我估计离农民的防线有三十来米的距离。保安部队的防线密集，有些向内弯曲，从军事的角度看非常好，由一道墙似的强化玻璃盾牌界定。

有一阵子我以为自己是这必定要发生的一切的唯一见证人，但实际上不是，BFM资讯台的一名摄像师成功躲到了高速公路斜坡上的灌木丛当中，避开了保安部队的突袭，他一定能拍摄到这个事件的非常清晰的画面，甚至可以在电视上播放两个小时，然后再发表公开道歉并撤掉节目，但为时已晚，录像会在社交网络上传播，到正下午时就会有一百多万人的浏览量；电视频道的偷窥行为再一次而且理所当然地受到谴责；实际上如果将此视频用于调查目的以及专门用于调查的需要，那就更好了。

埃梅里克那支突击步枪舒适地端在齐腰的高度，开始做了一个缓慢的旋转动作，瞄准一个又一个保安部队的人。他们收紧队形，队列的宽度减少了至少一米，有机玻璃盾牌撞击发出响亮的声音，然后又安静了下来。其他的农民都端着步枪，朝着埃梅里克的方向前进，也在瞄准；但是他们全是猎枪，保安部队显然很明白埃梅里克的那支二三三口径的施迈瑟是唯一能打碎他们的盾牌、穿透他们的防弹衣的枪。事后回想起来，我觉得是这个，是埃梅里克极度缓慢的动作导致了这场悲剧，但还有他脸上的奇怪表情，他看上去已经准备豁出去了，准备豁出去的男人幸好不太多但他们能够造成巨大的损害。那些保安部队的普通士兵通常以卡昂为基地，他们都知道这一点但往往都是从理论上，他们不准备面对这种危险，国家宪兵干预小组或者法国特别行动队的人可能更能保持冷静，内政部长为此饱受指责，但是你怎么能预测事态的发展呢？他们不是国际恐怖分子，开始时只是一场普普通通的农民抗议活动。埃梅里克好像很开心，由衷地开心还带着嘲讽的神情，但也非常遥远，完全在别处，我觉得我从未见过如此遥远的人，我记得这些，是因为有一刻我很想冲下斜坡，朝他飞奔而去，但我才萌生出这个想法就明白它毫无意义，在这个最后的时刻，不管是友谊还是人情中的任何东西都再也不能把他触动。

他缓慢地转动，从左到右，分别瞄准盾牌后面每一个保安部队的人（他们在任何情况下都不能先开枪，这一点我可以确信；但实际上这也是我唯一确信的事情）。然后他反过来，从右到左；然后，他放慢速度，回到中间，一动不动地待了几秒钟，我觉得不到五秒钟。然后一个异样的表情从他的脸上掠过，就像一般的痛苦；他掉转枪管，抵住下巴，扣动了扳机。

他的身体向后倒去，砰地撞在皮卡的金属平板上；没有血液和脑浆溅出，没有一点这一类的东西，一切都奇怪地节制和晦暗；但除了我和BFM资讯台的摄像师，没有人看到刚刚发生的事情。弗朗克在他前面两米远的地方发出一声嚎叫，朝保安部队开枪，甚至都没瞄准；其他的农民随即纷纷仿效。所有这一切在调查过程中，通过观看录像带就真相大白了：与埃梅里克的同伴认为的恰恰相反，保安部队不仅没有打死埃梅里克，而且在还击之前已经先挨了四五枪。事实是，他们在还击——这是另一个更严肃的有争议的话题——时，没有采取权宜措施：九个农民被当场击毙；第十个当晚在卡昂总医院不治身亡，再加上一个保安部队士兵，使遇难的人数增加到了十一人。在法国已经很长时间没发生过这种惨剧，在农民的抗议活动中肯定从未发生过。我是在不久之后，从接下来那几天的媒体上了解到所有这一切的。我不知道当天我是如何成功地回到康维尔拉罗克的；人在开车时会出现无意识的机械行为；好像，差不多做什么事情都会出现无意识的机械行为。

第二天早上我很晚才睡醒，处于恶心、怀疑和接近痉挛的状态；所有发生的事情好像既不可能也不真实，埃梅里克不可能开枪自杀，事情不可能以这种方式结束。我曾经有过类似的症状，那是在很久以前，我出现毒品戒断反应，但情况远没有如此严重：没有闹出人命，只是一个小娘们的故事，她想不起自己是否同意过被人搞屁眼，总之是年轻人的那种问题。我按下电动咖啡壶开关，吞下我的卡普托利克斯药片，拆掉一条菲利普·莫里斯香烟的包装，然后打开 BFM 频道，所有的一切当即扑面而来，昨天发生的事情不是我在做梦，发生的一切都是真的，BFM 播放的正是我记得的那些画面，他们一边播放一边试着配上一些合适的政治评论，但不管怎样，前一天的事情确确实实发生了，芒什省和卡尔瓦多斯省奶农的抱怨声已经演化为悲剧，一场地方冲突演变成具体的极端暴力，一个配有迷你叙事的历史形态当即形成。这些形态是地方性的，但明显会产生全球性反响，政治评论逐渐出现在新闻频道，普遍的论调令我感到惊讶：所有的人一如既往地谴责暴力，为这场悲剧和一些煽动者的过激行为感到痛惜；但那些政客也非常罕见地感到不安和难堪，无不强调要尽量理解农民的苦难和愤怒，尤其是要理解那些奶农，取消牛奶生产配额制再次引发人们的义愤，就好像那是一个不言自明的、谁也不能完全脱离干系的犯罪行为，只有“国民联盟”[1] 在这个问题上好像是一清二楚的。大的销售商强加在生产者身上的难以忍受的条件同样也是一个可耻的话题，除了共产党——这一次我了解到共产党依然存在甚至还有共产党当选议员——每个人更愿意回避这个话题。对埃梅里克的自杀，我是惊愕并厌恶地意识到的，他的自杀也许会产生政治影响，这种影响是其他任何东西都无法做到的。就我而言，我唯一确信的是我必须走了，我得找一个新的地方住宿。我想到了牛棚那里可以上网，网络一定还能用，没有理由不能用。

一辆警局的小卡车停在城堡的院子里。我也进到院子里面。两名宪兵，一个可能有五十岁，另一个大约三十五岁，都停在埃梅里克存放枪支的柜子前面，正在仔细地查看那些枪然后递给对方。他们显然被这个武器库迷住了，他们低声交换着我觉得很有见地的意见，无论如何这多少是他们的工作，我不得不大声地喊了一声“你们好”，好让他们注意到我。当那个年纪

---

[1] 法国极右翼政党，其前身为“国民阵线”。

大的转向我时，我出现了一阵短暂的惊慌，我想起了那把斯太尔-曼利彻尔，但我马上就恢复了冷静，我心想这肯定是他们第一次看到埃梅里克的武器，他们没有任何理由怀疑其中少了一件——甚至少了两件，因为还有那把史密斯威森也不在这里。很显然，要是他们核查持枪证并从各方面查证，就有出问题的危险，但是明天的事情明天会去管的，就像传道书上说的那样。我跟他们解释说我住在度假小屋里，但没有说自己认识埃梅里克。我一点也不担忧：对他们而言我是一个微不足道的元素，是个游客，他们没有任何理由让我掺和进来，让他们的事情复杂化，他们的任务无论如何都不会轻松，这是一个平静安宁的省，犯罪行为几乎不存在，埃梅里克跟我说过当地人白天外出时经常让大门敞开，这种情况即使在乡下也很罕见，总之，他们肯定从未碰到过类似的局面。

“啊是的，度假小屋……”年长的那个回答道，仿佛从一个长长的幻想中走出来，他好像忘记了度假小屋的存在。

“现在我该走了，”我接着说道，“我要做的就这些。”

“是的，您该走了，”年长的那个肯定了我的话，“您要做的就这些。”

“您应该是在这里度假的吧，”年轻的那位插了一句，“对您来说很可惜。”

我们三个都点了点头，对我们的分析趋于同一结果感到满意。“我马上就回来。”我为了结束谈话而说的这句话有点奇怪。出门时，我转过头，发现他们俩又在全神贯注地查看那些步枪和卡宾枪。

在牛棚里，我受到了一长串不安的、哀怨的牛哞声的迎接；啊是的，我寻思，它们今天早晨没有喂也没有挤奶，昨天晚上可能就该喂它们了，奶牛是否也是一日三餐，对此我一无所知。

我回到城堡，走近那两个站在枪架前面的宪兵；他们似乎一直都在全神贯注地想着什么却总也想不透，可能是弹道和技术性问题；他们可能也一直在想是不是附近的农民都像这样藏有武器，碰到严重骚乱时他们就危险重重很难对付了。我把奶牛的情况告诉他们。“啊，是的，奶牛……”年长的那个用悲伤的语气说道，“我们怎么才能处理那些奶牛呢?”这个，我嘛，我不知道，喂它们，或者打电话叫一个能喂的人，总之，这是他们的问题，不是我的。“我马上就要走了。”我继续说道。“是的，当然，您马上就要走了。”年轻的那个强调道，就好像这是明摆着要做的事情，甚至好像希望我快点走一样。这正如我先前所想的，那个宪兵似乎想告诉我，他们真的不需要额外的麻烦，实际上这个事件牵涉面太广，他们好像完全应付不了局面，加上他们的上司可能会非常仔细地分析他们撰写的关于这位“为农民事业殉难的贵族”——一些报纸已经开始这样称呼埃梅里克了——的报告。我没有再和他们说一句话就上了我的四驱车。

最后，我这方面，我觉得自己没有勇气再到网上去找一个地方住宿，尤其是牛棚里奶牛哀怨的哞叫声不绝于耳，说真的我做什么事都没有勇气了，我完全是漫无目的地开了好几公里，而且差不多完全是在脑子一片空白的情况下，我最后那点感知能力完全用在了寻找一个酒店上面。我看到的第一家酒店名叫“海湾旅馆”，我甚至没看到这座镇子的名字，酒店老板后来告诉我这个地方名叫滨海雷涅维尔[1]。我在房间里情绪消沉地待了两天，我一直在服用卡普托利克斯，但我无法起床、洗漱，甚至都不能打开我的行李箱。我不能思考未来，也不能回想过去，也不怎么能考虑现在，但最成问题的还是接下来的日子。为了避免惊动酒店老板，我跟他解释说我是那场抗议活动中被杀害的一个农民的朋友，事情发生时我正好在现场。他那亲切的面孔一下子暗淡了下来；显然，他像本地所有的农民一样，是站在农民一边的。“我嘛，我说他们干得好!”他极力地加以肯定，“事情不可能像那样继续下去，有些东西是不可接受的，有些时候就得做出反应……”我内心深处想的差不多跟他一样，因此更不想驳斥他。

第二天晚上，我起床去购买食品。在镇口，有一家名叫“玛丽冯娜之家”的小餐馆。我是“德·阿库尔先生”的朋友的消息一定已经在全镇传开了，我受到了老板娘亲切、充满敬

[1] 法国芒什省的一个市镇。

意的接待，她关切地问了好几次，看我是否还有别的需要，我坐的地方穿堂风是不是太大，等等。其他为数不多的几个客人是当地农民，在吧台那里喝着白葡萄酒，只有我一个人在吃饭。时不时地，他们低声说上几句话，我好几次听到“共和国保安部队”几个字，是咬牙切齿地说出来的。我觉得自己周围有一种怪异的氛围，像是在旧制度[1]下，仿佛一七八九年只留下了一些表面的痕迹，我时刻期待着一个农民说到埃梅里克并叫他“我们的老爷”。

第二天，我去了被大雾吞没的库唐斯，大教堂上的尖顶几乎看不出来，话虽如此教堂却显得特别优雅，城市总的来说是宁静的，绿树成荫，美不胜收。我先是在一家出售香烟和报纸的酒吧买了一份《费加罗报》，准备到“广场酒馆”那里浏览，那是一家很大的酒馆，就坐落在大教堂前的广场上，它同时也是餐馆和酒店，一九〇〇年代的装潢风格，摆放的是真皮和原木座椅，一些新艺术风格的落地灯，总之，到库唐斯来这里显然就来对了地方。我在报纸上寻找一篇背景分析文章，或者至少共和国官员的官方立场，但没有这一类的东西，相反，有一篇专写埃梅里克的长文，他的葬礼前一天就举行了，仪式在巴约大教堂里举行，报纸上明确地说有“一群密集的虔敬的人

[1] 指 1789 年法国大革命前的王朝。

群”出席。“一个法国大家族的悲惨结局”，这是文章中最引人注目的一句，在我看来有些过分，埃梅里克毕竟还有两个姐妹，从贵族头衔沿袭的角度看这也许是个问题，但这种事情超出了我的认知范围。

走过两条街我发现了一家网吧，是两个阿拉伯人开的，他们长得非常像，应该是双胞胎，捂着严严实实的阿拉伯长袍，表情温良。我猜想他们应该还是单身汉，还住在一起，或者已经跟一对双胞胎姐妹结婚了，住在相毗连的房子里，反正就是这种关系。

有相当多的网站，如今什么类型的网站都有了，我在aristocrates. org网站找到了我要找的信息，也可能是 noblesse. net网站，我已经记不清了。我知道埃梅里克来自一个古老的家族，却不知道古老到什么程度，结果我还是大吃了一惊。这个家族的缔造者是一个名叫贝尔纳的丹麦人，他是罗隆的同伙，罗隆是北欧海盗的头目，在九一一年通过《艾普特河畔圣克莱尔条约》拥有了诺曼底。后来艾朗、罗贝尔和昂科迪，德·阿库尔家族的三兄弟追随征服者威廉参加了对英格兰的征战。作为赏赐，他们拿到了芒什海峡两岸大片领地的主权，结果在第一次百年战争期间在选择哪一边上左右为难；可最终他们以牺牲金雀花王朝[1]为

[1] 金雀花王朝，在法国又名安茹王朝。王室家族是一个源于法国安茹的贵族，从12世纪起统治英格兰。

代价选择了卡佩王朝，总之，除了绰号“瘸子”的若福瓦在一三四〇年代扮演了一个比较暧昧的角色[1]（为此受到夏多布里昂[2]习惯性的夸张指责），除此之外，他们一直是法国王室的忠实仆人——他们贡献给这个国家的大使、主教和军官的数量大得惊人。不过他们家族还是有一个英国分支，其座右铭是“好时光定将到来”，但这个座右铭很不适合当下的情境。埃梅里克在他的日产纳瓦拉皮卡车斗上的暴毙在我看来既符合他的家族的天职又与它背道而驰，我一直在问自己他的父亲会怎么想；他手持武器为保护法国农民而死，这一直是贵族的使命；而另一方面，他饮弹自尽，这一丁点也不像一个基督教骑士的死法；干掉两三个共和国保安部队士兵，毕竟吧，可能更可取。

这些查找花了我不少时间，两个兄弟中的一个给我上了一杯薄荷茶，被我拒绝了，我一直很讨厌这种茶，但我接受了一杯汽水。喝雪碧橙时，我重新意识到我原本是要找个地方住宿，最好就在本地——我不觉得自己有勇气返回巴黎，而且也没有什么事要我回去——最好当天晚上就入住。我的确切想法是在法莱兹附近找一个待租的乡间小屋；我用了一个多点小时额外查找，终于找到一个合适的地方：在福莱尔[3]和法莱

[1] 在英法百年战争初期，若福瓦挑唆英国入侵诺曼底。

[2] 夏多布里昂（1768—1848），法国 18 至 19 世纪的作家，政治家，外交家，法兰西学院院士。

[3] 法国诺曼底大区奥恩省的一个市镇。

兹之间，在一个名字很奇怪的叫做“婊天使”[1]的村子里，这个名字不可避免地让人联想到帕斯卡那种婉转的说法：“女人既不是天使也不是婊子”，诸如此类。“人希望表现得像天使，而实际却像婊子”，话虽如此，却说明不了什么问题，但原本的意思我总记不得，帕斯卡原本想说明什么呢？没有性欲可能让我更接近天使，至少这是我在天使学方面的粗浅的知识告诉我的，但为什么这样就会让我像野兽呢？我不明白。[2]

不管怎样，房子的主人还是很容易就联系上了，是的，房子是空着的，时间上没有期限，假如我希望当晚入住也是可以的，他提醒我说，那里比较难找，树林当中孤零零的一栋，我们约定下午六点钟在“婊天使”教堂碰头。

房子单独一栋屹立于树林中间，那我也许该采购一些食品。各种海报告诉我在库唐斯有一个勒克莱克[3]商业中心，里面有一家勒克莱克得来速、一家勒克莱克加油站、一家勒克莱克文化书店和一家旅行社——同样以勒克莱克冠名。没有勒克莱克丧葬中心，这好像是唯一缺少的服务。

---

[1] 原文 Putanges 容易让人联想到 pute（婊子）和 ange（天使）两个词。音译皮唐日，是法国奥恩省的一个旧市镇。

[2] 帕斯卡名言：“人，既不是天使也不是野兽。不幸的是，人希望表现得像天使，而实际却像野兽。”

[3] 法国合作社和大型连锁超市，总部位于塞纳河畔伊夫里，1948 年 1 月 1 日由爱德华·勒克莱克创立。

这么大岁数了，我的脚从未踏进过一家勒克莱克中心。我感到眼花缭乱。我从未想过还有货品如此丰富的商店，这种东西在巴黎是不可思议的。此外，我童年在桑利斯度过，那是一座过时的、中产阶级的、从某些角度看甚至不合时宜的城市，我的父母亲生前热衷于通过购物支持自家附近的一家商店，好让它生存下去。至于美利贝尔就不要提了，那是个人工的、再造的、远离世界真实商业潮流的地方，是纯粹的旅游滑稽表演。库唐斯的勒克莱克中心就是另外一回事了，置身其中真的是在一个庞大的、非常庞大的零售分配的商业中心。世界五大洲的食品琳琅满目地摆放在一眼望不到头的货架上，想到物流调动，想到穿越变化无常的海洋的巨型集装箱船，我简直要晕过去了。

看这些大船
沉睡在运河之上，
怀揣着一颗流浪的心，
只为了填满
你的每一个小小的心愿，
从世界的尽头向你驶近。[1]

---

[1] 该诗出自波德莱尔《恶之花》中的诗作《邀游》。下一段文字中的“井然有序而且美轮美奂/奢华，宁静，还有舒畅”为这首诗的最后两句。

逛了一个小时之后，我的小推车已经装满了大半车，我不禁又想到了那个我臆想出来的摩尔多瓦女郎，埃梅里克本来可以也应该可以让她过上幸福生活的，如今她却快要死在她的祖国摩尔多瓦的一个阴暗隐蔽的角落里，甚至都没想过还有这个天堂的存在。井然有序而且美轮美奂，至少可以这么说的。奢华，宁静，还有舒畅，真的可以这么说。可怜的摩尔多瓦女郎；还有可怜的埃梅里克。

那所房子位于奥恩河畔圣奥贝尔。奥恩河畔圣奥贝尔是一座小村庄，附属于“婊天使”，但并没有出现在所有的GPS上面，房东是这么跟我解释的。他像我一样，四十来岁的年纪；他的灰发剪得非常短，几乎剃光了，像我一样；他看上去很阴险，也像我一样，我害怕这样的人；他开着一辆奔驰G级车，这又是我们俩的一个共同点，常常能让中年男子之间的沟通开始萌芽。更妙的是，他开的是G500，我的是G350，这在我们之间形成了一个可以接受的小小的等级。他来自卡昂，我想知道他是干哪一行的，我没法断定。他是建筑师，他对我说。一个失败的建筑师，他明确地添加了一句。总之，像大部分建筑师一样，他补充道。他是卡昂北部商定发展区的城市公寓酒店的负责人之一，卡米耶在真正进入我的生活之前曾在那里住过一个星期；没有什么好沾沾自喜的，他说道；没有，确实没有什么。

他显然想知道我准备待多久；这还真是个问题，可能是三天，也可以是三年。我们很轻松地达成了一个月的租约，自动续期，我每个月月初向他支付租金，可以用支票，他可以转到企业的账户里。这也不是为了避税，他厌恶地补充道，只是填写纳税申报很讨厌，他从来都不懂该把租金填在BZ还是BY那一栏，什么都不填最简单了；我并不觉得吃惊，我已经在一些自由职业者当中见识过这种厌烦的心态。他本人从未回过这所房子，他开始觉得自己永远也不会回那里去住了；他两年前离的婚，离婚以来，他对房产以及很多其他方面的事情都失去了很多动力。我们的人生经历如此相像，气氛让人觉得很压抑。

他几乎没有什么房客，无论如何，在夏季的那几个月到来之前一个也没有，他马上就去把网站上的招租广告撤下来。即使在夏天，生意无论如何也不太好。“房间里没有互联网，”他突然焦急地告诉我，“我希望您是知道这一点的，我相信我在招租广告上注明了这一点。”我回答说我知道的，我已经接受了这个事实。这时，我从他的眼神中看到了一闪而过的忧虑。希望与世隔绝的抑郁症患者，在树林里住几个月来“跟自己达成妥协”，这种情况并不少见；但是连眉头也不皱一下就接受无限期地与外界切断互联网的人，是因为其境况已经非常不妙；我从他焦虑的眼神中能看出他就是这么想的。“我不会自杀的。”我微笑着对他说道，我希望这个微笑能让他放下心来，但这微笑实际上却显得很可疑。“总之，不会那么快，”我补充道，就像是一个让步。他咕哝了一声，开始专注于介绍房子里的设施如何使用，不过，那都是些非常简单的事情。电暖器由一个温度调节器控制，我只需旋转按钮来获得想要的温度；热水由锅炉直接供应，我绝对什么事也不用做。假如我想生火的话，可以烧木柴，他告诉我引火柴，劈柴房。手机或多或少还能用，法国电信公司的不行，布依格电信信号还不错，奥朗日电信他忘记了信号好不好。不行的话还有个座机，他没有安装计时器，因为他更愿意相信别人，他补充说道，同时动了一下手臂，就好像在嘲笑自己的这种态度，他只是希望我不要整晚整晚地打电话到日本。“肯定不会打电话到日本！”我粗暴地打断他的话，我事先没想到自己会这么粗暴，他皱了一下眉头，我觉得他在犹豫，想问我一些问题，想知道更多的情况，但不一会儿他就放弃了，他转身朝他那辆四驱车走去。我想我们还会再次见面，这是一段关系的开始，但在启动汽车之前，他递了一张名片给我：“我的地址，房子的租金……”

那么，我如今在这个世界上，正如卢梭写的那样[1]，落得孤单一人，再也没有兄弟、同类、朋友和社会交往。这些都比较相符，但是相似之处到此为止：卢梭紧接着自称“人类中最平易近人最深情的那一个”。我不属于那种情况；我提到了埃梅里克，我提到了一些女性，名单归根结底很短。与卢梭相反，我也不能说自己“被一致同意地逐出人类社会”：人类绝

[1] 见卢梭《一个孤独漫步者的遐想》的开头部分。

对没有联合起来反对我；我有的只是一无所有，我与这个世界的联系从一开始就很有限，渐渐变得一点都没有了，直到没有任何东西能阻止我继续下滑。

在决定睡觉或至少躺在床上之前，我打开温度调节器，睡觉是另外一回事，眼下正值隆冬时节，白昼已经开始变长了，但夜晚可能依旧漫长，森林中的夜晚可能会是一个十分纯粹的夜晚。

我终于陷入了痛苦的睡眠之中，这是反复求助于从库唐斯的勒克莱克商业中心采购来的陈年老葡萄酒的结果。没有做任何梦，我却突然在漆黑的夜里惊醒，感觉有什么东西擦过或者抚摸我的肩膀。我从床上爬起来，在房间里来回踱步，让自己平静下来，我走到窗户边：外面是茫茫黑夜，此刻月亮一定被彻底隐没了，看不到一颗星星，云层压得非常低。正值凌晨两点钟，夜晚才过完一半，在修道院，这是瞻礼前一日的祭礼的时间；我把所有可用的灯全都打开，但并没有真正放下心来：我梦到了卡米耶，这是肯定的，是卡米耶在我的梦里抚摸我的肩膀，就像几年前她每天夜里都那么做一样，实际上那是很多年以前的事了。我再也没有希望获得幸福，但我仍然希望摆脱那种十足的痴狂。

我重新躺下，环视了一下房间：它呈完美的等边三角形状，两堵倾斜的墙面在屋顶主梁的中间相交。这时，我意识到我被关进了陷阱：我和卡米耶在一起生活的头三个月，在克莱西，每天晚上同卡米耶一起睡觉的卧室跟这个房间一模一样。巧合本身丝毫也不奇怪，诺曼底所有的房子多多少少都按同样的式样建造，而这里离克莱西仅二十公里的距离；但我没有预料到，从外面看两栋房子并不相像，克莱西的那栋有木筋墙，而这栋房子的墙由粗糙的石块——可能是砂岩——砌成。我连忙穿好衣服，下楼来到餐厅，那里冷森森的，壁炉里的火没有烧起来，我从来就没有生火的天分，我一点也不懂如何架劈柴，如何摆放小枯枝——我与那种我自己希望成为的典范男子，比方说哈里森·福特，在很多方面有差别，这就是差别之一——不过，这不是眼下的问题所在，我的心因为一阵痛苦的抽搐而扭曲，往事不断地涌回来，杀死你的不是未来，而是过去，它回到你这里，折磨你，腐蚀你，最终毫不含糊地杀了你。餐厅也一样，跟我和卡米耶用餐的那个餐厅一模一样，有三个月时间，我和她在克莱西的手工猪肉食品店，在同样是手工做的糕点店，在不同的蔬菜铺采购完东西之后，在她开始烹饪之后，两人一起在那里吃晚饭，她对下厨那么有热情，让我回想起来心如刀绞。我认出了那一排铜制的平底锅，它们在石墙上闪着柔光。我认出了厚实的核桃木碗橱，里面的搁板是镂空的，用来放置鲁昂出产的有朴素彩画的陶器。我认出了那座橡木壁钟，它永远停在了一点钟，停在了一个过去的时刻——有些人会在一个儿子或一个亲人去世的时候让钟停摆，还有些人选择一九一四年法国向德国宣战的时刻，另外有些人选择投票赋予贝当元帅绝对权力的时刻。

我不能就这样待着，所以我拿起一把很大的金属钥匙，打开了另一翼房间的门，建筑师先前提醒过我，那里现在不太适合居住，没办法供暖，但是假如我一直待到夏天，我就能享用了。我进到了一个非常宽敞的房间，之前这里一定是房子的主屋，现在塞满了一堆乱七八糟的扶手椅、花园椅，但有一整面墙壁被书架占据了，我惊奇地发现书架上摆放着一套萨德侯爵的全集。那一定是在十九世纪出版的，全皮装帧，封面和切口布满各种烫金花饰，这他妈的玩意儿，我一边翻阅一边简短地对自己说，一定价值不菲，书里插了许多版画，反正我主要就看那些版画，奇怪的是我一点都看不懂，不同的性交体位都画出来了，不同数量的主角都上场了，但我在他们中间找不到自己的位置，也想不出自己能够占据哪个位置，所有那些对我都无济于事，于是我径直朝那个夹层走去，那里以前一定更时髦更酷，现在只剩下一些开膛破肚打翻在地的长沙发，布料都发霉了。还有一个电唱机和一堆唱片，主要是四十五转的，我略略迟疑之后，断定那都是些扭摆舞唱片——从唱片袋上那些舞蹈演员的姿势就能看出来，而歌手和乐队则永远被人遗忘了。

我记得建筑师在带我看房期间好像一直都不自在，他只停留了向我介绍如何使用电器所需要的时间，顶多十分钟，他还多次对我说只要公证手续这档子事情不是那么复杂，最好还是把房子卖掉，尤其是假如他运气好能找到一个买主的话。实际上，他在这所房子里一定有过一段过往，我很难确定那段过往——在萨德侯爵和摇摆舞之间——的轮廓，一段他应该已经摆脱但并未因此开启一个未来的可能性的过往，但房屋这一翼里的东西无论如何都没让我想起我可能会在克莱西的那所房子里遇见的任何东西，那是一个不同的病例，一个不同的故事，我几乎很欣慰地回到床上睡下，因为确确实实，当我们身处悲剧之中时，发现别人的悲剧能让我们感到慰藉，因为那些悲剧被我们躲过了。

第二天早上，半个小时的散步把我带到奥恩河畔。这段路途不怎么有意思，除了那些对枯叶变腐殖土的过程感兴趣的人——过去我对这种事倒是饶有兴趣，那是在二十多年前，我甚至根据森林覆盖密度对腐殖土产生的数量做了各种计算。对我学过的其他那些东西的半拉子记忆非常模糊，也在脑子里萦回，比方说我好像注意到这个森林护理得不好——藤本植物和寄生植物太茂密了，树木的生长一定受到了妨碍；以为大自然自然生长就能形成由身形极其匀称的参天大树组成的壮丽的大树群，可以与大教堂媲美、能激起类似泛神论的宗教感情的大树群，这种想法是不正确的；让大自然自然生长通常只能产出难看的、混乱的杂树丛，由各种各样的植物组成，整体上很丑陋；我在奥恩河畔沿途看到的差不多都是这种景象。

房东叮嘱过我要是我偶然撞见牝鹿的话，不要喂它们吃东西。并不是他觉得这么做有损野生动物的尊严（他不耐烦地耸了耸肩，好像强调这种说法显得多么的可笑），牝鹿像大多数野生动物一样属于机会主义的杂食动物，它们几乎什么都吃，没有什么比人们野餐的剩菜或捅破的垃圾袋更让它们兴奋不已的了；只是假如我喂了它们一次，它们就会每天都来，我可能就再也摆脱不了，那些牝鹿一旦开始黏你了，就会变成名副其实的胶水罐。不过，要是我被它们蹦蹦跳跳的优雅姿态打动了，一股热爱动物的感情被激发起来了，那他建议我喂食巧克力面包，它们对巧克力面包有一种让人难以置信的偏爱——在这一点上牝鹿跟狼很不一样，狼更喜欢吃奶酪，不过这里无论如何是没有狼的，牝鹿暂时没有必要担心，野狼从阿尔卑斯山甚至从热沃当[1]过来可能还需要很多年。

无论如何，我没有遇见过一只牝鹿。总之我没有遇见任何东西，任何可以证明我在这座迷失于树林中央的房子出现过的东西，我看样子非得拿出那张记下卡米耶的兽医诊所地址和电话的纸条不可了，那是我在埃梅里克牛棚一角的办公室里的那台电脑上搜到的，时间好像过去很久了，好像差不多属于上辈子的事情，实际上，那还不到两个月。

到法莱兹只有二十来公里，但这段行程差不多花了我两个小时。我在“婊天使”的主广场上停车停了很久，被“录狮”

[1] 法国的一个旧省名，现洛泽尔省和上卢瓦尔省的一部分。1764 年至 1767 年间在热沃当的马尔热里德山出现一种狼形食人野兽，路易十五曾为猎杀这种食人野兽耗费了大量的人力物力。

酒店吸引住了，除了它那个奇怪的名字，没有别的明显的原因，但是用“绿狮”会不会更容易被人接受呢？然后我又在巴佐谢奥乌尔姆[1]停了下来，在那里停留就更没有理由了。然后，我离开了“诺曼底的瑞士”，离开了它的高低不平和拐弯抹角；通往法莱兹的公路的最后十公里完全是笔直的，我感觉是在一个斜坡上滑行，然后我发觉车速不知不觉已经飙到了一百六十公里，这是个愚蠢的错误，他们总在这种地方安装测速雷达，尤其是这种很容易发生的飙行有可能导致车毁人亡。卡米耶一定开始了新生活，一定另外找了个男人，已经七年了，我还能怎么想？

我把车停在环绕法莱兹的护城墙脚下，征服者威廉所出生的那座城堡俯瞰着这些城墙。法莱兹的城市格局很简单，我毫不费劲就找到了卡米耶的兽医诊所：它位于保尔-热尔曼博士广场，在圣热尔韦街的尽头，这条街显然是这座城市主要的商业街之一，在与街道同名的教堂旁边，教堂的底座属于早期的哥特风格，曾在腓力二世·奥古斯都[2]的围攻下遭到了极大的破坏。这个时候，我原本可以直接进去，询问接待员，要求见她。别的人可能就是这么做的，可能我在经过一段毫无意义和无聊之极的拖延之后，最后也会这么做。我一下子就排除了打

[1] 法国奥恩省的一个市镇。

[2] 腓力二世·奥古斯都（1165—1223），卡佩王朝国王（1180—1223年在位），法国名君之一。因为饶富谋略与政治手腕而有“尊严王”的美称。

电话这个办法；写信的想法我保留了很久，私人信件越来越稀罕了，总会产生影响，让我放弃这个想法的，主要是觉得自己没有那个能力把它写出来。

正对面有一家酒吧，名叫“诺曼底公爵之家”，这是我最终选择的解决办法，期待着我的力量，或者对生活的渴望，或者任何这一类的东西在我身上重新出现。我选择了要一杯啤酒，我感觉这杯啤酒只是漫长饮酒的第一杯，此刻才上午十一点钟。酒吧相当小，只有五张桌子，我是唯一的顾客。我对兽医诊所有一个绝佳的视野，时不时有人带着宠物进去——最常见的是狗，有时是装在一个篮子里——跟接待员说几句恰如其分的话。时不时也有人走进酒吧，坐在离我几米远的地方，点一杯加了烧酒的咖啡，大部分时候来客都是老头子，但他们并不坐下来，他们喜欢在吧台那里喝，我理解并认同他们的选择，他们都是一些勇敢的老年人，想显示他们腿脚还很硬朗，腿筋还直得起来，招惹他们可能会铸下大错。在这些常客沉浸在这种小型的力量展示之中时，酒吧老板继续像司铎一样慢悠悠地阅读他的《巴黎-诺曼底报》。

我在喝我的第三杯啤酒了，我的注意力有点集中不起来，就在这时卡米耶出现在我的眼前。她从接待她那些病号的诊断室走出来，跟接待员说了几句话——很显然，到了午餐休息时间。她离我有二十来米远，不会更远，而且她没有变，身形上没有任何改变，这很可怕，她现在已经过了三十五岁，那样子依然像个十九岁的小姑娘。我本人的体态变了，我意识到自己已经老态了，我时不时在镜子里与自己打个照面，看得出来，对镜子里的自己并不觉得真的满意，也不觉得真的不愉快，差不多就像跟同一层楼的一个不太令人觉得为难的邻居打照面时一样。

更糟糕的是，她穿着一条牛仔裤和一件浅灰色的套头运动衫，那个十一月的星期一早上，她斜挎着旅行包从巴黎来的火车上下来时，穿的就是这同一套衣服，然后我们的目光交织在一起几秒钟或者几分钟，总之时间不确定，然后她对我说“我是卡米耶”，从而为一连串新的机会、新的生活形态创造了条件，我没有从那里走出来，可能永远也不会走出来了，说真的我也没有走出来的打算。当那两位女性从兽医诊所出来，在人行道上说话时，我感到一阵短暂的惶恐：她们会来“诺曼底公爵之家”用餐吗？与卡米耶偶遇在我看来是所有可能的解决方案中最糟糕的一种，注定会失败。还好没过来，她们走进了圣热尔韦街，说实话，仔细看了“诺曼底公爵之家”之后，我就明白我的担心是多余的，老板不提供任何食物，连三明治都没有，中午突然涌入大量客人要他招待，这不是他的风格，相反，他继续详尽无遗地阅读他的《巴黎-诺曼底报》，我觉得他对这份报纸的兴趣很夸张也很病态。

我没有等卡米耶回来，当即付掉了啤酒钱，然后带着轻微的醉意回到了奥恩河畔圣奥贝尔，再次面对那间卧室里的三角墙、墙壁上的铜制平底锅以及我的回忆，我还剩一瓶柑曼怡[1]，这是不够的，我的焦虑在一个小时一个小时地逐步增大，心动过速从晚上十一点钟开始发作，紧随而来的是大汗和恶心。凌晨两点钟左右，我意识到这是个永远也不能让我彻底恢复元气的夜晚。

[1] 也叫金万利，一种香橙力娇酒，将苦橙皮蒸馏后混合干邑酿制。

事实上，正是从这一刻起，我开始控制不住自己的行为，我犹豫着是否要赋予它某种意义，它开始明显地背离公共道德和共同的理性，我觉得在这之前我一直就具备这种道德和理性的。我相信我已经解释得足够清楚了，我从未有过人们称之为强烈个性的东西，我不属于那种能在历史上，或者在同代人的记忆中留下不可磨灭痕迹的人。几个星期以来，我又开始阅读了，反正如果可以这么说的话，作为一名读者，我涉猎的东西不是特别广，事实上，我只读果戈理的《死魂灵》之类的东西，我读得不多，每天一到两页，不会更多，我经常重读，连续好几天阅读同样的内容。这种阅读带给我无尽的快乐，也许我从未像亲近这位有点被人遗忘的俄罗斯作家那样亲近过另外一个人，然而，与果戈理不同，我不能说上帝给了我一个非常复杂的天性。上帝给了我一个简单的天性，在我看来它极其简单，不如说是我周遭的世界变复杂了，如今我已经进入了一个变得过于复杂的世界，我只是再也不能承受我已经沉浸其中的世界的复杂性，所以我的行为——我并不为它辩护——变得不可思议、难以接受和反复无常。

第二天下午五点钟，我已经到了“诺曼底公爵之家”，酒吧老板已经习惯了我的出现，前一天他还觉得有点惊讶，今天一点都不了，甚至我还没开始点东西，他的手就已经按在啤酒泵的把手上了，我坐在了同一个位置。五点一刻左右，一个十五六岁的女孩子推开了兽医诊所的门，她手里牵着一个孩子，一个很年幼的男孩，大概三四岁的样子。卡米耶突然冲出来，把小男孩抱在怀里，她一边使劲地亲他一边连转了好几圈。

一个孩子，那么，她有孩子了；这就是别人所说的新的事实。我早该预料到的，女人有时会生孩子，但事实是，我什么都想到了就是没想到这个。说实话，我首先想到的不是孩子本身：孩子通常情况下需要两个人合作才能生得出，这便是我想到的，通常情况下但也不总是这样，我听人说起现在的医学有很多可能性，实际上我更希望那孩子是人工授精生出来的，那他在我看来从某种意义上讲便没那么真实。但情况并非如此：五年前，卡米耶买了一张火车票和一张“老犁音乐节”[1]的门票，当时她正处于最容易受孕期，她跟音乐会——她记不得

[1] 法国最大的音乐节，每年7月中旬在法国布列塔尼西部的卡赖普卢盖举行。

乐队的名字了——上偶遇的一个男的睡了。她没有严格挑选这场艳遇的对象，那男的既不太丑也不太蠢，是商学院的一名大学生。他身上唯一的疑点是，他属于“重金属”[1] 乐迷，但是毕竟人无完人，作为一个重金属乐迷他礼貌而又干净。那家伙在离音乐会现场几公里远的草地上支了个帐篷，事情就发生在那帐篷里；那事进展得不好也不坏，反正过得去吧；安全套的问题没费多少周折就被规避掉了，就像跟男的在一起总会发生这种情况一样。她比他先醒，给他显眼地留了一张从她的罗地亚记事本上撕下来的字条，写了一个假的手机号码；说实话这种预防措施有点毫无意义，因为他给她打电话的可能性微乎其微。火车站要走五公里，这是唯一不方便的地方，但除此之外都不错，天气晴朗，这是一个夏日的早上，明媚而又宜人。

她的父母亲万般无奈地接受了这个消息，他们知道，世道变了，他们发自心底地想，不一定变好，反正就是变了，新的一代必须经过一些奇怪的弯路才能实现他们的生殖功能。因此，他们分别点头了，但点头的方式有稍许不同：在父亲那边无论如何还是觉得丢脸，觉得自己的教育至少部分是失败的，事情本该以另一种方式发生；而她母亲实际上已经完全沉浸在

[1] 摇滚乐的一种，主要在 1960 年代末及 1970 年代初期的英国和美国开始发展。

迎接小外孙的喜悦之中，因为她知道会是个男孩，她当即就确信那是个男孩，后面生下来的确实是个男孩。

晚上七点钟前后，卡米耶和那个接待员一起走出诊所，接待员上了圣热尔韦街，卡米耶锁上了诊所大门，坐到了她那辆日产米克拉的驾驶座上。我多多少少预料到自己要去跟踪她，反正白天更早的时候我脑子里闪过了这个念头，但我把汽车停在了城根一带，太远了，走过去开车已经来不及了，而且无论如何我觉得已经没有力气了，今晚不行，而且还有那个孩子，总体情况需要重新审视一番，此时此刻更应该去法莱兹的家乐福超市买一瓶甚至两瓶柑曼怡。

第二天是周六，卡米耶的兽医诊所应该不会关门，我是这么想的，这甚至可能是她最忙碌的一天，人们在狗生病的时候都会拖延，等到有空的时候，通常情况下人们就是像这样过日子的。相反，她儿子的幼儿园或者托儿所或者街区临时托儿所应该会关门，今天，她可能要找一个临时保姆，总之她很有可能是一个人，我觉得这种情况好像对我有利。

我十一点半就到那里了，以防她星期六下午关门，但我觉得这种可能性不大。酒吧老板已经读完了《巴黎-诺曼底报》，但又开始同样详尽无遗地阅读《法国足球报》，这是一个详尽无遗的读者，是有这种读者的，我见过这样的人，他们并不满足于只看大标题、爱德华·菲利普[1]的声明或者内马尔[2]的转会费，他们什么事情都要追根究底；他们是远见卓识的基石，是代议制民主的支柱。

顾客源源不断地走进兽医诊所，但卡米耶关门比前一天要早，大约在五点钟的时候就关了。这一次我把汽车停在了平行侧道上，离她的车子也就几米远，有一刻我担心她会认出我的车，但这是不太可能的事。二十年前，我买这辆车的时候，奔驰G级车还不太普遍，人们打算穿越非洲或者至少撒丁岛时才会买它；如今这款车已经很流行了，人们被它复古的一面迷住，反正它多多少少有点像屌丝装逼车。

她朝偏巴佐谢奥乌尔姆方向行驶，当她的车转往拉博当热方向时，我坚信她是和儿子单独生活。这不只是一种愿望的表达：这是一种直觉、尽管没有道理但非常强大的坚信。

拉博当热公路上只有我们这两辆车，我干脆减速，和她拉开距离；起雾了，我勉强能看到她的尾灯。

到达拉博当热湖的湖滨，太阳开始在湖上西沉，给我留下深刻印象：在一座桥的两边，在茂密的橡树和榆树林中间，湖面绵延数公里；这可能是一个水库湖；几乎没有任何人类居住

---

[1] 爱德华·菲利普（1970—　），法国共和党国会议员，2017年5月至2020年7月任法国政府总理。

[2] 巴西足球运动员，2017年8月加盟巴黎圣日耳曼队，转会费2.22亿欧元。

的迹象，在我的印象中我在法国从没见过这样的景致，感觉更像是在挪威，或者加拿大。

我把车停在山坡顶的一家餐馆后面，餐馆在这个季节歇业，露台上可以看到“一览无余的湖景”，显示可以承接各种宴席，并且在夏天全天候供应冰激凌。卡米耶的汽车上了桥，我从手套箱里拿出我那副施密特本德望远镜，现在我一点也不用再担心把她跟丢了，我已经猜到她要去的地方：那是一座小木屋，在桥的另一边，有几百米远；屋子前面有一个露台朝向湖面。这座小木屋隐没在森林中的半坡上，确实好像一栋被吃人妖魔包围的玩具娃娃住的屋子。

实际上，日产车在桥的出口处拐进了一条上坡路，然后不偏不倚地停在了露台下面。一个十五六岁的女孩子朝卡米耶迎了过去，是我前一天见过的那个女孩。她们俩说了几句话，然后那个女孩骑上轻型摩托车离开了。

因此，卡米耶住在那里，住在森林中央一栋离她最近的邻居有数公里远的孤零零的房子里——好吧，我夸大其词了，另外还有一所房子，更大一些，在更北一点的地方，相隔一两公里，但那显然是一座用来度假的房子，百叶窗都关着。另外还有这家名叫“罗东德”的全景餐厅，我的车就停在餐厅后面，我做了一番更仔细的查看，发现它会在四月份，在复活节假期开始时重新开门（就在旁边甚至还有一个滑水俱乐部，与餐厅差不多在同一时间营业）。餐厅大堂门口有一个警报器保护，一个小小的红色指示灯在一个数码接收器下面闪烁；但再往下去一点，有一个方便送货员进出的边门，我毫不费劲就把那把锁给强行弄开了。里面的温度挺凉的，比外面要舒服得多，应该是安装了温度调节器，可能主要是为了保护酒窖——一个非常漂亮的酒窖，有好几百瓶酒。但固体食品就没那么引人注目了，有几搁板罐头食品——主要是罐装蔬菜和糖浆水果。我还在员工休息间发现了一块薄床垫，铺在一个小铁床上，应该是旺季时供员工休息用的。我轻而易举就把床垫搬到上面全景餐厅的大堂里，在那里安顿下来，旁边放着我的望远镜。床垫远谈不上舒服，但酒柜里装满了开封的开胃酒瓶，总之我不懂怎么解释总体情况，但好几个月来——甚至有好几年——我头一次确切地感觉自己到了该到的地方，简而言之就是我很幸福。

她坐在客厅的长沙发上，儿子在她旁边，他们俩沉浸在一张 DVD 影片中，我很难分辨清楚，可能是《狮子王》，然后孩子睡着了，她把他抱起来，朝楼梯走去。不一会儿，整个房子里的灯全都灭了。我这里只有一个手电筒，没有别的办法：我敢肯定，隔那么远，她看不到我，但要是我把餐厅大堂的灯打开，她会怀疑这里有异常情况。我在配餐室里匆匆吃了一些东西补充体能，吃了一罐豌豆和一罐糖汁桃子，佐餐的是一瓶圣埃美隆葡萄酒，吃完后我差不多马上就睡着了。

第二天十一点钟左右，卡米耶出来了，把孩子固定在儿童座椅上，然后发动汽车，上桥开往另外一个方向，她的汽车从餐厅大堂十来米远的地方经过；中午之前她大概就能赶到巴尼奥莱德奥恩。

所有的一切都存在，都希望存在，因此各种情况会汇聚在一起，有时会组成强大的情感形态，最终导致某种命运遭际的出现。我刚刚描述的情况持续了差不多三个星期。我通常在下午五点钟左右到，然后立即在我的观察哨安顿好，现在我安排得很周密，我有烟灰缸，手电筒，有时我会带上几片火腿，和配餐室里的罐头蔬菜配着吃；有一次，我甚至带了一根大蒜红肠。至于酒的储备，它们也许可以让我喝上好几个月。

如今显而易见的是，卡米耶不仅是一个人生活，没有情人，而且也没什么朋友；在这三个星期里，她没接待任何人的来访。她怎么会这样？我们两个人怎么会这样？借用共产党抒情诗人的一句话：人类就是这样生活的吗？[1]

哦，是的，答案是肯定的，我渐渐意识到这一点。我还意识到事情不会得到顺利解决。卡米耶现在与儿子建立了深厚

[1] 法国作家、诗人路易·阿拉贡诗作《德国魔幻啤酒馆》里的诗句。

的、排他的关系；这种关系至少可能还要持续十年，更有可能是十五年，然后他会离开她去求学——因为他在学校里学习很用功，母亲会尽心尽力地培养他，他会去上大学，对此我没有任何怀疑。渐渐地，事情会变得没那么简单，会有许多女孩子出现——然后，更糟糕的是，会有一个女孩子，这个女孩子会不受待见，然后卡米耶会变成一个妨碍，一个障碍（即使不是一个女孩，而是一个男孩，情况可能也好不到哪里去，我们不再生活在一个母亲们如释重负地接受自己的儿子搞同性恋的时代，如今他们要和小基友生活在一起，同样要逃避母亲的控制）。于是，她会战斗，为留住她一生中唯一的爱而战斗，情况在一段时间里会很沉痛，但她最终会屈服于事实，她会屈服于“自然法则”。那时，她会自由，重新获得自由，重新变成一个人——但她已经五十岁了，对她而言很显然为时已晚，至于我，就甭提了，我现在就勉为其难地活着，十五年后我会死得很惨。

我已经两个月没使用那把斯太尔-曼利彻尔了，但它的各个部件很容易装配，灵巧而又精密，做工真的令人赞叹。下午剩余的时间我都在练习朝一座废弃的房子射击，那所房子在更远一点的森林里，房子还剩几扇窗户需要我来打碎：我没有一次失手，我五百米的精确命中率一直很高。

卡米耶跟她儿子的关系完美无瑕亲密无间，你能想象她会因为我让他们母子关系陷入危险之中吗？你能想象那个孩子会答应与另一个男人来分享他母亲的爱吗？这些问题的答案是相当显而易见的，结局是不可避免的：要么是他，要么是我。

谋杀一名四岁男孩免不了会引起媒体的极大关注，我可以预料警方会用各种方法来追查这起案子。全景餐厅很快就会被确定为枪击事件的射击点，我在这家餐厅从来没有脱下过我的乳胶手套，我可以肯定没有留下任何指纹。至于DNA，我并不清楚从什么东西上面可以提取DNA：血液，精液，头发，唾液？我提早带了一个塑料袋，逐渐把我的牙齿咬过的烟头倒在里面；最后一刻，我把我嘴巴碰过的餐具也丢了进去，感觉做这些预防措施有些多余，实际上我的DNA从未被提取过，在没有犯罪的情况下系统性地提取DNA一直就没有投票表决通过，无论从哪一方面看，我们都生活在一个自由的国家，总之，我并不觉得有多大的危险。在我看来，成功的关键在于速战速决：射击后用不到一分钟的时间，我就可以永远离开罗东德餐厅，用不到一个小时的时间，我就可以行驶在去巴黎的高速公路上。

一天晚上，当我在脑海里策划谋杀案的细节时，突然想起某年的十二月三十一日在莫尔齐讷的一个晚会，那是我父母亲允许我一直熬夜守到午夜的第一个除夕夜，他们请了一些朋友到家里，那很有可能是一个小聚会，但对此我没有任何记忆，相反，我记得的，是想到我们将要步入新的一年的那种全身心的陶醉，一个绝对全新的一年，在新的一年里，每一个动作，包括最微不足道的那种，包括喝一杯雀巢巧克力，从某种意义上说都会是第一次完成。那时我可能有五岁，比卡米耶的儿子大一点点，但我那时把生活视为一连串的快乐，这种快乐只会越来越大，只会在未来带来更多更大的快乐。正是在想起这段往事时，我知道我理解卡米耶的儿子，我可以把自己放在他的位置上，这种认知赋予了我杀死他的权利。说实话，假如我是一只雄鹿或者一只巴西猕猴，这甚至都不是问题：一个雄性哺乳动物在征服一个雌性动物时，第一个动作就是灭掉它前面的所有子女，以确保它的基因优势。这种做法在早期人类种群中曾长时间保留。

如今我有足够的时间去推敲那几个小时，甚至那几分钟，除了那些，我再也没有别的什么诸如人生规划一类的大事好想：我不认为那些相反的力量，那些试图把我从杀人斜坡上往回拉的力量与道德有太大的关系；它更像是一个人类学问题，一个属于晚期物种的问题，一个遵守晚期物种规约的问题，换句话说，就是一个因循守旧的问题。

要是我成功地逾越了那些界限，得到的回报当然不会立竿见影。卡米耶会很痛苦，会遭受巨大的痛苦，我至少要等六个月才能再跟她联系。然后，我会回来，她会重新爱上我，因为她从来就没停止过爱我，就那么简单，只是她想另要一个孩子，她很快就想要了；这便是后边会发生的事情。几年前，发生了一次较大的突然偏驶，我们残酷地偏离了我们正常的命运轨迹；我犯了第一个错误，但卡米耶则走得更远；现在是修复它的时候了，正是时候，眼下是我们最后的机会，而我则是唯一能做到的人，我是唯一手中有牌的人，而解决办法就在我的斯太尔-曼利彻尔的枪杆子里。

时机在接下来的那个星期六上午过到一半的时候出现了。那是在三月初，空气中已经有了一种春天的和煦，当我把一扇朝湖的玻璃窗打开几厘米好把枪管从那里伸出去时，我没有感觉到任何冷风，没有任何东西能破坏我瞄准的稳定性。那孩子坐在露台上的桌子旁，面前放着一个大纸盒，里面装着迪士尼拼图——更确切地说是白雪公主，我从望远镜中看出来了，到目前为止，只有女主人公的脸部和上半身被拼出来。我把枪固定好位置之前，将瞄准镜调到最大，然后我的呼吸变得均匀缓慢。孩子的侧面脑袋占据了整个瞄准器；他绝对一动不动，正全神贯注地盯着他的拼图——这的确是一种需要注意力高度集中的练习。几分钟之前，我看见那个临时保姆去了楼上的房间之后就不见了——我发现，一旦孩子沉浸到一本书或者游戏中，她就趁机戴上耳机去楼上上网，她可能会在网上泡好几个小时，我相信她在孩子吃午饭之前不会下楼。

十分钟时间里，他保持着完全静止的姿势，只有手缓慢移动着在那一堆纸板拼块中翻找——白雪公主的短上衣渐渐完整了。能与他的一动不动相提并论的只有我——我还从未如此缓慢如此深沉地呼吸过，我的双手还从未抖得像这样轻微，我还从未如此娴熟地掌控过我的枪，我感觉自己即将完成一项完美的、解脱的和无与伦比的射击，我一生之中最重要的射击，也是我几个月训练的唯一目的。

就这样一动不动的十分钟过去了，更有可能是十五或者二十分钟，然后我的手指开始哆嗦了，然后我瘫倒在地，我的脸擦到了割绒地毯上，我刚刚明白这事完蛋了，我不会开枪了，我不能改变事情的进程，不幸的机制是谁也奈何不了的，我可能永远也找不回卡米耶了，我们会孤独地死去，不幸而且孤独，两人天各一方。当我重新站起来时，我浑身发抖，我的视野因泪水而模糊，我意外地碰到了扳机，全景餐厅的玻璃窗爆成了无数的碎片，声音那么大，我心想对面屋子里的人可能听见了。我将望远镜对准孩子：没有，他没有动，他一直全神贯注地盯着他的拼图，白雪公主的裙子渐渐完整了。

慢慢地，非常缓慢地，慢得像葬礼一样，我拆下斯太尔-曼利彻尔的部件，将它们同样整整齐齐地放进它们的泡沫凹槽中。聚碳酸酯枪盒刚合上，我突然想把它丢进湖里，然后我觉得完全没有必要强调这种夸张的失败表现，反正已经失败了，过分地强调它，对这把值得信赖的卡宾枪很不公平，就它而言，它除了服务主人，精确出色地完成它的任务之外，别无所求。

后来，我想到了过桥，把自己介绍给那个孩子。我把这个计划放在脑子里掂量了两三分钟，然后我喝完了一瓶樱桃利口酒，这是理性的回归或者至少是理性的正常形式，我无论如何都只能是个父亲或者替代者，这孩子弄个父亲来能做什么？他哪里需要一个随随便便跑来的父亲？绝对哪里都不需要。我有一种感觉，感觉在脑海中把一个已经解开了的方程的参数给颠倒了过来，方程解出来了，但对我不利，就像我说过的，要么是他，要么是我，现在的答案是他。

再后来，就更加理性了，我把枪放进了我的奔驰 G350 的后备厢，发动汽车，头也不回地驶往圣奥贝尔方向。一个多月之后，一些人会来这里重新打开餐厅的门，会发现餐厅被非法占用的痕迹，可能会指控一名无家可归者，会决定在下面再安装一个报警器，保护那道供送货员进出的门——警察甚至不一定会过来开展调查、提取指纹。

就我而言，似乎再也没有任何东西能阻止我走向毁灭的道路。不过，我并没有离开奥恩河畔圣奥贝尔的那所房子，起码没有马上离开，回想起来让我觉得很难解释清楚。我什么都不期待，我完全意识到我已经没有任何东西可以期待了，我觉得我对形势的分析是全盘的、确定无疑的。人类心理的某些区域依然鲜为人知，因为很少有人去探索，因为幸运的是很少有人发现自己到了需要去探索它们的地步，因为那些做过探索的人通常脑子都不太清楚了，因而无法对它们做出令人满意的描述。除非使用矛盾的甚至荒谬的方法，否则接近这些区域几无可能，其中“在一切希望之外去寻找希望”是唯一真正让我想到的一句话。它不像黑夜，比那更糟；我个人没有亲身体验这种经历，但我觉得即使你坠入真正的黑夜，极夜，一连持续六个月的那种黑夜，太阳的概念或者记忆依然会存在。我已经进入了一个*无尽的黑夜*，然而，在我的内心深处，依然留存，留存着某样东西，算不上希望，就说是个不确定的东西吧。也可以说，即使一个人就个人而言输掉了比赛，当一个人做了最后的努力，对有些人来说——不是所有的，不是所有的人——心里想到的依然是，*天堂里的某样东西*会让你重整旗鼓，会随心所欲地决定重新发牌，重新掷骰子，即使一个人一生中从未感觉到随便哪个神灵的眷顾乃至存在，即使一个人知道自己尤其不配得到一个善意的神灵的眷顾，即使一个人明白，鉴于自己的一生就是由错误和谬误累积而成，自己比任何人都不配得到神灵的眷顾。

这所房子还有三个星期的租期，这至少有个好处，可以为我的痴狂提供一个具体的界限——尽管我不太可能在这种情况下再多坚持几天。无论如何，有一个迫切的需要：要去巴黎跑个来回，我必须把我的卡普托利克斯的剂量提高到二十毫克，这是一个基本的生存预防措施，是我不能忽视的。我跟阿佐特医生约了后天上午十一点钟，也就是我的火车到达圣拉扎尔火车站不久，中间只预留了足够充裕的时间来抵消火车可能的延误。

奇怪的是，这趟旅行对我有一定的好处，让我的思想转向一些确实负面的思考，但很客观。火车晚了三十五分钟抵达圣拉扎尔火车站，这个误点几乎是我预料到的。让铁路员工的祖先引以为傲的对时刻表的尊重，在二十世纪初曾经如此强大和根深蒂固，以至于乡下的村民都是根据路过的火车来对时，如今这种准点已经彻底消失了。法国国家铁路公司是我一生中目睹的彻底失败和退化变质的公司之一。如今，不仅指示性的时刻表被看成一个十足的大笑话，而且任何餐饮概念似乎都从城际列车上消失了，另外还有所有的设施维修计划——那些划破了的座椅露出黑乎乎的废棉，那些可能是因为忘了而暂时没有被废除的卫生间肮脏到了极点，以至于我决定不进去，宁可在两截车厢之间的平台上解决。

全球的灾难氛围总能减轻一点个人的苦难，可能正是由于这个原因人们在战争期间很少自杀，我几乎迈着轻快的脚步径直朝雅典街走去。话虽如此，阿佐特医生看我的第一眼让我很快就泄气了。他的目光中包含着不安、同情和纯粹的职业性的担忧。“好像并不真的管用……”他简略地评论了一句。因为他好几个月没见我了，所以我更不能反驳他，他有一个参考依据，我当然没有。

“很显然，我要把你的剂量加到二十毫克，”他接着说道，“可是好吧，十五毫克，或者二十毫克……抗抑郁药不是万能药，我想您已经意识到这一点。”我已经意识到了。“另外，二十毫克，您要明白，二十毫克是市场上最大的剂量。很显然，您可以吃两片，加到二十五、三十毫克，然后三十五毫克，可后面到多少才能停止呢？坦白地说，我不建议您那么做。事实上，已经测试过了，到二十，不能再高了，我真的不想冒险。另外，您性生活方面怎么样？”

这个问题问得我哑口无言。问题问得倒也不坏，我不得不承认，这跟我的情况有关系，一种很遥远很模糊的关系，但毕竟有关系。我没有回答，但我可能摊开了双手，我微微地张开了嘴巴，总之我的脸上一定是传递出了一个比较能说明问题的表情，因为他说：“好，好，我明白……”

“无论如何，您都要给我一个血样，好检查一下您的睾酮水平。通常情况下应该会非常糟糕，借助卡普托利克斯产生的血清素会抑制睾酮的合成，跟天然血清素相反，别问我为什么，没有人知道。在正常情况下，我说的是在正常情况下，效果应该是完全可逆的，您一旦停服卡普托利克斯，那个就会回来，反正这是研究证实了的，但也不能百分之百肯定，假如一定要等到有绝对的科学上的确定性，那就不会有任何药品投放市场了，您明白这些吗？”我点了点头。

“但是，但是……”他接着说，“我们不只是检查您的睾酮，还要给您做一次总荷尔蒙的检查。只是我不是内分泌专家，有些事情可能超出了我的能力范围，您不想看看专科医生吗？我认识一个还不赖。”

“我不是很想看。”

“您不是很想看……好吧，我想我应该把这个看作是一种信任的标志。那好吧，我们试着继续。反正，荷尔蒙也不是多么复杂的东西，检查十来种就完事了。而且，我上大学那会儿很喜欢这个，内分泌学，是我最喜欢的科目之一，我很高兴能重新埋头钻研一下……”他似乎陷入了一种隐隐约约的怀旧情绪之中，人到了一定年纪回想自己的学生时代时，这是不可避免的，我也很喜欢生物化学，所以更能理解他，在研究复杂分子的特性时我总能感受到一种异样的快乐，不同的是，我对植物的分子更感兴趣，比方说叶绿素或者花色素苷，但基本原理大体相同，我非常清楚他想说什么。

然后，我带着两张处方离开了，我在圣拉扎尔火车站附近的一家药店拿到了二十毫克剂量的卡普托利克斯，化验荷尔蒙可能要等我下次回巴黎的时候再说了，我要重返巴黎，这是免不了的，毕竟在巴黎绝对的孤独更正常，跟环境更相称。

然而，我最后还是回了一趟拉博当热湖畔。我挑选了一个星期天中午，我敢肯定这个时候卡米耶不会在家，她去巴尼奥莱德奥恩的父母家吃午饭去了。要是卡米耶在那里，我想我几乎不可能跟她做最后的告别。最后的告别？我真的相信它吗？是的，我真的相信，毕竟我见过人们死去，我自己过不了多久也会死，最后的告别我们漫长的一生中经常碰到，除非这一生很幸运地非常短暂，实际上你每天都能碰到最后的告别。天气荒谬地好，明亮、温暖的太阳照耀着湖水，树林在阳光下闪烁着亮光。听不到风吟，也不怎么能听到水波的汩汩声，大自然表现出的几乎是侮辱性的缺乏同情心。所有的一切都那么和平、壮丽和宁静。我原本可以和卡米耶单独在一起，在这所孤立于树林中间的房子里生活很多年并且生活得很幸福吗？是的，我知道我可以。我对社会关系（如果指的是爱情关系以外的其他关系）的需求开始时非常淡薄，随着一年年过去而变得没有了。这正常吗？的确，人类倒胃口的祖先生活在几十个人组成的部落里，而且这种模式无论在狩猎采集者那里还是在第一批农业部落中都长时间得以保持，那差不多有一个小村庄的规模。但自那以后多少岁月流逝了，人们发明了城市和城市自然的、必然的结果——孤独——只有夫妻情侣才能真正提供唯一可替代孤独的办法。我们永远也不可能回到部落时代，某些智商低下的社会学家声称在“重组家庭”中发现了新部落，这是可能的，但是就我而言我从未见过重组家庭；解体的家庭倒是见过，我看见的差不多全是这种，当然除了很多解体过程在夫妻双方生孩子之前就已经发生了的情况。至于重组的过程，我一直没有机会看到它实施，“我们的心一旦收获完自己的葡萄/生存就是一种恶”[1]，波德莱尔更准确地写道。这种重组家庭的故事在我看来只是一个让人倒胃口的骗局，尽管它不是一个宣传，一个纯粹、乐观、后现代、与现实错位、专为CSP+[2]和CSP++而设、过了沙朗通门[3]就听不见的宣传。所以，是的，我本来可以和卡米耶独自生活，在森林中这个与外界隔绝的房子里，我每天早晨都会看见太阳在湖面上升起，我想，我会在一切许可的范围之内，过得很幸福。但就像常言说的，生活却偏偏另有安排。我的行李已经准备好，我午后就会抵达巴黎。

[1]《恶之花》中的诗作《一直如此》中的诗句。

[2] CSP为法语 catégories socioprofessionnelles（社会职业阶层）的缩写形式，CSP+指法国待遇最优越的社会阶层，包括企业经理、自由职业、私营部门收入最高的职业以及全体高级官员。CSP++为作者杜撰出来的，指待遇比CSP+更优越的阶层。

[3] 巴黎的一个城门，位于巴黎十二区，建于19世纪。

我毫不费劲就认出了美居酒店前台那个接待员，她也认出我了。“您回来啦?”她问道，我带着一丝感动跟她确认了这一点，感动是因为我早就感觉到，确定无疑地感觉到她要说的是“您回来和我们在一起啦?”因为有顾忌后半句话她忍住没说出来，跟一个顾客能随便到什么程度是顾客能够接受的，她应该是心里有数的，即使是一个老顾客。接下来她问的是：“您在我们这里住一个星期吗?”我好像觉得几个月前我第一次入住的时候她问的正是这句话。

我带着孩子气的甚至哀婉动人的满足感，回到我那个布局实用而又精巧的极小的房间，第二天起就重新开始我的每天环游，把我从“哦，儒尔”餐馆经过阿贝尔-奥夫拉克街，带到家乐福小超市，然后走过戈贝兰大街很短的一段上坡道，最终经过岔道通向罗莎莉嬷嬷大街。但是大环境好像发生了什么变化，一年或差不多一年时间过去了，时间来到了五月份，一个异常温暖的五月，是真正的夏天的预兆。那些穿着超短裙或者紧身裤的女孩子围坐在“哦，儒尔”餐馆离我不远的一张桌子旁，她们点了咖啡，也许在说着各自的爱情故事，说这些事的可能性相较于比比各自的人寿保险计划的可能性要大得多；坐在这些女孩子旁边，我通常应该感觉到一些欲望，或者至少是简单的渴望。但我什么也感觉不到，压根儿什么也感觉不到，尽管从理论上讲我们都属于同一个物种；我还得去完成我的荷尔蒙水平检测，阿佐特医生让我寄一份结果的复印件给他。

三天之后，我打电话给他，他好像很困惑。“您听着，很奇怪……如果您不介意，我更愿意咨询一位同行。我们约定一个礼拜之后再见面可以吗?”我在记事本上未加说明地记下了约会。当一个医生告诉你他发现你的检查报告有些奇怪时，你至少应该感到一丝担心，但我没有。刚挂断电话，我就想，我至少也许可以假装担心，总之要表现出有兴趣，这可能正是他对我所期待的反应。我接着又想，要不就是他真的不清楚我的病情到了什么程度；这个想法挺令人尴尬的。

我的约会定在随后那一周的周一晚上七点半，我猜想这是他当天的最后一个预约门诊，我寻思他是不是把时间往后顺延了一些。他看上去筋疲力尽的，他点了一支骆驼香烟，然后建议我也来一支——这有点像是在判我死刑。我看到他对我的检测结果做了一些计算。“好……”他说道，“睾酮水平确实很低，这个在我意料之中，是卡普托利克斯造成的。但另一个问题是，您的皮质醇[1]过高，您能分泌出那么多皮质醇真的令人难以置信。实际上……我可以坦率地跟您说吗？”我回答说可以，我们到目前为止交流的基调都是坦率的。“好吧，实际上……”他还是迟疑了一下，在跟我交底之前，他的嘴唇微微颤抖：“我有一种感觉，很简单，您正在郁郁而死。”

“郁郁而死，真有这样的事情吗？那是什么意思？”这是我想到的唯一回答。

“嗯，从医学术语角度看，这么说不是很科学，但我们最好还是直言不讳有啥说啥。总之，杀死您的不是抑郁，它不会直接杀死您。我猜您已经开始发胖了，对吗？”

“是的，我觉得，我没太注意，但我好像觉得胖了。”

“因为皮质醇，发胖是免不了的，您会越来越胖，您确实会变成一个肥胖症患者。一旦您患了肥胖症，致命的疾病就少不了了，多得眼花缭乱，选都选不过来。让我改变您的治疗方案的，是皮质醇。我之前一直犹豫要不要建议您停止服用卡普托利克斯，就是担心您的皮质醇升高；但说老实话，我没料到它怎么会升这么高。”

“所以您建议我停止服用卡普托利克斯？”

---

[1] 属于肾上腺分泌的肾上腺皮质激素之中的糖皮质激素，在应付压力中扮演重要角色，故又被称为“压力荷尔蒙”。

“嗯……很难做出选择。因为假如您停药了，您的抑郁症就会复发，病情甚至比之前更严重，您会变成一个真正的行尸走肉。另一方面，要是您继续服用，您可能永远不会有性欲了。我们要做的，是让血清素保持在一个合理的水平——这个挺好，您没问题——但是降低皮质醇，也许增加一些多巴胺和内啡肽，那可能就完美了。我觉得我讲得不是很清楚，您听明白了吗？您一直在听吗？”

“说实话，并不完全明白。”

“好吧……”他再次看了一眼报告单，眼神有些迷茫，他给我的感觉是不完全相信他自己的计算，然后他抬起头看着我问道：“您想过找妓女吗？”我惊讶得目瞪口呆，我的嘴巴可能确实张开了，我一定给了他一个目瞪口呆的印象，因为他接着说：

“好吧，现在我们都管她们叫应召女郎，但性质是一样的。在财力方面，我相信您手头不是很紧吧？”

我跟他证实说，在这方面，至少，目前还过得去。

“好吧……”我的反应使他变得有些振奋，“有些很不错的，您知道。不过，说实在话，好的是例外，大部分都是些粗制的提款机，另外她们觉得有义务演一出欲望、快乐和爱的喜剧，反正您想要的一切她们都想演，但那么做对一些非常年轻非常愚蠢的人也许行得通，但对我们（他本来可能想说‘对您’，但实际上说的却是‘对我们’，这位医生还是挺让人吃惊的）

这种人不行。总之，就我们而言，那只会增加我们的绝望。但毕竟干了，那可不是小事，要是能跟一些正经的女孩子干，就更好了，总之，我想您是懂这个的。”

“总之，”他接着说道，“总之，我为您准备了一个小名单……”他从办公桌抽屉里拿出一张 A4 纸，上面写着三个名字：萨曼莎、蒂姆和爱丽丝，每个人名字后面都加了一串手机号码。“您没有必要说是我让您找她们的。不过，还是说吧，您知道，可能最好还是说出来，这些女孩都很疑心，要理解她们，她们干这一行不容易。”

我花了一段时间才从惊讶中恢复过来。我明白，从某种意义上说，医生不是万能的，成功的生活需要最低限度的快乐，就像人们常说的，要迈开腿走出去，但是，提到那些应召女郎还是挺让人惊讶的，对此我什么也没说，他本人也等了好几分钟才继续往下说（雅典街已经没有一辆汽车通过了，诊所里此刻特别的安静）：

“我不赞成死亡。死亡，通常而言，我不喜欢它。不过，很显然，有些情况……”（他做了一个含糊的不耐烦的手势，好像要扫掉一个反复出现的愚蠢的反对意见）“在有些情况下，这是最好的解决办法，这样的情况非常罕见，比人们说的要罕见多了，吗啡差不多每次都能起作用，在极少数对吗啡不耐受的情况下会出现昏沉状态，但您还没到这个分上，我的上帝，您还不到五十岁！有一件事您必须知道，如果您在比利时或者荷兰，您得了抑郁症，要求安乐死，他们可以满足您的要求，毫无问题。但我嘛，我是医生。要是有个家伙过来看我，说：‘我得了抑郁症，我想开枪自杀’，那我能这么回答他说‘好的，您开枪吧，我可以帮您一把……’吗？当然不能，我很遗憾，可是不能，因为我行医并不是为了这个。”

我向他保证，我暂时一点也不想去比利时也不想去荷兰。他似乎放心了，事实上我相信他在等我做这一类的保证，难道我真的已经到了那个分上，如此显而易见吗？我差不多听懂了他的解释，但还是有个点我忘了，于是我向他提了一个问题：性是减少皮质醇过度分泌的唯一办法吗？

“不是，绝对不是。皮质醇常常也被称为应激激素，这没错。我敢肯定那些僧侣分泌的皮质醇就非常少，但这方面的事真的不归我管。我知道，把您归为焦虑症可能有些奇怪，因为您整天几乎什么都不做，但数据都摆在这里！”他用力地拍了一下我那张检测报告，“您是焦虑症，你的焦虑症已经到了一个很可怕的程度，您有点像在静态燃烧，正在从内部燃烧。总之，这种东西很难解释。而且，太晚了……”我看了一眼手表，确实已经是晚上九点钟了，我真的浪费了他太多时间，另外我开始有点饿了，我突然有个闪念，我也许可以去莫拉餐馆吃晚饭，就像和卡米耶在一起的那个时候，但这个想法当即就被一阵纯粹的恐惧给驱散了，毫无疑问我确实是个白痴。

“我准备，”他最后说，“给您开一个十毫克剂量的卡普托利克斯，万一您决定停药——因为，我再说一遍，不能突然停药。与此同时，没有必要把服药时间弄得过于复杂：您保持两个星期十毫克的剂量，然后停药。我实话告诉您，这可能很艰难，因为您服用抗抑郁药已经很长时间了。会很艰难，但我觉得这是务必要做的事情……”

在跟我道别之前，他站在诊所门口久久地握着我的手。我很想说点什么，找一句话来表达我的感激和钦佩之情，在我穿上大衣朝门口走去的三十秒钟时间里，我疯狂地找，想找出一句话来，但是，这一次，我又失语了。

两三个月过去了，我经常发现自己在看那张十毫克剂量的处方，那张帮我停药的处方；我还有那张 A4 纸，上面写了三个应召女郎的手机号码；但除了看电视，我什么也没做。午后，我短途散步才结束，就打开电视机，反正我从不关机，有一个生态节能装置迫使你每个小时都要摁一下 OK 键，所以我每个小时都摁，直到睡意来了让我临时解放一下。早晨八点钟后不久，我重新打开，《早间政治》的辩论无疑能帮我洗漱，说实话我不敢说完全听懂了，我经常把“共和国前进党”[1]和“不屈法国党”[2]弄混，它们实际上有些相像，这两个名称都散发出一种几乎让人难以忍受的能量感，但也正是这一点

[1] 法国现任执政党，前身为马克龙于 2016 年 4 月领导创建的政治团体“前进!”。

[2] 法国一个极左的政党。2016 年 2 月 10 日，法国左翼政治家让-吕克・梅朗雄为参加 2017 年法国总统选举而创建该党，以整合支持他竞选法国总统的选举资源。

帮了我：我没有直接开柑曼怡，而是用沾了肥皂液的手套在身上擦着，很快我就准备好去做我的短途漫步了。

其余的节目更加模糊难辨，我慢慢地喝醉，有节制地转换着频道，大致的印象是从一个烹饪节目换到另一个，烹饪节目大量增加，而与此同时色情节目则从大部分频道中消失了。法国，乃至整个西方借用那个奥地利小丑[1]的话来说，可能正在退回到口欲期。我正在走同一条路，这是毋庸置疑的，我慢慢变胖，性的选项甚至不再明确地在我眼前出现了。我这种情况绝非个案；猎艳的男人和热衷做爱的女人可能依然存在，但已经变成一种癖好，少数特殊人群的一种癖好，专供精英阶层（柚子所属的那个精英阶层，我一天上午在“哦，儒尔”餐馆突然想起她，那可能是最后一次），我们从某种意义上说回到了十八世纪，那时的放荡为那些集出身、财富和美貌于一身的复合式贵族所专享。

也许还有年轻人，反正某一些年轻人——仅仅因为年轻而属于美貌贵族——可能依然相信性爱几年，两到五年，但肯定不超过十年；现在是六月初，每天早上去咖啡馆时，我都不得不屈服于现实：女孩子没有问题，女孩子仍然在那里，但三四十岁的女性已经放弃了，“时髦而又性感”的巴黎女郎只是一

[1] 指奥地利精神分析学家弗洛伊德。一岁或一岁半前的儿童主要的欲望和满足在口部，弗洛伊德将孩子的这个阶段称为“口欲期”。

个不可信的神话了，总之在西方性欲的消失中，我想那些服从一种难以抑制的荷尔蒙冲动的女孩子在继续提醒男人需要繁殖人种，客观地讲是不能怪罪于她们的，她们坐在“哦，儒尔”餐馆离我几米远的桌子边，在适当时刻交叉起双腿，有时候她们甚至做出哆样，在吃开心果香草蛋筒冰激凌时舔手指头，总之，她们更诚实地扮演着她们生活中的情色角色，她们还在，是我不在那里了，不管是对她们还是对其他人，不再打算像那样生活了。

傍晚，差不多在播放《冠军争夺赛》[1]节目的时候，我要度过一段痛苦的自怜时刻。这时我又想到阿佐特医生，这个人我不知道他是不是对所有的病人都像对我一样的态度，要是的话，那他真是个圣人；我也想到埃梅里克，但事情发生了变化，我确确实实已经老了，我不会邀请阿佐特医生到我家听唱片，我们之间不会产生任何友谊，人际关系的时代已经过去了，不管怎么说，对我而言就是这样。

---

[1] 法国电视三台的一档竞技游戏节目。

所以，我处在这种虽然忧郁但很稳定的状态，就在这时，女接待员告诉我一个非常坏的消息。这是在一个星期一早上，我像往常一样，准备去“哦，儒尔”，我一身轻松，想到要开始新的一周了甚至还挺愉快，但女接待员一声慎重的“先生”把我喊住了。她想要告诉我，她必须告诉我，这是她可悲的职责，她告诉我说酒店马上就要过渡到百分之百不吸烟酒店了，这是新规则，她对我说，这个决定是酒店集团高层做出的，他们做下级的没有任何办法规避。这很烦人，我对她说，我得去买一套房子了，可即使我把参观的第一套房子买下来，办手续也还要花很长时间，现在买房有一堆的诊断程序，温室气体能源性能或其他什么名堂，反正需要好几个月，至少两到三个月，然后才能真正地搬家。

她一脸困惑地看了我一眼，仿佛没听明白似的，最后跟我确认了一遍：我准备去买一套公寓是因为我不能住酒店，是这么回事吗？事情有这么糟吗？

是的，事情就是有那么糟，我还能跟她说别的什么呢？有些时候不能碍于面子，因为没有办法保全面子。事情就是有那么糟。她直视着我的眼睛，我看到了她脸上流露出的同情，使她的容貌有些走样，我只是希望她不要开始哭，这是一个善良的女孩，我可以肯定，我相信她的男人很幸福，但她又能怎么办呢？我们这些人，我们又能怎么办呢？

她要去跟她的上司汇报，她对我说道，她今天上午就去跟他说，她敢肯定大家能找到一个解决办法。我走的时候朝她投去一个大大的微笑，一个非常真诚的微笑，也是一个友好的表示，但同时也想显示出一种英勇乐观的印象——事情会好的，我会摆脱困境的——确实很不诚实。事情不会好，我不会摆脱困境，我心里清楚得很。

我正在看电视，电视上的杰拉尔·德帕迪约[1]正在普利亚[2]的手工制作香肠前面啧啧惊叹，前面提到的那个上司突然叫我过去。他的外貌让我大吃一惊，他就像贝尔纳·库什内[3]，或者大家常说的那种人道主义医生，而不像一个美居酒店的经理；我不明白他的日常工作怎么会让他脸上长出那样

[1] 法国影星。

[2] 普利亚（又称阿普利亚）是意大利南部的一个大区。

[3] 贝尔纳·库什内（1939—　），法国政治家、外交家、医生，无国界医生和世界医生组织创始人之一。

的皱纹，让他晒得那么黑。他一定每个周末都在敌对阵营里做野外生存训练，这可能算是个解释。他点了一支茨冈烟，也给我递了一支。“奥黛丽跟我说了您的处境……”他开始说道，那么她名叫奥黛丽啰。我的出现好像让他感到很拘束，他都不敢直视我的眼睛——这很正常，当你跟一个判了死刑的人打交道时，你永远都不知道如何应付，反正男人永远不懂，女人嘛，有时候懂，也很少。

“我们会解决的，”他接着说道，“上头必然要对我这里做一次检查，但不会很快，依我看，至少要到十个月之后，甚至一年之后。这样您就有时间想出一个办法……”

我点了点头，向他确认我最多三四个月之后就离开。就这样，讲完了，我们再也没有什么要说的了。他帮了我。我向他道谢，然后离开了他的办公室，他向我保证说没事，这种事对他而言只是举手之劳，我感觉他很想把那些毁坏了我们生活的蠢货破口大骂一顿，但最后他没骂出来，这种破口大骂的事他可能经常干，他知道骂也没什么用，那些蠢货厉害着呢。就我而言，在跨出办公室大门之前，我说抱歉打扰了，就在我说这些平庸的话之时，我明白现在我的生活要归结为这五个字：抱歉打扰了。

因此，我正处在一个渐渐变老、被打得鼻青脸肿、感觉受到致命伤的动物在寻找一个结束生命的巢穴的阶段。家具的需求是有限的：一张床就足够了，你知道你不必再离开它；不需要桌子、长沙发和扶手椅，那都是些无用的配件，是你不再有的社交生活中的多余的甚至痛苦的残渣。一台电视是必要的，电视能解闷。所有这些都把我往一个单人套间方向引——更确切地说是一个大的单人套间，可能的话最好能让自己有一点活动空间。

街区的选择显得更困难一些。随着时间推移，我组建起一个小型的治疗医生网络，每位医生负责监测我的一个器官，以防止我在实际死亡之前遭受过度痛苦。大部分医生都在巴黎五区看病，至于我的最后一段人生，我的医疗生活，我真正的生活，我还是忠诚于我的大学岁月、我的青春时代、我的理想生活的街区。我试图与我的治疗医生住得近些是合乎逻辑的，从今往后他们将是我的主要对话者。去他们诊所的这段往返路程由于其医疗性质，从某种意义上说是做了消毒的、无害的。但跟他们住在同一个街区可能反而是一个可怕的错误，从我开始找房子起我就意识到了。

我参观的第一个单间公寓在拉罗米格尔街，非常舒适：天花板很高，房间很明亮，朝向一个宽敞的绿树成荫的院子，价钱当然很高但我可能还是负担得起，不过我也不是很确定，但当我拐进罗蒙街时，我实际上已经下决心达成这项交易，拐进罗蒙街时一波可怕的、压倒性的悲伤朝我袭来，阻断了我的呼吸，我喘不上气，我的双腿几乎支持不住，不得不躲进了附近的一家咖啡馆避难，但这解决不了任何问题，恰恰相反，我当即就认出了这是我在农学院上学时经常光顾的咖啡馆中的一家，甚至可能跟凯特一起来过，大堂内部几乎没什么变化。我点了吃的东西，一份土豆煎蛋和三杯乐飞啤酒帮助我慢慢恢复过来，啊是的，西方退化到了口欲期，我理解它为什么这么做，我离开那家咖啡馆时以为差不多恢复了，但我刚拐进穆夫塔街一切又重新开始了，这一段行程变成了“苦路”[1]，这一次萦回在眼前的是卡米耶的形象，周日早上去集市时她脸上洋溢着孩子般的快乐，她看到芦笋、奶酪、从国外引进的蔬菜、活龙虾时流露出的惊叹表情；我花了二十多分钟才赶到蒙日地

[1] 指天主教一种模仿耶稣被钉上十字架过程重现的宗教活动，也称之为“拜苦路”，主要于四旬斋期间进行。

铁站，我踉踉跄跄的，就像个老人，我痛苦地喘着粗气，这种不可思议的痛苦有时会发生在老年人身上，这痛苦不是别的，只是生活的重负，不行，要把五区排除在外，绝对要排除在外。

因此，我沿着地铁七号线逐渐下行，下行时房价也跟着下降，七月初我惊奇地发现自己在参观一个位于罗莎莉嬷嬷大街的单间公寓，几乎就在美居酒店对面。当我意识到我内心深处的某个地方正在孕育一个与奥黛丽保持联系但没有表露出来的计划时，我放弃了这套房子，我的上帝啊，希望是多么难以战胜啊，它是多么坚韧和诡诈啊，世界上所有的男人都是这样吗？

我还得继续下行，继续南下，把一切可能的生活的希望甩得远远的，我没有别的办法脱身，正是在这种心态下我开始参观遍布在舒瓦西门和伊夫里门之间的高楼。我得寻找空无、白色和裸露的环境，这里的环境几乎完全符合我的追求，住在这些大楼的其中一栋里面，意味着住在不毛之地，也不完全是不毛之地啦，就说是毗邻吧。尽管这些区域住满了上班族，但每平方米的房价却变得特别容易接受，按我的预算，我完全可以买一套两居甚至三居室，可是要那么多房间给谁住呢？

所有这些高楼都很相像，所有这些单间公寓也都很相像，我好像在最隐匿的高楼中挑选最空洞、最安静和最光秃的房间，在那里我至少可以肯定我的迁居会不被人注意到，不会引起任何评论——我的死也不会。邻居主要由中国人组成，他们是中立和礼貌的保证。从我的窗户望出去，是一望无际的南郊，可以看见远方的马西[1]，还有可能是科尔贝伊-埃松[2]，但这种视野没有用；这没多大意义，因为有卷帘百叶窗，我计划搬进去的第二天就永久拉上它。有一个垃圾管道，我觉得最终吸引我买房的还是那个管道；一方面可以用垃圾管道，另一方面亚马逊新上线了食品送货上门服务，我可以到达一个几乎完美的自治状态。

很奇怪，我离开美居酒店的那一刻变成了一个艰难的时刻，主要是因为那个小奥黛丽，她的眼里噙满泪水，可是我又能怎么办，假如她连这种事都受不住，那她在生活中什么事都会承受不了，她充其量就二十五岁，但她不得不变得坚强起来。突然，我在她的脸颊上吻了一下，然后两下，然后四下，她真的是非常坦然地投入到这些吻中，她甚至短暂地抱了我一下，然后该说的全都说了，我要的出租车已经到达酒店门口。

[1] 巴黎南郊的一个市镇。

[2] 巴黎南郊埃松省的一个市镇，位于该省东部偏北，塞纳河左岸。

我的迁居很简单，我很快就买了一些家具，续订了法国电信公司的机顶盒——我决定对这家电信商保持忠诚，一直到我生命结束的时刻，这是生活教会我的事情之一。但我对他们那优惠的体育节目已经不那么感兴趣了，几个星期之后我就明白到，我老了，这很正常，我会变得没那么热爱运动。但在法国电信公司的电视节目之中，有许多含金量很高的节目，尤其是烹饪方面的，我现在变成了一个非常胖的老头子，一个伊壁鸠鲁学派的哲学家，为什么不呢？伊壁鸠鲁脑子里究竟还有别的什么呢？与此同时，一大块不新鲜的面包和一点儿橄榄油确实有点不够，我需要圆形的龙虾和扇贝，再加上小蔬菜，我是个颓废的人，不是一个希腊乡下的基佬。

大约在十月中旬，我开始对烹调节目——尽管它们精彩纷呈——感到厌倦，这是我衰颓的真正开始。我试图让自己对时事辩论产生兴趣，但这档节目令人失望且很短暂：发言者极端地因循守旧，他们的愤怒和热情可悲地千篇一律，我现在都能猜到他们要说什么，无论是大的轮廓还是细节，实际上也就个别字词有出入，社论作者和重要嘉宾像百无一用的欧洲傀儡一样过场，白痴相继而来，互拍马屁，吹捧对方的观点中肯且充满寓意，我甚至都可以替他们写对话脚本了，最后我毅然决然地关上了电视机，假如我还有力气继续往下看的话，所有那些东西只会让我更加懊丧。

我很久以前就有阅读托马斯·曼的《魔山》的计划，直觉告诉我这是一本阴森的书，但无论如何它适合我当下的境况，此刻阅读它可能适逢其时。于是，我一头扎了进去，先是很赞叹，然后越来越有所保留。尽管这本书的篇幅和野心要大得多，它的终极意义其实和《威尼斯之死》[1] 毫无二致。托马斯·曼没有超越歌德那个老笨蛋（富有地中海倾向的德国人文主义者，世界文学中最阴险的啰里吧嗦者之一），没有超越他笔下的人物阿申巴赫[2]（这个人物要讨人喜欢得多），托马斯·曼本人，这是极其严重的，他本人没能逃脱青春和美貌的诱惑，最终把青春和美貌置于一切之上，置于一切精神和道德品质之上，最终他也没有任何保留地卑劣地沉溺其中。因此，世界上所有的文化都是没有用的，世界上所有的文化都不能带

[1] 德国作家托马斯·曼的中篇小说，写于 1924 年。

[2]《威尼斯之死》中的人物。

来任何道德价值，也不能带来任何好处，因为就在那几年，确确实实就在那几年，马塞尔·普鲁斯特在《重现的时光》的末尾以非凡的坦诚总结说，不仅社会关系不能，甚至连友好关系都不能提供任何实质性的东西，这种关系完全只是在浪费时间。作家需要的与世人认为的恰恰相反，他们需要的绝对不是知性的对话，而是“与花季少女谈轻松愉快的恋爱”。在这段辩论中，我特别想把“花季少女”换成“嫩湿猫猫”；我觉得这有助于让辩论变得清晰，却不会有损其诗意（还有什么比一个开始湿润的猫猫更美丽更诗意的？我请大家在回答我的问题之前认真地想一想。一个开始垂直上升的鸡鸡？可能会有人支持。就像这个世界上的许多东西一样，这取决于一个人对性所持的态度）。

回到我先前的话题上来，马塞尔·普鲁斯特和托马斯·曼，徒劳地拥有了世界上的全部文化，徒劳地领导（在令人震撼的二十世纪初就总结了八个世纪甚至还不止的欧洲文化）世界上所有的知识和所有的智慧，他们徒劳地分别代表了法国和德国文明——也就是说那个时代最辉煌、最深刻和最高雅的文明——的巅峰，但他们并没有因此而不任凭摆布，他们随时准备匍匐在随便哪个嫩湿猫猫的前面，或随便哪个雄赳赳地竖起的嫩鸡鸡前面——根据各人的喜好吧，托马斯·曼在这方面是不确定的，普鲁斯特其实也不是很明确。如此想来，《魔山》的结尾比第一次阅读时显得还要令人难过，它通过那个时代两个高度文明的国家在一九一四年陷入一场既荒唐又造成大量人员伤亡的战争，不仅宣告了欧洲全部文化思想的一败涂地，还通过动物间的吸引力的最后胜利，宣告了所有文明、所有文化的终结。一个小萝莉就能让托马斯·曼神魂颠倒；蕾哈娜[1]可能会让马塞尔·普鲁斯特一见钟情；这两位作家，摘得了各自文学的桂冠，换个角度看，却不是可敬的人，也许应该回到更远，回到十九世纪初，新生的浪漫主义时代，才能呼吸到更有益于健康更纯净的空气。

这种纯净依然可以拿出来公开讨论，拉马丁其实只是一个埃尔维斯·普雷斯利[2]，他能用他的抒情诗让女人神魂颠倒，起码这种征服是以纯洁抒情诗的名义赢得的，拉马丁扭腰的时候比猫王有节制得多，总之，我想，要是可以查看那个时代并不存在的视频文件就好了，但这么做不是特别重要，无论如何这个世界已经死了，对我而言已经死了，还不只是对我而言，反正它是死了。最后，我是在阅读更加通俗易懂的阿瑟·柯南道尔爵士的书中找到些许安慰。除了福尔摩斯系列，柯南道尔还写了数量惊人的短篇小说，能带来持久的阅读愉悦，而且常常十分扣人心弦；他的一生，也一直是个非凡的引人入胜的故

[1] 罗宾·蕾哈娜·芬蒂（1988—　），巴巴多斯女歌手、演员以及时尚设计师，为环球唱片公司旗下艺人，以其艺名蕾哈娜出名。

[2] 埃尔维斯·亚伦·普雷斯利（1935—1977），美国的音乐家和演员，人称“猫王”。

事，可能是世界文学史上最精彩绝伦的故事，但这些在他的眼里可能算不上什么，他想传达的信息不是那个。柯南道尔的真相是，每一页都能感受到一颗高贵的灵魂、一颗真诚善良的心因为抗议而颤动。最感人的可能是他个人对死亡的态度：他因为学的是使人不快的唯物主义的医学，为此脱离基督教信仰，毕生都在一而再再而三地面对令他悲痛欲绝的死亡，其中就包括他的几个在战争中为英国牺牲的亲生儿子；他只能转向通灵术，作为最后的手段，最后的希望，这是所有那些既不能接受亲人死亡也不融入基督教的人的最后的慰藉。

由于没有亲人，就我而言，我好像越来越容易接受死亡的想法；当然，我更愿意过得幸福一些，成为一个幸福社群中的一分子，所有的人都想如此，但是到了这个阶段，再说这个就真的是题外话了。十二月初，我买了一台照片打印机，以及一百来盒 10 cm×15 cm 规格的爱普生亚光照相纸。我那单间公寓的四面墙，一面墙被半高的玻璃窗占据，我一直把卷帘百叶窗拉上，窗户下边还有一个大的电暖器。第二面墙被我的床、床头柜和两个半高书架给占去了很大一块。第三面墙几乎完全空着，只是有一个通向大门的开口，以及右边的卫生间和左边的厨房。只有床对面的那面墙可以完全利用。为了方便起见，我把利用空间限制在最后两面墙，我拥有了一个十六平方米的展区；考虑到 10 cm×15 cm 的打印格式，我可以展出一千多幅照片。我的手提电脑里储存了三千张，它们代表了我的一生。三选一，在我看来是合理的，甚至非常合理，给我的印象是我还是很好地活过。

（不过，经过仔细检查，我的生活还是过得很奇怪。其实，在我和卡米耶分手后的好几年里，我一直在告诉自己，我和她早晚都要重新相聚在一起，这是不可避免的，因为我们俩相爱，因为就像人们常说的，要让伤口愈合，而我们还年轻，来日方长，我们还有全部的人生摆在我们前面。现在我回过头，发现人生已经结束，它从我们身边经过时，并没有真正地朝我们打出很大的手势，因为它已经把我们手上的牌慎重而又优雅而又温柔地收回去了，它只是转身离开了我们；的确，仔细看一下就会发现，我们的人生，它并不是很长。）

从某种意义上讲，我想做一面脸书墙，但只供我个人使用，一面永远只会被我看到的脸书墙——也会被房地产中介的职员匆匆地瞟上一眼，因为我死后他可能要对我的房子进行评估；他会有点惊讶，然后会将所有那些都扔进垃圾桶，他还有可能会考虑做一番清洗，把墙上的胶水痕迹擦掉。

多亏了新式相机的各种功能，这项工作做起来很容易；我的每一张照片都有拍摄的时间和日期，没有什么比根据这些标准进行筛选更容易的了。如果我在每台相机上激活了 GPS 定位功能，我还可以确切地找出拍摄地点；但那么做确实没什么意义，我记得我生活过的地方，甚至记得非常清楚，像外科手术那么精确，毫无意义。我对日期的记忆更模糊了，日期并不重要，所有发生过的事情永远发生了，我现在知道了，但那是一个关闭起来的、进不去的永远。

我在讲述这个故事的过程中提到过一些照片，两张和卡米耶的合影，一张和凯特的。还有其他的照片，三千多张，意思不大，发现我的照片那么平淡无奇，我甚至觉得很惊讶：这些旅游照，在威尼斯或者佛罗伦萨，真的就像千千万万的其他游客拍的照片一样，为什么我觉得拍这些照片是个好主意？又是什么鼓动我把这些平庸的照片给打印出来？然而，我现在要把它们粘到墙上，每张照片在墙上都有自己的位置，我并不指望它们能显示出美感和意义；但我还是会继续，一直进行到底，因为我能做，从物质上讲我能做，从体力上讲也是在我的能力范围之内。

所以，我做了。

最后，我终于关心起各种费用账单来了。住十三区的这些高楼管理费出奇地高，这是我事先没有想到的，将会扰乱我的人生计划。就在几个月（只是几个月吗？整整一年，甚至两年？我再也无法给我的生活列出年表了，只有几幅画面在混乱的乌有中幸存下来，细心的读者会把空白处填补完整）前，反正简言之，就在我决定失踪，就像离开柚子一样永远离开农业部时，我还觉得自己很有钱，觉得我父母的遗产我怎么用都用不完。

此刻我的账户上还剩下二十万欧元多一点。当然，去度假是绝对不可能了（度假干什么？做短帆板运动？高山滑雪？在哪个区域？有一次，我跟卡米耶一起去富埃特文图拉岛[1]，在岛上一个普普通通的俱乐部里，我遇见一个独自去那里旅行

[1] 西班牙加那利群岛的一部分，位于大加那利岛和兰萨罗特岛之间，是加那利群岛中的第二大岛。

的家伙：他独自吃饭，很显然他会独自吃到度假结束的那一天；他大约三十来岁，好像是西班牙人，外表长得还不错，可能来自一个相当好的社会阶层，可能是银行窗口的出纳员；他日复一日尤其是在吃饭的时候必须表现出的勇气令我吃惊，几乎让我陷入了恐惧）。我也不会出去过周末了，那些精品酒店对我来说已经结束了，独自一人去一家精品酒店那还不如开枪自杀算了，在把我的奔驰 G350 停到那个阴森可怖的停车场时我真的很难过，停车场在地下三层，跟我的公寓一起搭售的，地面油腻恶臭，空气令人作呕，蔬菜果皮散落得到处都是：对我这辆老 G350 来说，被幽禁在这个肮脏而又阴森的停车场，这是一个非常悲惨的结局，它曾经冲下山路，穿越泥沼，涉水过河，里程表上显示已经行驶了超过三十八万公里，还从没令我失望过。

我也不怎么想叫那几个应召女郎，而且我把阿佐特给我的那张纸条给弄丢了。我发现已经弄丢，心想可能落在了美居酒店的房间里时，想到奥黛丽可能会发现它，想到她对我的尊重会大打折扣，我不由得担心了一阵子（可我关心那个干什么？我的脑子里真是什么乱七八糟的东西都有）。我显然可以再问阿佐特要，也可以自己动手去查找，互联网上要多少有多少，但我觉得那个对我毫无意义：现在还没有显示出任何勃起的迹象，我零星的自慰尝试让我对此毫不怀疑，因此我的世界变成了一个平淡的平面，既没有高低起伏也没有任何魅力，我的各种开销一下子大大减少了；可是各种杂费的总额高得让人瞠目结舌，以至于尽管我限制了自己在美食和美酒方面的适度乐趣，我最多也只能支撑十年，然后我的银行余额接近零时，就是我了断的时候。

我打算在夜间采取行动，以免看见空地上的混凝土而打退堂鼓，我不大相信自己的勇气。按照我预计的顺序，事情的过程是短暂而完美的：在主卧的门口有一个转换开关能让我在几秒钟之内升起卷帘百叶窗。然后，我极力避开一切想法，径直走到窗户边，把玻璃窗推开，我俯下身子，然后就大功告成了。

坠落的时间让我纠结了很久，我想象自己要在空中飘浮几分钟，逐渐意识到器官发生撞击时不可避免会粉碎，意识到传遍全身的极度痛苦，以及在下落的每一秒钟越来越被一种可怕的彻底的恐惧侵袭，即使大慈大悲地让你晕厥过去甚至都不能减轻这种恐惧。

学了那么长时间的理科确实很管用：人体在一段时间（t）内自由下落要经过的高度（h）可以精确地通过这个公式算出来：$h=1/2gt^2$，g 是重力常数，在高度为 h 的情况下，可以算出下落的时间为 $\sqrt{2h/g}$。考虑到我所在楼层的高度（几乎正好一百米），以及空气阻力对这种高度的坠落可以忽略不计，这意味着坠落的时间为四秒半，如果非要把空气阻力算进去的话最多也就五秒钟；如此看来，根本不必大惊小怪；给自己灌几杯苹果烧酒，有没有时间想甚至都不确定。四秒半，要是人们知道这个简单的数字，肯定会发生更多的自杀。我会以一百五十九公里的时速抵达地面，想到这个就有点不那么愉快，可是，好吧，我首先害怕的不是撞击，而是俯冲，物理学肯定地证实，我的俯冲时间会很短暂。

十年太长了，我的精神痛苦可能早就会达到令人难以忍受的直接致命的程度，但与此同时，我不认为自己要留下遗产（况且留给谁呢，给国家吗？想到这个前景就让人极度不愉快），因此我不得不加快花钱的节奏，这比斤斤计较还要糟糕，这确实很可怜，但想到账户里的钱还没花完就死掉，我是无法忍受的。我也许可以捐出去，显得自己很慷慨大方，但捐给谁呢？那些瘫痪者，无家可归者，移民，盲人吗？我还是不想把我的钱给那些罗马尼亚人的。我从别人那里拿到的很少，所以我不大想把自己的东西给出去；善良在我的身上没有发展起来，心理过程没有发生，相反人类总体上让我越来越漠不关心，甚至让我充满十足的敌意。我以前试图接近一些人（主要是一些女性，因为开始时她们很吸引我，但这个我已经说过了），总之我觉得我做过一些数量正常、标准、平均的尝试，但由于种种原因（我同样已经提到过了）没有一样得以实现。没有任何东西让我觉得我有一个生活的地方，或者一个环境，更别说活下去的理由了。

减少我银行存款的唯一办法是继续大吃大喝，试着对一些昂贵精致的菜肴产生兴趣（阿尔巴块菰？缅因州的龙虾?)，我的体重刚刚超过八十公斤，但这可能并不会影响坠落的时间，伽利略已经做过非凡的试验[1]，据说是在比萨斜塔的塔顶做的，但更有可能是在帕多瓦[2]的一座塔的塔顶上进行的。

我住的这幢大楼也起了一个意大利城市的名称（拉文纳？安科纳？里米尼?)，这种巧合一点也不可笑，但尝试养成一种幽默的态度，把我将身体俯向窗外、把自己交给地心引力作用的时刻权当作一种玩笑，我觉得并不荒唐，涉及到死亡时以开玩笑的态度去面对无论如何是可以做到的，每秒钟都有很多人死去，他们做得如此成功完美，第一次做就如此完美，没有节外生枝，有些人甚至趁机说了些俏皮话。

我会做到的，我觉得我马上就要做到了，这是最后一站了。我处方上还有两个月剂量的卡普托利克斯，我可能还得最后再见阿佐特医生一次；这一次，我不得不跟他撒谎，假装我的状况得到了改善，避免他尝试挽救，紧急住院或者我不知道的别的什么；我必须表现得乐观和轻松，不过也不能太夸张，我演技有限。那可能不容易，他绝不是那种笨蛋；但放弃卡普托利

[1] 据说，伽利略曾在比萨斜塔上做实验，让两个重量相差十倍的铁球同时自由下落，结果证明，不同重量的铁球会同时落地。

[2] 意大利北部城市。

克斯，哪怕就一天，都不可想象。不能让痛苦超过一定的程度，否则就会开始做荒唐事，会吞下“强力涡轮牌”管道疏通剂，然后你的内部器官，由通常堵住厨房排水管的同样物质组成的内部器官，就会在剧烈的痛苦中分解腐烂；要不就是去撞地铁，然后你会发现自己的两条腿短了一截，睾丸被碾得粉碎，人却没死。

这是一种白色的、椭圆形的、可从中间掰断的小药片。

它既不创造，也不改善什么；它诠释。决定性的东西，它让它转瞬即逝；不可避免的东西，它让它变得无关紧要。它给生命提供了一种新的诠释——不那么丰富，更加人工，而且显得有些僵化。它不带来任何形式的快乐，甚至也不能让你的痛苦得到真正缓解，它的作用在另外一个层次：把生活变成一系列程序，它允许你欺骗自己。然而，它能帮助人们活下去，或至少不死——在一段时间之内。

但是，死亡最终会降临到我们头上，分子的盔甲发生破裂，分解的进程在继续进行。对于那些从未属于过这个世界，从未憧憬过生活、从未爱和被爱的人，可能发生得更快；还有那些一直都知道生活并不属于他们能够触手可及的东西的人。那些人人数众多，而且就像人们所说的，无怨无悔；我不属于那种情形。

我本来可以让一个女人过上幸福生活。不对，是两个，我说过的那两个。一切都很清楚，从一开始就非常非常清楚，但我们没有重视。我们是否向个人自由、开放生活和无限可能的幻想屈服了？有这个可能，这些想法是那个时代精神的一部分；我们没有形成那些想法，我们没有那样的兴趣；我们只是顺从了它们，任由自己被它们摧毁；然后，天长日久地遭受痛苦的折磨。

上帝确实在关心我们，每时每刻都在惦记着我们，给我们传达一些常常非常明确的指令。那些涌入我们的胸膛让我们喘不过气的爱情冲动，那些灵光乍现，那些心醉神迷——从我们的生物本性、我们作为简单的灵长类动物的角度来看都是些不可思议之物——都是极其明显的迹象。

那么今天，我明白了基督的心思，他在世人的心灵变得冷酷无情之时一而再再而三地表现出的恼怒：所有这些事情都是他给出的迹象，但世人并没有加以重视。我真的要额外地为这帮可怜虫献出我的生命吗？真的非要把话说得那么直白，直白到那种程度吗？

好像是这样。

Michel Houellebecq
Sérotonine

图字：09－2020－397 号

图书在版编目（CIP）数据

血清素/（法）米歇尔·维勒贝克著；金龙格译.
—上海：上海译文出版社，2021.12
（维勒贝克作品系列）
ISBN 978－7－5327－8774－6

Ⅰ.①血… Ⅱ.①米…②金… Ⅲ.①长篇小说－法国－现代 Ⅳ.①I565.45

中国版本图书馆 CIP 数据核字（2021）第 232397 号

血清素
［法］米歇尔·维勒贝克 著 金龙格 译
责任编辑/黄雅琴 装帧设计/山川制本 workshop 封面图/raintree1969

上海译文出版社有限公司出版、发行
网址：www.yiwen.com.cn
201101 上海市闵行区号景路 159 弄 B 座
苏州市越洋印刷有限公司印刷

开本 850×1168 1/32 印张 11.5 插页 5 字数 166，000
2022 年 7 月第 1 版 2022 年 7 月第 1 次印刷
印数：00，001—10，000 册

ISBN 978－7－5327－8774－6/I·5414
定价：68.00 元